しるし なきもの

outsider who has no symbol

Shindo Junjo

真藤順丈

幻冬舎

しるしなきもの

装幀　片岡忠彦
写真　アフロ

目次

おめでとう。よかったね。起きしなの第一声で自分を祝福したくなる夜がある。

無事に目覚めることができてほんとうによかった。おめでとう。ぼくは渾沌(こんとん)とした泥の海から顔を出して、数十年ぶりの息継ぎができたような解放感をおぼえている。

寝室には乱れた息づかいが浸みこんでいる。心臓は激しく鼓動を打ち、網膜が熱を帯びて、ぼくはすべての細胞が干上がったような渇きにさいなまれている。

ぼくの眠りをさまたげるのは、死んだ人々がとっておきの表情をたたえて、そろってこちらを見つめている夢だ。ひとり、またひとり、名もなき暗黒の世界へと送られて、一族の神話の養分となってきたその男女を、ぼくはよく知っている。

悪夢から覚めたぼくを、優しく迎えてくれる声音はない。震えの止まないからだを抱いてくれる温かい両手はない。それはしかたがない。穏やかな自由を満喫できる独り暮らしの代償だ。もう何年も恋人はおろか家族ともベッドをともにせずに一人寝を通している。だから真夜中に目覚めても、身じろぎもせずに、静かに息をひそめているしかない。悪夢からひきずってきた残像や音のこだまを反芻(はんすう)しながら、しばらくそうやって時間を過ごす。


あれは七、八歳のころだったか。

ぼくはこの目で、皆既日食を観たことがある。

広大な空が、水平線の向こうまで薄暗くなって、高みにある太陽が月の翳(かげ)に食われていった。海上の気温は下がって、舷端(ふなばた)に止まった鳥が剥製(はくせい)のように動かなくなった。

地球を含めた三つの天体が同一線上に並んでいる、ということを理解していなかったぼくにとってそれは恐ろしい現象だった。すべての生命の源である太陽が死んで、世界の営みがことごとく途絶えてしまうかのようで、いっしょにいた母さんに泣きすがったのをよくおぼえている。

太陽と月。周期性をともなうふたつの天体がそれぞれふたつの性を象徴するのなら、黄道と白道の交点に生じる日食は——疑似的な世界の死のようなそれは——まるでぼくのようだったが、そんなふうにとらえられるようになるのは大人になってからのことだ。

遠き日の原風景のなかのぼくは、ただひたすらおびえている。ほとんどパニックになって、母さんの胸にすがりつく泣き虫の子供でしかなかった。

たった一度の観測だったけど、それからぼくのなかで、皆既日食はくりかえし再現されている。おなじみの悪夢にも、刷毛(はけ)で掃(は)いたようなコロナをまとった真っ黒な太陽が現われる。それは月が通過することをやめた永遠の皆既日食の世界だった。

暮色に染まった風景、鳥や虫や植物はいずれも呼吸を止めている。

静止した時間のなかに現われる、おなじみの顔ぶれ。

彼や彼女はみな、日食人だ。

たとえば黒色人種(ネグロイド)の黒さとはちがう、日食人の黒さは影の黒さだ。炭化するまで焼け爛(ただ)れたような皮膚にかぎらず、歯や眼球といった人種に画定されずに白くあるはずの部位まで濃厚な陰影に染まっている。黒いカシスの実のようなふたつの眼球、暗黒の穴のような口腔からは、腐った珈琲(コーヒー)のような体液をこぼしている。全身がぐずぐずに崩れて、半腐りになって骨を覗かせ、黒炭のような肉片を足元にこぼしている者もいる。生きていたころの原形をとどめずに、それこそ男か女かわからなくなってしまった日食人に、ぼくはいつだって悪寒にも似た恐怖を感じるが、同時にどこか懐かしいような、愛おしいような、そこはかとない郷愁や共感も呼びさまされるんだ。

おなじみの日食人たちは、誰もがぼくの一族に殺された人々だ。肉体を殺され、精神を殺された人人。ぼくはその顔ぶれを、よく知っている。

銃弾で蜂の巣にされた者がいた。日本刀でなます切りにされた者がいた。

セメントを抱かされて、東京湾の底でプランクトンの餌になった者がいた。

すねから下を切断されて首都高の路上に放り出された対立組織の人間がいた。街中の電話ボックスに全裸で捨てられて晒しものになった情婦がいた。車のトランクが棺桶となった破門者がいた。贈答用の箱につめられて、いくつかの雑な断片となって親元に帰らされた未成年がいた。

殺されるだけの理由がある者も、ない者も、つぎつぎとその命を摘みとられた。ぼくの一族の独自のアイデンティティと戒律と信仰が、人々を裁く天秤となり、人々を葬る刑具となった。長い歴史のなかで一族が受け継いできた神話は、厳しい抗争によって鍛えあげられ、たえまなく暴力と悲鳴のこだまを響かせるにいたった。

一族の犠牲となった日食人たちを、ぼくはよく知っている。どうしてかって、ぼくは物心ついたころからずっと一族の神話のなかに閉じこめられているからだ。日食人たちとの腐れ縁は切っても切れず、ぼくは数百数千の魂の呼び声のなかに孤立している。夜ごと現われる日食人たちは、嗤い、唸り、叫び、悶え、どっちつかずの半端者めと蔑むような視線を向けてきたり、黒ずんだ手でおいでおいでをしてみたり、頬ずりできそうな至近距離に寄ってきたりもする。たぶん日食人たちは誘っているんだと思う。無辺の世界で群れをなして、あてつけがましく両手を広げて、ぼくに獲得した永遠を見せびらかしているんだ。

悪夢から覚めたぼくは、眠りなおすことはできなくなっている。

朝の光は遠ざかる。まんじりともせずに時間をやりすごすのがつらくなった夜には、ベッドから這いだして、嫌な汗にまみれた寝間着を着替える。

それから鏡の前に立って、自分の顔をあらためる。ぼくの顔。こめかみや首筋に血管が透けている。両頬はこけていて、髭（ひげ）はまったく生えない。西洋では「アダムの林檎（りんご）」と呼びならわされる喉仏も張りだしていない。ちいさなころは母さんに似ていないのが悲しかった。第二次性徴期を過ぎてもごつごつした男性的な特長に乏しかった、この顔――

アダムの林檎。禁断の果実。それを口にした途端、男と女の無垢（むく）は失われ、裸を恥じるようになった。あげくに楽園を追放されて、死の運命を背負うことになった、原罪と性差のシンボル。ぼくのなかで禁断の果実のイメージは、おのずと皆既日食にも重なった。太陽と月が重なる神秘の天球は、暗黒の空に浮かぶ不吉な林檎だ。

あてどもない思索をめぐらせながら鏡面とにらめっこしていると、いつもきまって視界の端に、部屋の隅に、かさこそとうごめく影の存在を感じる。ああ、そうかとぼくはそこで気づくんだ。悪夢のなかの無辺の世界と、ぼくが生きているこちらがわの世界とのあいだに、はたしてどれほどの差異があるだろうか？　視界に映るものはことごとく彩度を失って、自分以外の命の気配はかけらもなく、曙光のおとずれは遠すぎる。ぼくは戻ってこられたことを言祝（ことほ）ぐような現実に住んでいなかった。明確な境界線なんて初めからあってないようなものだ。

ぼくは笑ってしまう。鏡の前に立ちつくして、自嘲（じちょう）にゆがむ顔を漫然と見つめる。それから思いをめぐらせる。悪夢と地続きになったこの世を去るとき、この魂が肉体を離れるときにも、ぼくはみずからを言祝ぐだろうか。おめでとう、と祝福するんだろうか？

第一章　最果ての日食

1

ぼくの母が弔われるその日に、ぼくの父は祝言をあげた。

だからぼくは、婚礼の儀を冒瀆(ぼうとく)することにした。

草木に霜がおりた十一月の暮れ。明治神宮の本殿でおこなわれた神前式には、二千人にもおよぶ参列者がつめかけた。盃事(セレモニー)のたぐいはすべて自分の屋敷でおこなうのが新郎・早田征城(そうだせいじょう)の流儀なので、公の施設が選ばれるのは異例のことだ。どういう心境の変化があったのか、新婦のたっての希望を叶えてあげたのかもしれない。

当然のことながら、早田本家がすべてをとりさばくかっこうになる。斎主はさまざまな圧力をかけられたことだろう。一般の参拝者を立入り禁止にして、内苑はもれなく貸切りになっている。式場のセッティングから、祭壇の装飾、芳名録、参列者の席順、奉納や拝礼の段取りにいたるまで、早田征城が望んだとおりの仕様に変えられている。天照皇大神・八幡大菩薩・春日大明神の三軸が飾られ、こちらの流儀にしたがって奉書や神酒が配され、若中や幹部、ゲストの親分衆のそれぞれの名も掲出されている。駐車場には黒塗りの高級車がひしめき、本殿に入りきれなかった運転手や若衆たちがたむろしていた。

ぼくは神前式には列席せずに、本殿をとりかこむ群衆の後列から、早田征城のたくましい黒紋服の背中を見守っていた。

晩秋の風が冷たくて、ぼくはスーツの襟を立て、ストールをたくし集めた。

携帯電話が震えた。人だかりを離れて通話にする。着信はイサオからだ。

「これじゃあまるで襲名披露ですねえ」とイサオが嘲(あざけ)った。

「億に届いてそうだもんな、ご祝儀」ぼくも軽口を返す。

「媒酌人だけじゃない。取持人、親族総代、介添人、世話人、見届人まで決められてんだから。ゲストだって全国の親分衆に加えて、政財界にゼネコン、銀行、実業界に芸能界からも大物がずらり。そこにいま核爆弾でも落ちたら、この国はひっくり返りますよ」

北新宿に借りたマンションにイサオはつめている。PCのモニターから離れずにこちらの様子を見守っているはずだ。ぼくに同行している汪長雲(ワン・チャンウン)が、人だかりにまぎれて隠し撮りしたデータ画像を転送して、イサオに身元を照会してもらっている。ぼくが知らない顔はひと握りだったが、その数人もこれといって問題のない銀行家や実業家とのことだった。

嬉(うれ)しげにイサオは笑う。菓子パンや徳用袋のチップスを頬張る音も聞こえている。肉の袋を揺らすような声はあいかわらず、すべてに対して嘲笑的だった。

「万事、遺漏はないかな」とぼくは訊(き)いた。

「こっちはいつでもオッケーっすわ」

「予定どおりに指示してくれよ」

「桂介(けいすけ)さん、もう外したんですか」

「これからだよ」

「見物(みもの)ですねぇ。屈辱にわななく征城の面(つら)、現場で拝みたかったわぁ」

ぼくは電話を切った。すでに誓詞や固めの盃をすませた早田征城が、みやびやかな太鼓の音をバックに結びの口上をぶっている。

神前式をとどこおりなく終えて、一同は披露宴式場へと移動する。明治記念館のふたつの大広間の内壁をとりのけてテラスから庭園にまで拡げられた会場は、ジャズバンドの生演奏や、贅をつくした高級料理でにぎにぎしく彩られている。ぼくは庭園の片隅にまぎれて、アルコールにも料理にも口をつけずに祝宴を眺めた。

早田征城の再婚相手は、ふたまわりも年下の三十五歳、ミス・ユニバースに選ばれたこともあるという血統書つきの女だ。フルオーダーメイドの白無垢から、錦繍の裲襠、大牡丹を散らした振袖、皇室がローブ・デコルテに使うミカドシルク製のウェディングドレスと三度もお色直しをした。華やかな新婦に注目が集まっている頃合いを見て、ぼくは遅れて自分の席を探した。

ぼくに用意されていたのは、親族席でも、若手の構成員の末席でもなかった。当たりさわりのないゲストに混ぜられている。席順なんてまあどうでもいいんだけどね。ぼくは壇上のふたりを見つめながら、首元のストールを外した。

数分とたたずに、早田征城と視線があった。

離れた席に座ったぼくを、征城はまばたきもせずに睨みすえる。

神殿のような顔だな、とぼくは思う。見目麗しく新婦が着飾っていても、神の御前にあっても、早田がらみの儀式典礼の主役はいつだって征城だ。参列した男たちが見惚れ、うやうやしく頭をたれるのは早田一族の王の顔だ。

早田征城に集まる賞讃。侠客のなかの侠客。男のなかの男。

ぼくだって、それを認めるのはやぶさかじゃない。

ぼくの父は、筋金入りの「男」だ。

すべてを貫くような酷薄なまなざしが、不肖の子を見返している。一族の神話を体現する男のまなざしが、はるかに遠い存在にも感じられる。

視線を交わした父は、とても身近に思えるし、はるかに遠い存在にも感じられる。

ぼくは目を逸らさず、声に出さずに答える。

見てのとおりだよ、父さん。

喪に服しているんだ。

ぼくは黒いタイを着けていた。もちろんそれは、喪色としての黒だ。ほんの五日前に母さんが他界したばかりだから。

母さんの葬儀の日取りが、父さんの婚儀とかぶってしまったのは偶然にすぎない。これほど大規模な祝宴を準備してきて、各界の大物のスケジュールも押さえた父さんが、かつての妾が死んだぐらいのことで式を延期するはずもなかった。

だがそこにきて父さんの要求は、ぼくの予想を上回ってきた。思いどおりに物事が進まないことを一分たりとも許さない父さんは、ぼくにまで婚儀のほうを優先するように命じてきた。早田の看板にぶらさがっているのなら、これからも本家と関わりを持つのなら、死んだ身内よりも、生きている身内を選べというわけだ。母さんの喜びや希望をあとかたもなく粉砕し、その人生を光明と温かみを欠いた場所に追いやった男は、あげくのはてに彼女から、ただひとりの肉親にまっとうに弔われる最後の幕引きまで奪おうとしていた。

だからぼくは喪色をまとった。ささやかな意思表示を見てとった征城は、そのまなざしに怒りを宿した様子がうかがえたが、ここでは無視することに決めたのか、ぼくを視界の外に追いやってふた目と見ようとはしなかった。

そのかわりに、親族が固まった席から、針のたばのような注視を向けられた。

早田征城の血縁者たち。組の最高幹部と顧問がそろいぶみだ。

ぼくはその顔ぶれを見返した。

征城の実弟、匡次(まさつぐ)がいる。

前妻に産ませた二人の息子、雄昇(ゆうしょう)がいる。永誠(えいせい)がいる。

松澤孝史郎(まつざわこうしろう)がいる。

ぼくの異母兄にあたる永誠が、青筋をたてて怒張している。今年の夏で四十二歳になったが、実年齢よりも老けてみえる。早田組のフロント企業を統括している永誠は、そのうちのひとつ、オンデマンドの音楽配信業を任されているぼくにとって世話役にあたる。ぼくのふるまいの責任を問われるとしたら永誠なので、誰よりも血相を変えているのだろう。

もうひとりの異母兄、雄昇はまるで色をなしていない。山師っぽさのある永誠とちがって雄(おす)のエルクのように威風堂々とした物腰の男だ。豊かな黒髪を撫(な)でつけ、あご髭を錨(いかり)形に整えている。最高学府を卒業した一族きっての知性は、数ケ国語を自在にあやつって、早田組の海外における商取引、カジノ建設のための用地買収などをしきっている。ほとんど国内にいないので、こんな機会でもなければお目にかかれない人物だ。

それから匡次だ。胃腸でも病んでいるのか、濡(ぬ)れたコンクリートのように顔は灰色で、髑髏(どくろ)と見まごうほどに目のまわりが黒ずんでいる。五十路をむかえて角がとれたが、若かりしころは抜き身の刀のような危険人物で、すすんで抗争の最前線に立ってきた武闘派だったという。兄の征城が四代目を継いで、ナンバー2の地位を得てからは楽隠居といったところか。廃墟の窓のようにすべてに倦(う)んだ目つきが無気味だった。

　松澤孝史郎も険しい面持ちだった。みごとな銀鼠色の髪、ローデンシュトックの眼鏡の奥では、理知的な眼光がまたたいている。時計職人のように精緻な采配をふるう組の参謀役。先代のころから顧問弁護をつとめ、早田家といっさいの血縁を持たずに最高幹部に名をつらねる唯一の人物。ある意味では真の有力者といえるかもしれない。


　早田征城のコンダクトによって、一族の神話を生かしつづける四人の幹部。

　ぼくを睨みすえる、四者四様の男、男、男、男。

　松澤孝史郎が側近を呼びつけて、手短に耳打ちした。すぐに側近たちはぼくのところにやってきて、

「ご退席を願います」と伝えてきた。松澤のほうを見ると、シッシッと蠅を追いはらうようなハンドサインを送ってくる。

　着席してから十分ともたなかったね。厄介ばらいされたぼくは席を立つと、式場の出口に向かった。去りぎわに壇上を見たが、早田征城はうってかわって機嫌よさそうに花嫁と話しこんでいて、退出するぼくには一瞥もくれなかった。

　ロビーに出ると、お供をふたり連れた永誠が追いかけてきた。憤りをあらわにした異母兄は、ぼくの黒タイをわしづかみに怒鳴りつけてきた。

「どういうつもりだ、このガキャ、替えはねえのか！」

「お色直しの準備はしてきてないですね」

　ぼくは永誠の手を押しのけた。

「ふざけるな、よその親分衆もいるんだぞ。親父の顔に泥を塗るつもりか」

「妾の子は、妾の子なりに、わきまえておきたいＴＰＯがあるんですよ」

「反抗期のガキじゃあるめえし、つまらんあてつけをしてどうなるんだ」

「火の粉が飛んだら、申し訳ないけど」

「お袋さんのことは残念だったが、てめえから厄介事の種をまくんじゃねえ。血のつながりがなかったらお前、こいつは退場ごときじゃすまねえ、組長（おやじ）に唾を吐くような破門級の暴挙（オイタ）だぞ。俺がお前のことで手ェ尽くしてんのがわからねえのか。親父だってなんだかんだ言いながら、桂介、お前のことは気にかけてるんだ」

　お説ごもっとも、という仕草でうなずきながらも、ぼくは永誠の言葉を信じない。ヤクザという生き物はその場を取り繕（つくろ）うために、情に訴えた嘘や詭弁をいくらでも吐けるものだから。特にその傾向が強い異母兄を、ぼくは正面から見つめた。アルコールで赤らんだ顔の造作からは、実父と似ているところをいくつか発見できた。ぼくたち異母兄弟にもそれなりに面立ちの共通点があるのかな？　自分のことになると途端にわからなくなる。

「自分の微妙な立場を考えろ、あのことだってあるんだ……」

　永誠が声色を落とした。ぼくは小首を傾（かし）げてみせる。

「とにかく今は悪目立ちするんじゃねえ」

「あのことって？」

　しらばっくれたが、もちろん見当はついていた。

　ごく最近、ぼくと永誠はある秘密を共有したばかりだった。

「万代（ばんだい）にくわしく訊いてきたぞ」

「ここでその話はちょっと」

ぼくたちは、ラウンジの横の廊下を抜けて、建物奥のトイレに向かった。
右が男性用、左が女性用。ぼくはその中間で立ちつくす。
かすかに動悸が高鳴った。廊下の右を見て、左を見る。左方のベンチに人影があった。
他に人の目がないことを確認してから、ぼくは男性トイレに入った。お供を入口に待たせて、永誠も入ってくる。洗面台の前で顔を寄せられると、酒臭い呼気が鼻をついた。

「ありゃなんだ？　たちの悪い冗談じゃねえよな」

「異母兄さんを担いだって、ぼくにはなんの得もないよ」

「どうもよくわからねえ。万代にくりかえし説明させて、腑に落ちたつもりになるんだが、しばらくするとどうもな、もやもやしてまたわからなくなる。これはこれで厄介事だぞ、桂介よ」

　わかるよ異母兄さん、混乱しているんだろう？　裏と表、違法と合法、敵と味方、二極化された物事のはざまのグレイゾーンを縫うように構築されるのがヤクザの世界観だが、男と女という二極にまで曖昧な領域があるなんて彼らは思いもよらない。永誠は「どういう病気なんだ。どんな症状があるんだ？」と訊いてくる。

「病気というと語弊があるな。ホルモン分泌の乱れで体調が崩れやすい。体形もしょっちゅう変わるしね。まあたいしたことじゃないよ」

　答えながら鏡を見つめた。とらえどころのない風貌をしているな、と自分でも思う。作りかけで放り出された彫像のような顔。ある似顔絵描きがどうしても決定的な特徴を見出せないと音を上げたことがあった。絵描きの言葉はまちがってない。染色体検査なんてしなくてもわかっていたことだ。ぼくに彫りこまれていない徴は、性徴だ。

「たいしたことじゃない？　なにを言ってやがる、そんなわけがあるかよ。ようするにお前は、まともな男とも女ともちがうんだな」

永誠に問われて、ぼくは素直に肯いた。

だいたいまあ、そういうことだ。

ぼくの染色体検査の結果は——
真性半陰陽。

あらたまって医師の口から宣告されると、それなりに胸も騒いだ。性分化疾患。ぼくの性染色体の数と形質は、ごくまともな男女のそれと異なっている。ぼくの場合はとりわけ「性」の区別がつけづらい様態らしかった。

羞じることじゃありません、と万代医師は言った。通常の生活を送るうえで支障はないし、近年では社会的にも認識が進んでいる。第三の性としてとらえる向きもあるし、ご自身の性自認がはっきりしていれば、男性と女性、どちらの人生も選択できるんですから。

ぼくは万代の言葉を聞き流した。この先生、肝心なことを忘れちゃいないかなと思った。支障がないわけはない。なににもまして、ぼくをとりまく世界が、そこにいる血族たちが問題だった。


「あれだろ、両性具有ってやつだろ？」

ぼくは苦笑する。異母兄さん、それはファンタジーだよ。

男性と女性、どちらの性も有しているわけじゃない。

多様な性自認のヴァリエーションや、第三の性にまつわるリテラシーが高くなった現在でも、知見の足りない相手に「真性半陰陽」を説明するのは骨が折れそうだ。想像するだけでげっそりする。ただでさえ時間もないので、永誠に噛んで含めるのはやめておく。

「桂介、おめえは男と女のどっちにオッ勃つんだ。あーいや、勃つモノじたいが無えのか？　まったく話しづらいったらありゃしねえな」

「どっちにしても、異母兄さんがよくするセックスはできない」

「俺はなんだ、目をかけてる弟と連れションもできねえのか」

「下半身の話はいいからさ。……組長には？」

「こんな話をおいそれと耳に入れられるか」

「まだ伝えてないんですね」

「親父は厳しいときはどこまでも厳しい。なんというか……」

「筋金入りの差別主義者」

「まあ、それだ」

　永誠の顔が動揺でひきつった。トラブルの兆しを感じとっているんだろう。

　早田征城は一族の頭目として、自分たちの領土や組織にまじりものが入りこむことを許さない。男尊女卑、異人嫌悪、セクシャリティに人種に信仰、疾病関係にいたるまで――その全方位的といっていい差別主義はよく知られていた。それこそ真性半陰陽などという「天秤を狂わせる存在」であることが耳に入ったら、ぼくは激しい嫌悪と拒絶にさらされ、たちどころに排除されるだろう。これまでの早田の歴史にかんがみても、たとえ血のつながりがあったところで留保はつかない。

「あのなぁ、俺たちがいるのは男社会だ。親父はとりわけ純血にこだわる。そうでなくても桂介、お前はデリケートな立場なんだよ。これからもオンデマンドの仕事をつづけるなら、早田の商売だ、組に名を入れなきゃならん。だがそうなると、妾の子といっても親父の子だ、待遇を考えなきゃならねえわな。そういう難しい時期なのに、男か女かもよくわからんなんて知られてみろ、すべてがオジャンだ。この件はとにかく俺に預けろ」

　ぼくを説き伏せながら、永誠は紋服の袴(はかま)をたくしあげた。そのまま回れ右をすると、いきおいよく放尿の音を響かせる。

「わかったな、しばらくはおとなしくしてろ」

「もとから目立つつもりはありません。ぼくだって組長にはとうぶん知られたくない」

「隠しとおせることじゃねえが、伝える時期が肝心だ。心配しなくても一番良い方法を考える。さしあたって口止めはしなきゃならねえな。万代は金なんてつかませなくても密告(うた)ったりはしねえが、他にこのことを知ってるのは……」

　ふうィと用を足した永誠は、こちらに戻ってきて蛇口をひねった。洗面台にしぶきが飛散する。袂(たもと)をたくしあげると、顔を洗おうと屈(かが)みこんだ。

「知ってるのは、ぼくと異母兄(にい)さんだけだ」

「ああ、なんて言った？」

激しい水音のせいでぼくの声は伝わらない。永誠はじゃぶじゃぶと両手で顔を洗っている。ぼくはその背中に、あらためて言い直した。

「口止めなら手配ずみだよ」

　ぼくがそう言うのと同時に、洗面台に血が飛び散った。

　永誠の後頭部が、熱帯の花のように咲いた。

　斜め上からの銃弾が、永誠の頭を撃ち抜き、水の渦を赤く染めていた。

被弾の衝撃でガコッと洗面台に頭突きした永誠は、その反動で、後方にのけぞって倒れた。

ぼくは視線をもたげた。洗面台の真横、間仕切りの上の隙間から、銃身に填(は)めこまれた滅音器(サプレッサー)がにゅっと突き出している。個室にひそんでいた人物が、永誠を弾(はじ)いたのだ。

「オヤジ、どうしましたっ」

扉の向こうに控えていたふたりの若衆が、物音を聞きつけて飛びこんでくる。

だがその背後から入ってきた汪長雲が、サプレッサーつきのイングラムの正確な点射でふたりを撃ち殺した。ひさしぶりの仕事のはずだが、汪長雲はきわめて落ち着いていた。

もういいですよ、と声をかけると、個室の扉が開いてもうひとりの暗殺者が出てくる。こちらは汪のようなプロフェッショナルではなかった。切った張ったの世界にこそ住んではいるが、殺人においてはズブの素人のはずだ。

「すごいじゃないか、先生、一発でしとめた」

「……ええ、無我夢中で」

尾羽うち枯らしているが、この男は医師だ。

ぼくの染色体検査をした万代医師。

この緊張感のなかで、最小のモーションだけで目的を遂げる手際はみごとなものだ。万代は自衛隊あがりの非正規の医師で、警察に知られたくない診察や手術を引き受ける裏社会のお医者さんだ。使い勝手のよさに目をつけた永誠が、賭博(ギャンブル)好きにつけこんで借金をさせ、妻と娘をカタにとって囲いこんでいた。よくある話ではあるが、刃傷(にんじょう)沙汰や銃弾の摘出といったリスキーな施術にみあわない報酬しかもらえず、貧乏を強いられ、妻子の運命まで握られた万代は、永誠を憎んでいた。

ぼくが診察されたのは、初秋のころだ。腹に激痛をおぼえて卒倒して、永誠の手配で万代医師のもとに運ばれた。潰瘍(かいよう)が悪化して胃穿孔(せんこう)を起こしていて、胃壁の穴のほうは塞(ふさ)がれたが、からだの異変を気取られて、染色体の検査をされてしまった。ぼくが手を回すまえに医師のインフォームド・コンセントは、雇い主の永誠に対してもおこなわれてしまった。

　だから引き入れた。万代のこじれた私憤につけこみ、巧言令色をふるって共犯者に加わってもらって、こうしてトイレの個室に待機させておいた。

「うっひっひっ殺(や)っちゃった、殺っちゃった。永誠を殺っちゃった。俺たちの誰も、もう後戻りはできねえっすよ」

　携帯電話ごしにイサオが言う。イサオは建物の監視カメラ等をすべてモニタリングして、会場の動きをつかみ、ぼくたちの逃走経路を確保する役割を担っていた。

「桂介さん、出よう」

　汪がおぼつかない日本語で言う。

「そうだな、時間がない。イサオ、動線をしっかり伝えてくれ」

「ざまあねえ、てめえの結婚式を身内の血で汚されちゃ面目は丸潰れだ」

　すばらしい働きをしてくれている汪とイサオの動機も、やっぱり怨恨(えんこん)だ。ふたりとも早田組の差別主義に煮え湯を呑(の)まされた過去があった。

　たとえば汪は、刑務所仲間の紹介でずっと汚れ仕事をこなしていたが、中国人であることから準構成員としても認めてもらえず、それでも組に入れろと強硬に訴えたところ、唯一の肉親だった妹を殺された。かたやイサオは、デイトレーディングによって多額の上納金(アガリ)を納めていたが、フランクリン・ルーズベルトとおなじ疾患にかかって両足が萎縮、車椅子の生活になったとたんに永久追放を食らった。フリーランスの用心棒、出会い系のサクラにまで落ちぶれて、早田組へのルサンチマンをためこんでいたところで、ふたりとも「早田征城の祝言を血に染める」というぼくの誘いにすすんで乗ってきてくれた。

　ぼくたちはイサオの指示にしたがって従業員の通用口に向かった。永誠が戻ってこないことで式場でもそろそろ異変に気づくころかもしれない。建物のなかで組の人間とはちあわせれば面倒なことになる。隣を見れば、万代の顔からも血の気が失せていた。

「永誠を、殺した。永誠を……」医師はうわごとのように呟いている。

「急いで先生、ここで見つかりたくない」

「桂介さん、ほんとうにやってしまった」

「先生の手術室では、もっとひどい修羅場がくりかえされてきたじゃないですか。先生は不当なあつかいを自分ではねのけたんだ」

「……そうですね。永誠の死に顔、もっと拝んでくるんだったな」

　別れの言葉のひとつやふたつ、ぼくもたむけてくるべきだったかな。ふりかえってみれば、ぼくは永誠を嫌いじゃなかった。面倒見はよかったし、暴力以外でサヴァイヴする機知に富んでいて、フロント企業の転がし方や、ビジネス方面での裁量には多くを学ばせてもらった。おのれの貫目にまつわる算盤勘定に余念がなく、利益を嗅ぎつければ口約束なんて反故にする。無条件で沈黙を守りつづけるようなタイプじゃなかったとはいえ、本家の人間のなかでもっとも近しかった永誠を、ぼくは嫌いじゃなかった。

　通用口から屋外に出る。従業員用の駐車場に、逃走用のめだたない国産車が駐めてあった。汪がオートキーで解錠する。式場から立ち去ることができれば、逃走はかなり楽になるはずだ。汪が運転席について車を出発させる。ぼくは助手席で、万代は後部席でそれぞれ呼吸を整えた。

「どうするつもりですか、これから」と万代が言う。

「しかるべきところまで離れます」

「そうではなくて、永誠を殺してしまって、今後……」

「ああそうだ、先生には感謝しないと」ぼくは助手席でふりかえると、高揚と不安のはざまで宙吊りになったような万代に言った。「検査の結果が伝えられたことで、ずっと考えてきたことを実行に移すことができた。羞じることはないと先生は言いましたね。あの言葉が嬉しかった。ぼくは誇ろうと思いますよ、この世界の誰ともちがうことを」

　万代医師と話をしながら、車窓の外に尾行の車がないことを確かめる。陽の残照が風景を橙色に染めている。強い反射に射られて、ぼくは目を細める。赤信号で車が停車する。

「これで終わりにはしない。先生だから打ち明けますが、ぼくは早田組の資産、領土、権力、そのすべてを奪うつもりです。この極限的な男社会を、他の誰ともちがうぼくがひっくり返す。そんなことが叶ったらすごく痛快だと思いませんか」

「それは、つまり……」

「早田征城を獲る、ということです」

　話の途中で、ドスッと音がして、万代が目を見開いた。薄暗い車内で、万代は声をあげることもなくシートに横倒しになった。金色の薬莢がひとつ、コンソールに載っていた。

　ぼくの人選は正しかった。汪はステアリングホイールを握りながら、万代医師の心臓を片手で正確に撃ち抜いていた。何事もなかったようにスウッと車を再発進させる運転手の肩に、ぼくは手を置いた。視線を落として、腕時計を確認する。

　急がなくっちゃ。予定よりすこし遅れている。

「さっきから、なにを急いでるんですか？」とイサオが訊いてくる。

「このあと、まだ用事があるんだよね」ぼくは素直に答える。

「打ち上げやんないんですか。こんな日になんの用事？」

急がなくちゃ。北新宿のマンションに戻ってきたぼくたちは、万代医師を部屋に運びこんだ。二十ほどのモニターが設置されたリビングは、イサオの食べ散らかしで汚されている。椅子であぐらをかいたイサオの前に、騒然としている披露宴式場の様子が映しだされていた。永誠の遺体が見つかったのだ。ぼくは息子の訃報を聞いた瞬間の、早田征城の顔を想像してみる。

「あとはこの医者にちょちょっと細工をしていっちょあがり。スマートでいいよな、桂介さんは。むやみに突っこませたりしねぇし」

「お前たちみたいな有能な人材を、鉄砲玉なんかに使えないよ」

「あんがい、他の奴らもあっけなく殺れたりして」

「無駄口やめろ。桂介さんは急げと言っている」

舌打ちをした汪が、イサオに撤収を急きたてた。

イサオは器用に車椅子に移ると、マンションから立ち去る準備を進めた。

「ちぇっ、中国人は愛想もへったくれもねえな」

汪は部屋に雑にちらばった銃器や弾倉をかき集めてバッグにつめている。

その手を止めずに「桂介さん、あんたはすごい」と賛辞を口にした。

「さっき、車で、征城を獲るって」

「言ったね」

「あれは首を獲るという、その意味でしょう」

「最初からそう言ってスカウトしなかったっけ」

「言っていた。だけど、今のほうが言葉が本物。早田征城を獲る、という言葉を行動にした日本人を俺は知らない」

「ぼくひとりじゃ、永誠も獲れなかったよ」

「ついていくと決めた。俺はあんたに、どこまでも」

「俺も、俺もっす」

汪につられて、イサオまで感情をあらわにする。

ありがとう。ぼくは視線に感謝を込めてうなずいた。

「桂介さんのからだがどうであれ……」

イサオが言う。汪もうなずいた。正面きって打ち明けてはいなかったけど、しばらく行動をともにして、万代医師の件にも深く関わったのだ。このふたりもまた、ぼくの特殊な事情を察しているはずだった。

「俺たちの兄貴だ、あんたは」

「兄貴」

「やめろやめろ」とぼくは照れる。「ぼくたちに擬制の兄弟関係なんていらないよ」

そう言いながら、ダイニングテーブルに載ったグロックを取りあげると、汪に一発、イサオに一発、発砲した。硝煙の臭いが鼻をなぶる。すんなりと息の根をとめられなかった汪にさらに二発。フローリングに落ちた薬莢が滑るように転がった。

ぼくひとりでは、ここまで首尾よく進まなかった。汪もイサオも欠くことのできない役割を果たしてくれた。丁重に弔いたいところだが、なにしろ時間がないんだ。ぼくはいくつかの工作をすませると、足早にマンションをあとにした。

急ごう。

夜も深まったころ。

横浜にたどりついて、火葬場の車寄せでタクシーを降りた。

「尾野（おの）」のネームプレートを探しながら、線香の香りがする廊下を足早に歩いた。

窓の向こうで月が満ちていた。数匹の蠅が蛍光灯のまわりを8の字に飛んでいた。

火葬場の職員は約束どおり、拾骨をしないで待ってくれていた。閉館の時刻まではそのままにしてくれるように頼んであったんだ。ぼくは母さんの遺影と位牌が残された部屋で、火箸を使った。途中から掌（て）で断片をすくってみる。すっかり冷めた遺骨は、素手でもわけなくアルミニウムの壺に移すことができた。

「遅くなってごめん、これでも急いだんだ」

物憂（う）げな母さんの遺影を、ぼくは横目に見つめる。痩（こ）けた頰。眉も引かれていない。生前の写真ながら、うつろな瞳はすでに死者のようにがらんどうだ。

こんな写真しかなかった。晩年に撮られた写真はどれもおなじようなものだった。

笑ってすらいない。張りすぎたハンモックのように唇は硬く結ばれている。

ぼくは骨をすくいながら、記憶のなかに、母さんの笑顔をさがす。

キッチンでふりかえる顔、玄関でぼくを見送る顔。

悪夢から覚めたぼくを、慰め、なだめる柔和な顔。

ある一時期までは、母さんはよく笑う女だった。面差しが翳るようになったのは、ぼくが中学校に上がるくらいのころ。ちょうど父さんが横浜の家に出入りしなくなったころからだ。

父さんが去って、母さんは気が抜けたようになり、やがてその表情に険が宿るようになった。独り言が増え、神経質な言動がめだった。母さんの不機嫌さは火山灰のように家の中に充満して、食事や飲み物や洗濯物といった生活のすべてに浸みこんだ。ふと気がつくと、恨みがましいまなざしでぼくを睨んでいることがあって、窒息感は耐えがたいほどになっていた。

ぼくはどうしたか？　さっさと逃げだした。高校の部活でピアノを弾きはじめていて、難しいメロディラインでも一度聴けば、だいたいの曲の流れや響きかたをつかんで鍵盤の上に再現することができた。音楽教師に奨められて、有名な音大に進学するかたちで横浜の家を出た。ところが才能豊かな同期生にあてられたのか、演奏そのものへの興味が持続しなかった。大学をドロップアウトして小遣い稼ぎのつもりでグランドピアノが置かれたレストランでのアルバイトにありつき、そこの創作料理がとても美味しかったので料理に関心を惹かれて、無理を言って厨房に入れてもらった。海外経験の豊富なコック長にあやかって、バイト代をつぎこんでヨーロッパに留学してみたけれど、結果はピアノとおなじ。ドビュッシーやラヴェルの楽譜をきれいに鍵盤に移せたように、あたえられたレシピどおりの調理をすることはできても、創意に富んだオリジナルの料理を生みだす意欲は持てなかった。それからも服飾関係やスポーツインストラクターといろいろやったけど、どれもこれも長続きせず、無為徒食の日々を過ごした。後年になってわかったのは、ようするに母さんから離れる口実が欲しかっただけなんだな、ということだ。できるかぎり距離を置いて、離れたままでいるために、すすんで放浪の身を選んでいたにちがいなかった。

母さんはどうしていたか？　たったひとりになって、ひとしれず壊れていった。入院の報せを聞いて十数年ぶりに帰省したぼくは、母さんの着替えをバッグにつめていて、クローゼットの奥から日記を発見した。ぼくはそこで初めて、母さんが捨てられた理由を知ることになったんだ。

日陰の身に耐えかねたのか、母さんはある時期、別の男と関係を持っていた。相手の名前は書かれていなかったが、ゆきずりの相手だったみたいだ。不貞を知った父さんは、母さんを許さなかった。当時、母さんと相手の男がどんな目に遭ったのか、早田の歴史をふりかえれば、酌量の余地もなく重刑を受けたのは想像に難くない。ヤクザの情婦に手をつけた間男は、すくなく見積もってもこっちの世界に消息をたどることはできないだろう。母さんはそこから、喪失の歳月を歩みはじめた。母さんの顔は、修復不可能な傷のようなしわに切り刻まれ、肉親のぼくですら恐ろしくなるほどに病みやつれて、晩年には孤独な病室のベッドで無気力に惚けて、生きながらにして亡者のような遺影の表情を残していった。

「すみません、そろそろ閉めたいんですが……」

手づかみで骨を拾っていると、火葬場の職員に声をかけられた。

職員の手には、花束が抱えられている。

「これ、お持ち帰りになられますよね」

「ああ、ごめんなさい。あとすこしだけ」

「……早めにお願いしますね」

早田征城が贈ってきた生花だった。すでに鮮度をなくした花弁が、青白い蛍光灯のもとでみすぼらしく色褪せてみえた。花束ひとつ、それだけか。父さんはもうずっと母さんに会っていなかった。病院の見舞いにも来なかった。最後の最後に、花束ひとつで今生の別れをするつもりらしい。

痛切な喪失にひしがれて、魂の傷が滲みだしているような母さんの顔。なにもそんな顔で遺影におさまらなくてもよかったんだ。母さんはもっとちがう顔をそこに遺すこともできたはずだ。それが叶わなかったのは、奪われたものが返されないまま、母さんの生が完結してしまったからだ。

ぼくは母さんの霊前に、征城の花を供えない。かわりに床に落とすと、靴の裏で踏みつけた。絵具の滓（かす）のような数色の塵（ちり）になるまで踏みつづけた。


「あなたは早田征城の子。神話の子として生きるのよ」


ごくまっとうな男とも、女とも、自分がちがっていることを。

ぼくは十代のころから、いや、もっとずっと前から本能的に察していた。

母さんが知らなかったわけはない。

母さんの口癖を思い出す。あなたは神話の子。それ以外のなにものでもない――

産後の検査や、外性器のかたちなどから半陰陽の診断がくだされると、幼児期のうちに形成手術をほどこされることが多いようだ。だけど母さんは手術をさせなかった。わが子にメスを入れるのがしのびなかったのか、ぼくの意思を尊重するために問題を先送りにしたのか、母子（おやこ）で「性」についての話をしたことはなかったので、母さんがどういうつもりだったのか、いまとなっては知るよしもない。

とにかくぼくは、血塗られた神話の端っこで、男でも女でもないなにものかとして生まれ育ち、そのはてにこうして、片親と死に別れた。

ぼくは目を閉じる。からだのどこかの継ぎ目がほつれて、そのまま全身がほどけていくような感覚があった。母さんが来ている、と感じる。目を開けてふりかえれば、きっとそこにいるだろう。

日食人の群れにまざった母さんが、そこにいるだろう。

皮膚や目や口を漆黒に染めて、笑っているだろう。

ぼくは、こう言おう。

母さんが来ていたら、こう言おう。

「そこにいずれ、早田の全員が加わるよ」

ぼくの脳裏にひとつの考えが浮かんだのは、万代のインフォームド・コンセントで半陰陽が確定した夜だった。あらためて皆既日食のイメージを想起していた。天文学の知識がなかった古代の人々は、太陽が欠け、闇に呑まれる絶景をとてつもなく恐れていた。星の運行を知らない人間にとって、日食は天体のイリュージョンではない、まがまがしい凶事にほかならなかったわけで、それは悪行の報いとも、為政者の権勢が絶える前兆ともされていた。

だったらどうだろう。この世界の誰ともちがうぼくが、男のようで男ではなく、かといって女でもないぼくが、早田の神話を突き崩すというのは？　悪くないと思った。ぼくはすっかりその考えに憑かれた。生まれて初めて、まっとうな衝動に身を焼いている自分を感じていた。

だからいいか？　永誠は始まりにすぎない。匡次、雄昇、一族に同化した松澤孝史郎も同様だ。早田の血につらなる男たちを根絶やしにして、早田征城からいっさいを奪いさる。妾の子が成り上がって王に引導を渡すんだ。

「ぼくは早田征城を葬りさる」

そのためにまず、半陰陽の秘密を隠しとおさなきゃならない。知られたら排除される。目的を果たす前に追放されてしまう。事実が漏れる可能性は今夜、残らずつぶしておいた。

ここからは修羅の道だ。害げとなるものはすべてとりのぞいて、さらに力を蓄えるんだ。

ぼくは母さんの遺影に告げる。最後の骨の一片を拾いながら、部屋の翳に満ちる気配に宣言する。

引き返すことのできる地点は、とうに過ぎちゃったんだよ。

2

早田の神話とは、国作りの神話だ。
組の勃興と変遷は、つねに敗戦後の日本と寄り添ってきた。

早田の男たちは、類のない排他的な戒律と、そのぶん強化される組織の力によって、神話とオブセッションのからみあう血筋を次の世代また次の世代へと伝えていくことに成功した。ぼくはすすんで知ろうとしなくても、一族がどうやって大きくなったか、どのように血の純度を保ち、どれほどの犠牲者の上に王国を築いていったかを、出入りの若衆などからいやというほど聞かされてきた。

一族の父祖、早田甚五郎（じんごろう）は、焼け野原となった母国に復員したのち、自分たちから港湾の荷揚げ作業を奪い、女子供に暴行をはたらく外国人――在日韓国人や朝鮮人、ロシアから流れついたごろつき、不良米兵――それらに対抗するために「早田組」を結成した。組織の中心をがっちりと血縁者で固めて、成り上がりを夢見る男たちをたばねて、切った張ったの刃傷沙汰、横流し品のトカレフによる銃撃戦もためらわなかった。敵対する者はことごとく殲滅（せんめつ）して、家屋に火を放つ。荒ぶる早田の男たちは「戦争機械」と恐れられ、日本中に組の名をとどろかせるにいたった。

たえまなく抗争をくりかえし、他の組織を吸収して、早田組は領土（ナワバリ）を拡げていった。初代の息子、早田大道（たいどう）が跡目を継ぐころ、わが国は高度経済成長を迎える。ミカジメや高利貸し、闇賭博、企業恐喝、密輸入、斡旋（あっせん）、薬物の取引などでインフラも整備され、早田組もまた全国の覇権争いに乗りだした。二代目の権勢がピークに達したころ、次男の嫁がタブーを犯した。直参（じきさん）の組の商売（シノギ）に口を出しはじめて、あげくに競合組織に資金源の情報を流した。おりしも一般の社会でも、企業にただ搾取されてたまるかと社員がストライキや横領によって反旗をひるがえしていて、成長期にありがちな相互不信のシーズンが到来していた。本家の調べによって、妻の背信については二代目の次男も知っていたことがわかった。知ったうえで黙認していたのだ。

　早田の血は、まじりものを許さない。

　二代目の怒りは、身内にも容赦がなかった。

　次男の嫁は、舅（しゅうと）の手によって半死となり、有刺鉄線です巻きにされて海に捨てられた。その亡骸（なきがら）はフナムシや小魚のためのUボートとなって沖まで流され、底曳き網で揚げられたときには、半端に肉の残った骨格標本のできそこないになっていた。かたや次男も、永久追放を食らって二度と本家の敷居をまたげなかった。鄙（ひな）びた海辺の町から出ることを許されずに、亡き妻の揚がった海を眺めながら、惨めな余生を過ごしたという。

　昭和の終わりにバブルの時代が訪れると、三代目・早田克衛（かつえい）はビジネスによって組織の舵を切るようになる。狂騒の泡風呂に国全体が浸かっていた消費の時代、フロントマン松澤孝史郎をはじめとする顧問弁護団によって土地転がしや総会談合、株式投資がリードされ、白紙委任状や預かり手形が飛びかう企業乗っ取りが盛んにおこなわれた。

　あちこちで濫費（らんぴ）される現金、そのはざまにふりまかれる暴力のスパイス、不動産や金融関係、飲食業のみならず、人材派遣や芸能興行といった法整備が追いつかない業種にまで手を拡げ、ところどころで一般企業とシームレスに混ざりあって、国内外に百ではきかない企業舎弟をしたがえた。ジャパン・アズ・ナンバーワン！　と世界に人差し指をつきあげた成金国家を体現するようなヤクザ・コングロマリットへと変貌を遂げていったのだ。

　そうした近代化のなかでも、早田の男たちは「戦争機械」の本分を忘れなかった。多面的に事業を拡げれば敵も増える。排除すべき異物が増える。三代目もまた先人のひそみにならって敵対者や密告者のしかばねを積みあげた。男たちの絆(きずな)と信頼を尊び、マイノリティや異人種といった「天秤を狂わせる存在」に情けはかけなかった。

　直参の組をまかされていた三代目の継子は、同性愛者(ホモセクシュアル)であることを知られて性腺を摘出され、永久追放を食らった。おかしな新興宗教にのめりこんだ親族はコンクリ溝に寝かされて東京湾に沈んだ。ヒスパニック系の血が混ざっていることを隠していた幹部は、片足を切り落とされて、地方のドヤ街に放逐されたという。

　早田征城が四代目の盃を受けたのは、好景気も遠ざかり、暴力団新法によって活動が制限された冬の時代だった。全国の暴力団がつぎつぎと取り締まられ、再起不能となって看板を下ろしていくなかで、征城の率いる早田組は没しなかった。

　早田征城はヤクザがもっとも凶暴な光を放っていたころを彷彿(ほうふつ)させるカリスマと、たぐいまれな時代感覚を持って巨額を動かせる経済手腕とを黄金律のように兼ねそなえた一族の精華だった。早田の歴代組長を飛び越えて、古今東西に並ぶものなき「最高の侠聖(きょうせい)」とまで尊称され、同時代のヤクザ者にとってある種の象徴(アイコン)のような特殊な存在感を放っていた。

　男尊女卑。差別主義。純血主義。

　時流と同化できる商才。賢者の知恵。

オブセッションと戒律。戦争機械のプロトコル。

それら一族が継いできたものを、早田征城はひとつひとつ先鋭化させ、系列団体の末端にいたるまで通底させた。各界の大物と手を結んで、政財界にも影響をおよぼす権威者として君臨した。征城のもとで早田組は、日本最大の広域指定暴力団の座を不動のものとしていた。

現在の組の規模にふれておくと、一名の組長、四名の最高幹部、五十五名の若中がいて、幹部と若中はいずれも数十から数百の子分をしたがえる直系組長だ。四十一の都道府県に系列団体が置かれて、すべての構成員・準構成員をひっくるめるとバッジを有する組員は三万四千人におよぶという。米国の経済誌がすっぱ抜いたところでは、非合法ビジネスも含めた総収入はなんと十一兆円に達するそうで、同誌によって早田組はMost powerful criminal syndicateと称されている。

早田征城はその歩みに、連綿とつらなる一族の神話をつき従えて、ある種の頂(いただき)にまで登りつめた感があった。そんな当代の王にも、瑕疵(かし)がないわけではない。

だってそうじゃないか？　妾腹(めかけばら)とはいえ、早田の血を裏切るぼくを産ませたんだから。

ぼくもまた、天秤を狂わせる脅威にほかならない。

王の瑕疵は、王自身にもまだ知られていないはずだった。


永誠の死から、五日後の朝——

迎えの車を出す、と松澤孝史郎がぼくに告げた。

早田征城が呼んでいる、と。

ぼくは母さんが遺したマンションで一日をスタートさせる。独り身には広すぎる６ＤＫ、調度品はどれも母さんが使っていたものだ。ベイブリッジが架かった湾景を一望することができるが、ぼくは好きじゃない。今となっては皮肉めいている。ここは人に羨まれるような高級マンションのスウィートルームじゃない。地上からははるかに隔離された鳥籠だ。

朝の日課のストレッチとトレーニング。懸垂を順手と逆手で百回ずつ。腹筋とプッシュアップを二百回、スクワットを二百回。上腕筋から三角筋、大胸筋、僧帽筋、大腿筋、からだのすみずみにまで熱を伝えて、熱いシャワーを七分間。軽い食事をすませると、医薬品の瓶を四つほど取り出して、錠剤をまとめて咀嚼した。

それから注射針を尻に刺して、内筒を押しこんだ。

アンドロゲンの注射は欠かせない。

ぼくの性染色体は、46XX／46XYモザイク核型。

体細胞が男女のモザイクになっている。

ぼくのからだは、精巣と卵巣をひとつずつそなえているが、精子も卵子も生産されていない。だから両性具有とはちがうよね、男でも女でもないといったほうが実体をとらえていると思う。名前のとおり男として育てられ、生活習慣もすべては男性のそれによっているので、どちらかといえば性自認は「男」であるとは思う。

だけどアンドロゲンを服用せず、ホルモンバランスの調整を怠れば、ぼくのなかの女性がこうべをもたげる。胸がふくらみ、筋肉や脂肪量も変わって、からだつきに丸みや柔らかみが現われるんだ。自覚したことはないけれど、顔の印象もそれなりに変わるみたいだね。

――おめえは男と女のどっちにオッ勃つんだ？

死にぎわの永誡の、下世話な突っ込み。ぼくはあらためて苦笑する。

「兄さんとおなじだ。女は好きだよ。勃ったことはないけど」

もっと正確に言えば、どちらにも興味はあるし、どちらにも興味はない。性的嗜好ともなるとさらにどっちつかずの傾向が強くなる。男として育ってきたので、一般通念にかんがみた男の生活を送ってはいるが、極端なことを言ってしまえば、男と女のどちらで生きていくかコインを投げて決めるんでもかまわないんだ。

姿見に映った自分のからだを点検する。

アダムの林檎はないし、イチジクの葉で隠すほどの突起物もない。

ボクサーショーツにおさまったぼくの性器。

新種のさなぎのような、学名のついていない熱帯動物の幼生のような、保健体育の教科書に載らないユニークなかたちをしている。

あるべきものがないのは、なによりも厄介なんだ。ぼくたち半陰陽者の性器のかたちはそれぞれに異なっていて、外見的にはまったく変哲のない者もいるらしい。そもそもの分化の要因はあきらかになっていないそうで染色体のイタズラといった表現でお茶を濁すしかないのが現状のようだ。ぼくとしては早急に、より詳細なデータが欲しいところだった。

朝の儀式をひとしきり終えると、ぼくはシャツとスーツをまとって、出窓のかたわらのカウチに腰をおろす。英語版の『ニューズウィーク』を読みながら、本家からの迎えの車を待つ。このところ国外の注目も集めている早田組の記事が載っていた。

すごいね。さすがは世界に冠たるクリミナル・シンジケートだ。

アメリカの財務省は先頃、メキシコのカルテル等とともに、早田組も経済制裁の対象とすることを発表した。国際的な密輸やマネーロンダリングを阻止するために、アメリカ国内における組の資産を凍結、商取引を禁じて、米国の金融経済が暴力団に悪用されないようにひきつづき警戒を強めるかまえだという。この制裁によって早田組はどのくらいの損失を被（こうむ）るのだろうか。カジノ用地の買収などはやりづらくなるだろうが、国内での活動を制限されたわけではないので物の数でもないか？　いずれにしても本家の男たちの「外国嫌い」には拍車がかかっていそうだ。

　玄関のブザーが鳴った。

「組長の様子はどうですか？」

「食事も喉を通らない、と聞いています」

「意外だな。鬱（ふさ）いでるんですか」

「桂介さんは、体調がすぐれないということはなさそうで」

　ぼくの隣に座った三崎勇治（みさきゆうじ）が、抑揚を欠いた口調で言う。三崎のような強面（こわもて）と同乗していると、高級なハイヤーが囚人護送車のように思えてくる。護送する刑務官でも護送される凶悪犯でも、三崎ならどちらの役でもハマりそうだ。早田匡次の若頭で、三十九歳とまだ若いが、当代の組のなかでも屈指の武闘派として知られている。野球選手なら億の年俸を取るクラスの有名人だ。送迎役をまかされるようなタイプじゃなかった。

「三崎さんのような人が、どうしてわざわざ？」

「私も横浜在住ですので、あなたを拾って本家に来るようにと」

「これじゃまるで、ぼくが重要参考人みたいですね」

「どうですかね」

　三崎に友好的な気配はなかった。ぼくの母さんの死と葬儀のことは、組の中心人物はみな知っている。永誠が式場を出たのは、ぼくが退場させられた直後のことだ。当然、疑われただろう。

だがすぐに汪長雲、イサオ、万代医師の三人の遺体が見つかって、永誠に恨みを持つ三人の共謀であり、のちに自殺、あるいは仲間割れによる同士討ちがあったと判断され、組の追及はひとまず決着していた。ぼくは披露宴をあとにして母の葬儀に向かったことになっている。もしも嫌疑がくすぶっているとしても、三人との関与は闇の中だ。ぼくが計画の中心にいたことを示す証拠はない。永誠殺しについては堂々と否認すればいい。

「破門者に、外国人、永誠を恨んでいた医者の犯行でしたね」

「虻川（あぶかわ）会あたりが噛んでいるかもしれない。本家は追及の手をゆるめていません。永誠の叔父貴はまだ死んではならない人だった」

三崎に見すえられて、ぼくは首筋にアイスピックを添えられたような心地になった。狩猟動物がそなえる風格と低温の殺気。冷凍庫から出したばかりのように三崎の瞳は冷ややかだが、その内面では摂氏百度の怒りが燃えている。

こういう男たちを、ぼくはこれから二重に欺かなくちゃならないんだ。

ぼくは、永誠殺しの首謀者です。

ぼくは、半陰陽です。天秤を狂わせる異物です。

命取りになる事実がふたつ。どちらも絶対に明かせない。

車窓の向こうに、世田谷の高台にある征城の屋敷が、早田組の総本家が見えてくる。二千坪はありそうな広壮な屋敷をかこむ高い塀、防弾仕様の門扉、数十台の監視カメラが稼働して、若い衆たちがつめるビルが隣接している。緑豊かな外観だが、最新のセキュリティで陸の要塞となっている。強襲（カチコミ）は不可能、大使館さながらの治外法権。ハイヤーは急な坂道を上りつめると、裏門から敷地に入って、車回しを抜けてガレージの前で停車した。

呼ばれないかぎりは来ることもない。本家の敷地を踏むのは、これが二度めか三度めだ。あたりを見回していると、ぼくと屋敷のあいだに三崎が立った。

「ボディチェックを」

反射的にからだが強ばった。

「危険人物ですか、ぼくは」

「全員がチェックされています。厳戒態勢ですので」

三崎に要求されて、ぼくは両手を頭のうしろで重ねた。

拳銃なんて持っていない。問題は、別のところにあった。

「私も別の人間から受けますので、ご理解を」

三崎のごつごつした両掌が、ぼくの肩から胸を撫ぜて、脇の下へと移動した。

スーツに包んだ筋肉の緊密さが伝わってくる掌が、胸部から腰回りを順にまさぐる。ぼくは硬い緊張感に喉をひきつらせた。月の満ち欠けなりで周期がはっきりしてくれたらいいんだけど、なかなかそうもいかない。ぼくのホルモンバランスは不定期にぐらついて、アンドロゲンの注射でも完全には御しきれない。タイミングが悪いことに今日はこころもち胸が柔らかくなっている。三崎がもしも、これは同性のからだじゃないと察知したら――

ぼくは息を止めた。三崎の掌が胸に戻ってくる。服の上からでもわかるほどか？　心臓の底をじかにまさぐられているようで、止めた呼吸を再開できない。

「……やはり」

三崎が呟いた。ぼくの全身はぎこちなく強ばっている。

「これはかなり、鍛えていますね。スポーツや格闘技の経験でも」

「あ、いえ、筋トレをすこしばかり」

「すばらしい筋肉の質をなさっている」

「華奢(きゃしゃ)なのがコンプレックスだったので」

「細いが、獰猛(どうもう)な筋肉です」

三崎の手が離れる。ボディチェックは切り抜けられたようだ。

ぼくは自嘲する。過剰に意識するな、不自然な態度になりかねない。サウナで友好を深めるようなことにでもならないかぎり、あっさりと見破られるような秘密じゃないんだ。そもそも半陰陽という存在を、三崎たちがみな知っているともかぎらない。接触のたびに神経質になっていたら、挙動不審をかえって勘ぐられるぞ。

自分に言い聞かせながら、高級外車が何台も停まったガレージのかたわらを抜けて、屋敷へと向かう。庭園にもたくさんの組員がつめている。放し飼いにされた数匹の番犬が、吠えながら、ぼくと三崎のもとに群がってきた。

「実はぼくのほうからも、組長や幹部におりいって相談があって」

三崎に言うぼくの足下に、番犬がまとわりついて離れない。マスティフやドーベルマン、土佐犬といった重量級の大型犬がなじみのない訪問者に鼻面を向けてくる。三崎のつぎは犬の嗅覚(はな)か。いいよ、好きなだけ嗅ぎまわれ。

「早田姓を名乗らせてもらえないか、頼むつもりです」

「そうですか。あなたはそれを、ずっと拒んでいたと聞いていますが」

「ええ、決心しきれなかった」

「どうして、いまになって？」

番犬たちはそろって面食らったような、どこか酔っぱらったような落ち着かないそぶりで、うろうろと未練がましくぼくのまわりを徘徊（はいかい）した。かつての似顔絵描きとおなじだね。雌雄のにおいを気取らせないぼくのからだが、犬たちの嗅覚（レーダー）を狂わせたのかもしれない。

「今の自分があるのは異母兄（にい）さんのおかげなので。今回のことで覚悟が固まりました。本腰をすえて早田家で働こうかと、今更なんですが」

「そうですか。叔父貴はあなたに目をかけていましたからね。早田姓の許可となると、やすやすと下りるものではないでしょうが」

三崎が強いまなざしでぼくを見すえる。

「すべてを決めるのは、組長です」

屋敷の中にもたくさんの人間が出入りしている。ぼくは三崎の導きで廊下を抜けた。治外法権となった早田の本家には、武器庫があるだの、防音設備の施された拷問室があるだのとまことしやかな噂（うわさ）が出回っているが、実際のところは世間一般の豪邸のイメージとそんなに差はない。変わっているところといえば、泊まりこみになる幹部や若中たちの配偶者や情婦がつめる客室のようなフロアがあること。自宅にほとんど帰らないという松澤孝史郎の管制室なみのオフィスがあること。それから屋敷の奥に、体育館のようなホールが現われることだ。

「来たか、桂介」

高台から降ってくるようなハスキーボイスが響いた。

導かれたホールで、ぼくは一族の王に謁見する。

「お前の処分が遅れた。いろいろと立てこんでいてな」

早田征城は、半裸でひと汗かいていた。

褐色の荒野で、墨色の「茨獅子」が躍動している。

雄々しく牙を剝き、渦巻くたてがみが燎原の火のようにひろがっている。

獅子の二つの眸は、屍山血河の歴史を見つめる眸だ。

獅子の四つの肢は、累々と倒れたむくろを踏みつける肢だ。

茨をまとった獅子の和彫り。それは征城に彫られてひさしい珠玉の芸術。王の聖画だった。

「お前もだ、桂介、詰めるのは指ぐらいじゃすまねえぞ」

ぼくは三崎を睨んだ。この男のいったいどこが鬱いでるんだ？

だだっぴろい運動場で、ぼくの父は血に染まっていた。足元にはすでに何人か倒れている。

早田征城はさらに別の者に、日本刀を横ざまに切りつけて、胴体を俎板がわりにドスンと腕を詰めていた。

3

ぼくの前に屈みこんで、征城が言う。

「桂介、人間の頭を撃ったことはあるか？」

ホールに膝を突いたぼくは、指の隙間から流れだす血の温度を感じている。

ありがたいことに両腕はまだつながっていたが、対峙するなり征城は、日本刀でぼくの横腹を斜に切りつけていた。

「答えろ。人の頭を撃ったことは？」

「なかったと思いますね」

「そうか、なら想像してみろ」

「想像、ですか」

　ぼくのかたわらでは、披露宴の警護を担当していた若衆たちが腕を寸断されて、血まみれで倒れている。若中のなかには、いそいそと死体袋(ボディバッグ)を用意している者もいた。

　彼らはみな永誠の死の責任をとらされたのだ。直々に組員を罰するとき、征城は指の一本や二本では満足しない。場合によっては、手首や腕を切断しなければオトシマエとは認めない。日本刀をふるい、本人の胴を俎板にして腕を切り落としてしまうなんて、征城らしい発想と実践だ。

　他にも早田に与(くみ)しない暴力団の組員や、式場の警備担当者たちが顔が変形するほど暴行をふるわれている。なりふりかまわずに関与していそうな者をひったてて、実行犯を手引きしたり、裏で糸を引いたりしていないかを追及しているのだ。躍動する王を見守るのは、早田匡次と、松澤孝史郎。それから本家の若中たち。長兄の雄昇はすでに海外の仕事に戻ったのか、どこにも姿が見えなかった。

「誰でもいい。弾きたいやつを想像してみろ。そいつの後頭部に銃口を突きつけて、引き鉄(がね)を引いてみろ。銃弾が皮を貫いて、頭蓋が破裂する感触が伝わってくる」

「うまく想像できません。頭に血がまわらないみたいで、どうしてだろう？」

「それしきの傷で騒ぐな。弾いた感触ってのはときに幻想的だぞ。こっちの肚(はら)にも響いて、自分の頭が破裂したようにも思える。わかるか？　立場が逆転したような気になることがあるんだな。銃弾に砕かれた歯が、血や脳漿(のうしょう)とともに吐きだされる。前のめりに崩れ落ちるさきに、地面はねえ。そこにあるのは柔らかい奈落だ。崖から身投げしたみてえに、真っ暗な奈落に落ちるんだ」

　征城は語りながら、ぼくの喉元を蹴り飛ばした。ぼくはうっかり舌根を呑みこみそうになる。呼吸ができなくなって、腹の痛みもあいまって意識がかすんだ。

さらにもうひと蹴り。征城の爪先にひっかかって、ぼくのシャツのボタンが弾ける。胸から腹まで地肌があらわになった。

「だがな、どこまで落ちても底はねえ。どこにもたどりつかずに落ちるだけだ、涯のない奈落を永遠に落ちつづける。あの世なんて慰めはありはしねえ。死ってのはそういうもんだ。お前も何人か弾いてみろ、からだでその感覚が理解できるだろうよ」

すごいもんだな、とぼくは感服してしまう。生きながら「死」を体感的に語ることのできる人間が他にいるだろうか？　殺されるがわと同化できるほどの感受性がそなわっているとしたら、その人間はもはや人間の限界を超えている。さすがは神話の主。世界最大のクリミナル・シンジケートの首領だ。すごいよね。

あてこすりで苦笑するぼくに、征城が歩み寄ってくる。ペンハリガンの香水のにおいが血と汗に混ざってむせかえるような香気を放っている。

「永誠はいま、落ちている」

ぼくの目蓋（まぶた）は切れている。血で滲んだ視界に、征城の顔が二重にダブる。

「背後からパァンと一発だとよ。崖からいきなり突き落とされて、たったいま、この瞬間も奈落を落ちつづけてる」

これは黒タイの仕置きじゃない。あるいは征城は直感的に、ぼくが永誠殺しに関与していると見抜いているのかもしれない。ぼくに馬乗りになると、内腿の筋肉で横腹の傷を締めつけてくる。ぼくは激痛に奥歯を噛みながら釈明をつづけた。

「永誠兄さんには恩があります。ふらふらしてたぼくの世話役になって、組に迷惑をかけないように便宜をはかってくれた。ぼくの式でのふるまいが間接的に兄さんの死を招いてしまったとしたら、ぼくが殺したのも同然かもしれません」

　馬乗りのままで屈みこんだ征城は、ぼくの頰に右掌を添えた。

「あれは俗物だったが、それでも息子だ。組には大きな痛手だ」

「ぼくだって、手をくだした人間は許せない」

「桂介、俺の目を見ろ」

　ぼくは値踏みされる。征城がぼくの言葉を、天秤にかけている。

　ぼくは固唾（かたず）を呑んだ。血の味がするいがらっぽい塊が食道を落ちていった。

　あるいは征城は、ぼくの下目蓋を指でつまんで、壁紙のようにべりべりと頰の皮膚を破ってみるかと考えているのかもしれない。食わせ者の素顔を暴けるなら、それぐらいのことはするだろう。

「たわいのないオイタでも、オイタはオイタだ」征城の指がぼくの目のふちを圧（お）した。「お前はあのとき、俺の顔に唾をひっかけた。ここでお前を信じる理由がねえんだよ」

　ぼくの血に濡れた睫毛（まつげ）を、征城の爪先が撫ぜた。

　組み伏せられたまま、ぼくは肩の力を抜き、息を吐いた。

「見せたいものがあります。シャツを脱いでもいいですか」

「腹でもかっ割（さ）くのか」

「あまんじて処罰は受けるので、その前に……」

　つかのま解放されたぼくを、征城が、松澤や匡次や三崎が、無言で凝視する。

　ぼくは水を一杯だけもらって、ホールの壁面に両手を突いた。

　血染めのシャツをはだけさせて、肩と背中をさらした。

　無言のままだ。しわぶきひとつあがらない。

早田の男たちは、ぼくの背中を目にしても驚きも動揺も示さない。

ふりかえるのが怖い。こっちはいやでも神経質にならざるをえないのに、リスクのわりには反応が薄い。ホルモンバランスの乱れは、ぼくの裸にはっきりと現われている。女性的な脂肪がうっすらと筋肉の表面を覆っている。地肌をあらわにする危険を冒しているのだから、それなりの見返りは欲しいところだ。リアクションを、リアクションをくれよ、さあ誰か！

「そんな刺青をいつ彫った」

真っ先に口を開いたのは、征城だった。

「異母兄さんが死んだ二日後からです」

「不敬にあたるとは考えなかったのかね」

つづけて言ったのは、松澤孝史郎だ。

「刺青を彫るのは君の勝手だが、その画柄にどんな意味があるか、知らないわけではないだろう。勝手が許される意匠ではない」

ぼくの上半身には「茨獅子」のすじ彫りが刻まれていた。

全体のアウトラインまで彫って、色彩の施されていない未完成の刺青だ。

征城、永誠のそれとおなじデザインではないが、右上腕から肩胛骨にかけて茨をくぐる雄の獅子が活写されている。松澤孝史郎が厳しい態度になっているのは、「茨獅子」が早田の血統につらなる男しか彫ることを許されない、聖画に類する意匠だからだ。

「本家の許可をとらなかったのは謝ります。だけど異母兄さんは、ずっと覚悟を決めろと言っていた。組に名前を入れろ、お前にも茨獅子を彫る資格はあるんだって。それなのに、ぼくは、いつまでも半端なままで……今回のことでつまらない未練や反発心は捨てました。できることならぼくも、この世界で生きていきたいと思ってます」

　故人の遺志をでっちあげて、熱っぽく訴えてみても、組のトップたちはたやすくほだされたりしない。征城はどことなく鼻白んだように、数人分の返り血をタオルで拭きながら「遠山の金さんじゃあるまいし、刺青ひとつ見せたくらいで一件落着とはいかねえなぁ」と言っている。松澤孝史郎はそれまでに見せたことのないような険しい面持ちになっていた。血縁のない唯一の幹部として、自分にはない聖画をぼくが彫ったことがよほど許しがたいのか。おなじように若中たちも、いきなり茨獅子だあ？　といった殺気をホールに充満させていた。

　だけどぼくとしても、引き下がれない。

　表向きには、永誠の衣鉢を継ぐ意思表示として。

　実際のところは、死者の皮を剝いでかぶるような冒瀆行為として。

　ぼくは早田の紋をまとった。このからだは、最終的な目標を遂げるまでの生贄だ。この場ではかりそめの帰属意識を前面に出して、征城たちを欺きとおせ。

「勝手ついでに、もうひとつ。ぼくにも早田姓を名乗らせてもらえませんか」

「早田を？　おまえは尾野桂介のままでいたいんだと思ってたがな」

「次から次へと……もうすこし分をわきまえたほうがいいな」

　征城につづいて、松澤も背中越しに近づいてくる。

「こっちを向けよ」

　征城に命じられて、ぼくはシャツを肩にかけ直し、ボタンを閉めながらふりむいた。

　そろそろ出血がこたえてきて、眩暈が強度を増した。征城は微苦笑を浮かべて、

「早田を名乗らせろとはな」と噛みしめるように言い直した。

「独断で茨獅子まで彫って」と松澤が厳しい口調で言う。

「覚悟の表明ってわけだ。どうするよ？　俺たちを敬遠してたはねっかえりが、早田の釜の飯を食いたいときたぞ」

「嫌疑が晴れたわけではないし、刺青も分不相応でしょう」

「うちの参謀どのはこう言ってるが、さて、どうするか」

あごや横腹から垂れる血が、ぼくの足の裏を生温かく濡らした。全身にひろがる苦痛で立っているのもやっとだった。

「試してください」

眩暈に耐えながら、ぼくは征城に訴えた。

「仕事をください。そこで成果をあげます」

そこで征城のもとに、若衆が電話の子機を運んでくる。

どうやら仕事の話のようだ。征城は電話に出ると、相手の声にしばらく聞き入り、それからいくつかの指示を出した。巨額を動かす大組織の頂点に立っている男だ。ぼくの処罰や、永誠の一件ばかりにかかずらっているわけにもいかないんだろう。電話を切ると、別の番号をコールして、ホールにあぐらをかいてビジネスの采配をふるいはじめた。

「じゃあまあ、試してやるか」

通話のあいまに征城がぼくに言った。

「お前、永誠に仕事を仕込まれたんだったな」

「音楽配信業を任されていました」

「だったら、永誠の領分でごたついた騒ぎを収めてこい」

「と、言いますと」
「松澤」
組長の裁定にこころもち不服そうにしながら、松澤孝史郎は若い衆に数冊のファイルを持ってこさせて、ぼくとの対話を引き継いだ。「永誠が見ていた芸能派遣業務を主とするエージェンシーで、うちの系列団体を介さない薬物が出回っている――」

早田組が抱えるフロント企業は、およそ三十業種、登記の数だけでも五百、非合法団体も含めればその数は二倍にもはねあがる。警視庁の組織犯罪対策部がどんなに心血を注いでも、すべてのつながりを立証することはできないだろう。わけても近年、大きな収益をあげている芸能関係のフロント企業は、資金運営、業務監視、上納金のやりとりにいたるまで永誠が統括していた。

そんな永誠の領分で、問題が生じていた。コマーシャルや雑誌、企業広告、プレタポルテのショー等にファッションモデルを派遣するエージェンシーで、所属する外国人モデルを中心としてドラッグが出回っているという。モデルやタレントが、ダイエットに効果のある痩せ薬として、ストレス発散の妙薬としてドラッグに手を出すというのはよくある話だが、問題になっているのは、流通経路から製造元まで早田組があずかり知らない薬物であること。さらにそれが、悪質といっていいほどの激甚な効用をもたらすヘロインであるということだった。

連絡がつかなくなるモデル、骸骨のように痩せほそって人前に出せなくなったモデル、商品にならなくなったモデルがあいついで、まわりまわって組の損失にもつながっている。出回っているのは大陸方面でおもに蔓延（まんえん）して、ここ数年で日本でも確認されるようになった「ダスト&シュガー」と呼ばれる合成ヘロインで、何年か前に大流行したチャイナホワイトをはるかに超える強力な効用と依存症をそなえ、すでに汚染されたアジアの各国では社会問題にもなっているという凶悪な代物だった。

「永誠は死の直前、このドラッグの出所と経路を探らせていた」厳しい口調をたやさずに松澤孝史郎が言う。「だが常用者を締めあげることはできても、薬物をさばいている販売者（ディーラー）が尻尾をつかませないのだ。撮影現場などで取引しているようだが、この販売者（ディーラー）をとらえられず、大元のルートも暴けていない。大陸系のマフィアが卸している可能性は高いだろう。我々に無断でドラッグ・ビジネスを展開しているのだから、これは無視できない領土の侵害だ」

「元締めを洗いだせばいいんですね」

「不服かね、内偵のような仕事は」

「だんびらをかまえて蛇川の事務所に乗りこむよりは、ぼくに向いていると思います」

「二ケ月ほど探っていたが、不首尾に終わった。ディーラーは素性を気取らせない。さまざまに変装や工作をして注意深く行動している。常用者たちはこちらの商売道具でもあるからな。たてつづけに何人も締めあげることはできない」

　本家の思惑はたやすく想像がついた。製造元や販売者を割りだして、ダスト&シュガーの販路を奪えれば大きな利益につながるし、うまくすれば日本で活動する海外マフィアとの火種を拾うこともできる。匡次や三崎は、すでに抗争（でいり）の準備を始めているのかもしれない。

「本家ではいま、海外方面での大きな事業が進められている」と松澤が言った。

「大きな事業？」

「些事（さじ）にかかずらっている暇はないのだよ。アメリカの経済制裁のニュースは知っているかね。お得意の内政干渉のおかげで、組長も我々もいろいろと対応に追われている」

「海外の事業というと、カジノの用地買収の件ですか」

「お前にはまだ関係ない」

ちょうどそこで征城が電話を終えて、ぼくと松澤の対話をさえぎった。

「永誠の後始末、やるのかやらねえのか」

「やります」

「ちまちまと事実を探れと言ってるんじゃねえぞ。早田を名乗るなら、製造元も販路もねこそぎ分捕ってきて組に上納するぐらいのことはしてみろ」

脱いでいたガウンを羽織ると、これから海外だ、と征城は言った。

「海の向こうで二、三の会合だ。戻るのは一週間後。それがお前の期限だ」

さらに松澤が組長と話しこんだうえで、裁判官のように冷厳に告げる。充分な成果をあげることができれば披露宴でのオイタは不問。早田姓についても検討する。幹部がひとりでも納得しなければ、絶縁。指や腕がそろったままで放逐するかはそのときの組長の気分次第。早田の名のもとに仕事をすることは二度と許さない――なるほどね、ようするに執行猶予みたいなものか。組に利益をもたらせることを証明してみせろ、使えない人間はいらない、というわけだ。

「そのすじ彫り、せいぜい完成させろよ」

最後に王は笑った。数百数千もの男たちを蕩(とろ)けさせ、狂信の徒に変えてしまう侠聖の笑顔が、ぼくの視界から去っていった。

王との謁見を終えるなり、視界がグニャリとひしゃげた。全身の傷から血は流れつづけている。意識を保つのが難しくなってきた。「治療してやりなさい」と松澤の声が聞こえる。

数人の男たちにホールから運び出される。死体袋(ボディバッグ)で出ることにならなくてよかったですね、と囁(ささや)いたのは三崎だったか、意識がかすれてよくわからない。その言葉には若干の侮蔑のニュアンスを感じとれた。寛大な処分でよかったですね、とも聞こえた。たしかに腕や指はつながっているし、条件付きながらこちらの要望も俎上(そじょう)にあげてもらえた。

男たちの声が、ぼくを蔑んでいた。妾腹でも組長の子。お前がそのぐらいですんだのは血が担保になっているからだ、と——

たしかにそうかもしれない。蔑まれていることよりも、自分のなかにおさえようもなく湧きかえる安堵(あんど)に虫酸が走った。ぼく自身、この王の間に依存心をたずさえてこなかったか？ 血縁をかさにきて、極刑まではくだされないだろうと高を括(くく)っていなかったか？

だとしたら、結局のところは掌の上のはねっ返りだ。

血に頼るのは、これが最後だ——

男たちに運ばれながら、ぼくは緩慢な眩暈の渦に落ちる。

消えゆく意識のはざまで、凄烈(せいれつ)な父の声が反響していた。

王の聖画(イコン)が、茨獅子が哮(たけ)っていた。

4

「ちょっと待てよ、ひでえ傷じゃないか。刺青どころじゃねえだろ」

「作業を進めてくれ。傷がないところからでいいから」

「あんた、なにがあったのよ」

「気にするな」

「こっちのなんて刃物の傷だろ」

茨獅子を彫らせる刺青師には、暴力団とのしがらみがないファッション・タトゥーの職人を選んでいた。埼玉県の春日部にHORI-KIYANの屋号でアトリエをかまえている彫り師で、アジアやヨーロッパ、ポリネシアなどで武者修行をしてきたという流浪の職人めいたイメージも気に入った。

刺青師はキャンと呼ばれていた。本式の和彫りの経験こそなかったが、ロサンゼルスで催されるボディ・アート・エクスポの上位ランカーで腕前は折り紙つきだ。ぼくはメールのやりとりで交流を深めて、春日部のアトリエに通うようになっていた。

作業台にうつぶせになると、傷やあざをよけながら、キャンの針が作業を始める。茨獅子はまだアウトラインしかできていない。全工程のおよそ三分の一といったところだ。

「わけありの連中だって来るし、警察に報告する義務なんてねえけどさ……」

ワセリンを塗った針が、皮膚に血の球を浮かばせる。輪ゴムでまとめたマグネットコイルのユニットに浸透圧で墨がたくわえられる仕組みだ。オン・オフをくりかえすユニットの駆動音でアトリエの空気が引き締まるこの時間がぼくは好きだったが、難点をあげるとすれば、キャンが寡黙な職人タイプではなかったことか。

「あんたって敏感肌だろ、皮膚が針を嫌ってる感じだよ……広範囲のハードな刺青にはそもそも向いてないんだ。そこにきてこんな傷とかつけて、俺にとってもあんたのからだは大事なカンヴァスなんだぜ、ちゃんとコンディションを保ってくれなきゃベストの仕事はできねえよ」

悪い奴じゃないんだけどな。こんな和彫りを彫っているんだ、暴力団がらみの負傷であることはキャンも察しているだろう。ぼくは話題を変えたかった。

うつぶせのままで顔をもたげた。アトリエの壁には、ポリネシアの部族系のライン・アート、トライバル、梵字(ぼんじ)やルーン文字、道教の陰陽印(おんみょう)、太陽や矢じりをかたどったアイヌ民族の刺青、ラテン語のアフォリズムや、ドイツのリアリスティック・トラッシュ・ポルカなど、東西のさまざまな刺青の写真が飾られている。ベルガモットの香が焚かれて、滅菌ボックスから洩(も)れる紫外線の光が空間を照らしている。ぼくは寝そべったままでキャンに言った。

「こないだの話、ちゃんと聞かせてくれよ」

「あ〜、なんの話だったっけ」

「沖縄のタトゥーの話」

「あ、ハジチな」

キャンの故郷、沖縄の刺青(ハジチ)文化。琉球の世からハジチは女性が彫るものだった。十歳くらいから彫りだして、歳を重ねるごとに増やしていき、両手に二十数種の紋様ができあがったころが結婚適齢期とされていた。旧習が廃(すた)れた現在でも、ハジチのある老女はわずかに残っているそうだ。

「地元で彫ってたころ、親戚のオバアがハジチの起源を語ってくれてさ。オバアの独自の解釈も加わってたっぽいけど」

「へえ、どんな？」

キャンは手を止めずに、針を動かしながら起源の物語を語った。

「大昔、井戸で洗濯する女たちのところに太陽の神様が現われて、苗木を配った。みんなが苗を植えて、それが成木に育てば大地は豊かになる。枯らさずに育てることができた者には、死後も安泰でいられる目印をつけてやろうってな」

「それがハジチ？　神様のご褒美なんだ」

「そのときから、ハジチがないと後生(グソー)で困るって民間信仰ができたんだって。だからハジチは極道者(アジバー)

の刺青とはちがうのよ、死後の安楽を約束する証なのよってオバアは言ってた。彼岸へのパスみたいなもんだな、ほら、見てみろよ」

　キャンはあごをしゃくって、壁のライブラリに注目をうながした。

「スカルに十字架、世界のどこに行ってもタトゥーに〈死〉の意匠はつきものだろ。ハジチとおんな
じだよ、万国共通の最大の関心事は〈死〉なんだよ」

「ぼくの知り合いで、死の感覚を知ってるっていう男がいたよ」

「死の感覚？　へえ、それってどんなだよ」

「いや、なんでもない。それで？」

「ああ、それでな、こうして皮膚のカンヴァスと向き合ってると、不思議な気分になることがあんの
よ。まっさらの墓石にそいつのエピタフというか、墓の紋様っていうかな、そういうものをせっせと
彫りつけてるような気がしてくるんだ」

　キャンの針の動きが、そこですこしペースを乱した。

　おもしろいことを言うな、とぼくは思う。

「生きた人間が死の意匠を彫るのってさ、自分のからだを、自分の墓として完結させるようなもんだ
よな。人間のからだってのはそもそも、それだけで死の意匠じゃん？　だってそいつのからだは、そ
いつの死体にいちばんよく似てるものなんだから……あ、すまんっ」

　痛みの強度が増した。ひと針が皮膚に深く刺さった。めずらしく手元が狂ったらしい。

「悪ぃ悪ぃ、変な話するからだな」

「変かな、すごくおもしろいよ」

「こんな話、客にしたことないんだけどな」

あんたに彫ってると妙に調子が狂うんだよ、とキャンは言った。気がつくと三時間が過ぎていた。傷にもさわるし、今日はこのぐらいにしておこうとキャンは手袋を外してしまった。

「前回よりも筋肉が落ちてるみたいだな」

「彫りづらい？」

「う〜ん、そういうわけじゃないけど……」

ぼくはキャン特製の生姜（しょうが）と梅を溶かしたお茶でのどを湿した。アフターケアのオイルを塗るキャンの指がこころなしか戸惑っているようにも感じた。

ぼくのからだの変化に気づいているんだろうか。指先や針の感触でそこはかとない違和感をおぼえているのかもしれない。たしかに前回と今回とでは、質感や硬度の点でカンヴァスは別物になっている。ホルモンバランスの乱れで、ぼくのからだはより女性のそれに近づいているのだから。

できることなら詮索（せんさく）しないでほしい。キャンがぶしつけに一線を越えてこないことを祈りたい。この刺青師とはもうすこし付き合ってみたかった。

「あのさ、ここから追加って頼めるかな」

「追加？　もっと彫るのか」

「これまでのものはそのまま進めてもらうとして、混ぜてほしい表徴（デザイン）があるんだ」

「そりゃご所望がありゃ彫るけど、なんだよ、なにを彫るの？」

「日食」

刺青がおりなす情景の最果てに、茨獅子のトータル・デザインのどこかにでもしのばせたい。キャンの話を聞いていて、ぼくは皆既日食の刺青を彫りたくなっていた。ぼくのハジチ。死の意匠。半陰陽の表徴だ。キャンにとっても技術的な障壁はあるようで「……正円は難しいんだぞ」とか「黒マットに浮かんでるもんだろ、肌のネガポジを逆転させるのか」などと難色を示していた。

帰り道、ぼくはプジョー406クーペを首都高に走らせた。横腹の傷がまだ痛んでいる。熱に疼いているからだをシートに預けて、車窓の外に視線を向けた。黄昏時を過ぎて家々の屋根が空との境界線をなくし、すこしずつ世界の彩度が褪せていた。

あらためてキャンの話を思い出す。

刺青は死の意匠。自分のからだを、自分の墓として完結させるもの。

だったらぼくは、血塗られた神話を絶やすために、このからだを差しだそう。

本家にあたえられた試練は望むところだ。期待されている役割をまずは十二分に果たして、城砦の内側に深く食いこむ必要がある。静かに雌伏して、時が満ちるのを待つ。一族を絶やすために、王を葬るために――

このからだの刺青が完成するとき、ぼくは一族の墓標となるのだ。

第二章　ダスト&シュガー

5

あくる日、ぼくは松濤(しょうとう)にある「Cycle.INC」を訪れた。

商業ビルの上層階に入ったオフィスは、むせかえるような女の園だった。大きなプレタポルテのショーを控えているそうで、たくさんの外国人モデルが出入りしていた。スカンディナヴィア系が多いようだ。ロシアや北欧のモデルたちの伸びきった手足、透明感のある白い肌、九頭身のプロポーションには感嘆させられた。

組の人間がオフィスに出張ってくることはめったになかったようで、エージェンシーの鳥越(とりごえ)社長はしどろもどろになっていた。ぼくたちは応接フロアで宣材写真を見せてもらった。「よりどりみどり。外国女の仕出し屋ですね」ファイルをめくりながら久米駿彦(くめとしひこ)が言った。

「彼女たちも、みんな必死なんですよ」と鳥越社長が答える。「実績のない新人は三ケ月ほどはテスト期間で、本契約はそのあとになりますもので。三ケ月で仕事をとれなければ、母国に仕送りすることもできません」

「風呂でもヌキでも、いくらでも稼ぎようはあるでしょう」

久米が鼻で笑うと、鳥越社長は肩をすくめて、

「特にロシア系は体質的に太りやすい。オーディションに合格しても現場に出かけるころには別人になっていて、スタイリストが採寸しておいた衣裳が入らないなんてこともしょっちゅうです。彼女たちにとって体型維持はつねに死活問題で……」

「だから薬物にも手を出してしまう、というわけですか」ぼくは口を挟んだ。

「こちらでもいろいろと対策は講じてます」と鳥越がつづける。「モデルたちを厳重に見張って、プライベートでも相互に監視をさせて……」

「監視といっても限界があるでしょう。モデル同士でも売り買いがされてるのかも」

「ディーラーは転売を許していないようで、客それぞれに服用分しか売らないそうです。面と向かって接触しなくてもいいように、あれこれと工夫してさばいているようで」

「ほんとうに部外者なんですかね」

ぼくは身を乗りだして、鳥越社長を問いただした。

「ディーラーは撮影現場の裏で商売しているんでしょう。関係者やモデルたちのなかに手引きしている者がいると考えるのが妥当じゃないですか」

「これだけ他の国の人間が出入りしてんだからな」久米がフロアの外に目をやった。廊下を歩いているのはモデルばかりではない。各国のエージェントやスタイリスト、ディレクターなどが往き来している。「こいつら、早田の領土とかわかってないっしょ。やっぱりさあ、片っ端から締めあげるのが早いんじゃないですかね」

ぼくは問題点を整理する。「仕事を取るためにドーピングをするのはいっこうにかまわない。肝心なのは、早田の認可がない商品だってことです。ぼくたちは数日で経路を暴きださなきゃならない。協力してもらえますね」

「それはもう、私どもの監督不行き届きでございますし……」

「ファイルはお借りします」

ぼくたちは応接フロアをあとにした。廊下で待っていた山瀬と児玉とともに、久米はすれちがうモデルたちを市場の野菜や果物のように吟味している。恐怖の色が浮かんだ碧や翠色の瞳を、みだりに視線で舐めてころがす。

この業界に出回っているヘロインについて調べることになって、ぼくには三崎がつけられ、その舎弟分が三人もついてきていた。ぼくが信用されていないからか、それともこの一件を、ぼくが思っている以上に本家は重要視しているのかもしれない。

早田組では二次団体、三次団体にいたるまで、王の影響のもとに純血主義や差別主義が根づいている。外国人モデルもとうぜん槍玉にあげられる。久米、山瀬、児玉の三人もそれこそ農園奴隷のように彼女たちを牛や馬と同等のものとしかとらえていない。

三崎の舎弟頭、久米駿彦。一九〇を超える長身で、長い手足はモデルたちにもひけをとらない。カート・コバーンを純和風にしたような顔立ちは色男の部類に入りそうだが、きわめてたちの悪い男根主義者で、裏切者の仕置きの場面では相手の妻や娘、年老いた母親までさらってきて、本人の目の前で凌辱してみせるという。仕立てのよいアルマーニを着こんでいても、品性の下劣さを隠しきれないタイプのヤクザ者だ。

それから、児玉雅志。地方暴力団から三崎が抜いた人材だが、外様にもかかわらず闇賭博や企業恐喝に才覚を発揮して、このところは本家のおぼえもめでたいというタフな男だ。この手のサヴァイヴァルに長けた人物には注意しなくちゃならない。他人のあらを探し、あわよくば利用しようという習性が染みついているはずだから。

もうひとり、山瀬崇史は、怪文書をぶつぶつと諳んじるような独り言を吐きながら、モデルたちを視線で犯している。悪名の高い男だ。三崎に命じられて監禁部屋の見張りをしていた山瀬は、監禁していた男の腕と足を一本ずつチェンソーで切断して、切った手足を部屋のあちこちに隠して本人に探させていた。戻ってきた三崎に「ハイド＆シークで遊ばせていた」と答えたという。ハイド＆シークは英語でかくれんぼ。十五歳までブルックリンで育った帰国子女なんだそうだ。昆虫をばらして遊ぶ少年の残忍さを煎(せん)じつめると山瀬ができあがる。極道者がすくなからずそなえる一側面、おぞましい陰性の狂気を体現するような危険人物だ。

三人とも兄貴分の言うことしかきかないという。久米や山瀬にいたっては、三崎が従えた人間凶器とも称されていた。

ぼくがもっとも警戒しなくちゃならないのは、こういう男たちを鎖につないで飼いならす三崎勇治のような男だ。狂気と俠気をあわせ持ち、数えきれない逸話で知られている一線級の傑物がこれから行く先々についてくるというのだから、どうしたって神経質にならざるをえない。

ぼくたちは鳥越社長の案内で、午後いっぱいをかけて、所属モデルが出演するショーや撮影現場を見てまわった。遅れて三崎も合流したが、濃度の高い男社会とは対照的なモデルたちの世界はどうにも居心地が悪いようで、鼻先に蜘蛛(くも)の網でもひっかかったような表情が消えなかった。渋谷の一等地のマンションひとフロアを借りきったスタジオを視察していたところで、さすがに辟易(へきえき)としたのか、ぼくに別の話をふってきた。

「桂介さん、感心しましたよ。本家での仕置きによく耐えられた。傷はもういいんですか？」

「動くと痛むけど、期限を切られましたから。休んではいられません」

「あの刺青の是非はともかくとして、堂々となさっていた」

「三崎さん、その敬語やめませんか」

三崎のもってまわった口調に、ぼくはそろそろ耐えられなくなっていた。

「あなたは匡次さんの若頭。立場がちがいすぎます。そもそもどうして三崎さんが？　あなたのような人が当たる仕事じゃないと思いますが」

「今回のことには、大陸系のマフィアが噛んでいる可能性がきわめて高い。だから俺たちがつけられた。本家の判断です」

「物騒ですね。その場で撃ちあいにでもなったら、ぼくひとりじゃどうにもならないってことですよね。そういえば松澤さんが〈海外方面の大きな事業〉が進んでるとも言ってたけど、本家はこのところあわただしいみたいですね」

「立てこんでいるのはたしかです。おかげで匡次（オヤジ）や俺たちもなにかと忙しい。この調査にしても正直、一週間もかかずらっている余裕はない」

「早急に解決するのが、おたがいのためですね」

「断っておくが、あくまでもこれはあなたの仕事、組長があなたに命じた仕事です。俺たちは護衛と考えてもらいたい。必要とあらば人手は貸すし、道具も出しますが、実際に鼻面を嗅ぎまわらせるのはあなたです」

　ぼくにとっては監視役もおなじだ。この研ぎ澄まされた極道者と、これからしばらくは行動をともにしなくちゃならないのだ。


　このあとはどうなさいますか、と鳥越が訊いてくる。視察を終えて地下駐車場に下りるエレベーターを呼んだが、機材を下ろそうとしていたスタッフとかちあって定員オーバーのブザーが鳴った。最後に乗りこもうとしていたぼくが遠慮する。

「どうぞ、階段で下りますから」

　でしたら私も、と鳥越が気をつかってエレベーターを降りた。次を待ちましょうと言われたが、ぼくは非常階段のドアを開けて、十九階ぶんの階段を下りていった。

たえまなく空調の音が反響している。吹き抜けになったフロアは清掃が行き届いていて、階段の踊り場には観葉植物の鉢が置かれている。ちょうど十階ぐらいまで下りてきたところで、階下から足音が聞こえた。誰かが上がってくる。どことなく攻撃的なヒールの音を響かせて、階段の下から現われたひとりの女が、ぼくを見上げた。

すれちがいざまに、彼女はぼくの顔に視線を注いだ。

どこかで会った？　とでも言いたげなまなざしだ。

輪郭の濃い美形。長い手足。東洋系の女だ
モデルのようだ。

彼女の視線につられて、ぼくまでなんとなく見覚えがあるような気がした。

モデルという人種には、美しくはあるが目を離したとたんにどんな顔だったか忘れてしまう容貌が少なくないが、彼女はちがっていた。長すぎる睫毛で切れ長の瞳(め)は翳りぎみだし、鼻はこころもち鷲鼻で、あごも尖(とが)っている。わかりやすく端整な面立ちではないが、商品の記号(パーツ)としては欠陥になりそうなところも含めて、こちらの目に食らいついてくるような美形だった。すべての美しいものは強者であり、醜いものは弱者となるこの業界で、獰猛可憐とでも形容したくなるようなルックスだ。

見ているだけでこっちの関節が痛くなるような伸びきった手足。コートの襟でそりかえって渦巻いた漆黒の髪はしとねの乱れをひきずっている。ぼくのあとに下りてきた鳥越社長に、彼女のほうから会釈をした。ぼくはひとつ上の踊り場で立ち止まった女のすっぴんの横顔を見上げる。向こうでもふりかえって、ぼくについてなにかを思い出したのか、珍しい蝶を見つけたような瞳の色を湛(たた)えて、かすかに唇の端をもたげてみせた。

鳥越に見送られて彼女は、吸血鬼を串刺しにする杭のようなヒールの音を響かせて、ぼくたちが下りてきた階段を上がっていった。

「灯(あかり)といいます。彼女もうちが契約しているモデルです」

「日本人モデルは珍しいですね」

「永誠さまが、他の事務所から引き抜いたモデルです」

「異母兄(にい)さんが。ああ、なるほどね……」

「あのスタイルで純粋な日本人というんですから。外国勢とならべてもひけをとらないトップモデルです。うちの稼ぎ頭ですよ」

そういうわけか、見覚えがあるはずだ。あれはたしか芸能関係でパーティーに出席したとき、永誠が連れていた女だ。言葉を交わしたことはないが、ホテルのラウンジで永誠と待ち合わせをしたときにも、宿泊階からいっしょに下りてきたことがあったはずだ。

永誠の女か。ぼくが殺した男の情婦──

彼女にとってぼくは、大事なパトロンを奪った仇(かたき)になるんだろうか。

それとも、鳥籠から解き放ったのか。

ヤクザの情婦と聞いてぼくが思い出すのはもちろん、今は亡きひとりの女性だった。

「お気に召したようなら、私のほうから話をつけてみましょうか」

両手を揉(も)みしだく鳥越の言葉を聞くとも聞かずに、ぼくは地下駐車場に下りてからも、すれちがった女の鮮やかな印象をしばらく反芻していた。

6

永誠がとりしきるようになってから、配下のエージェンシーは業界シェアの上位に食いこむようになっていた。暴力のスパイスをきかせつつも、事業家としては有能な男だったのだ。永誠はうまくやっていた。そこには術策があり、捏造（ねつぞう）があり、リスクヘッジがあり、癒着があった。業界の権力者とのパイプを築いて、政財界にも美味しい汁を吸わせながら、莫大な上納金（アガリ）を稼ぎだしていた。永誠はうまくやっていた。

視察をすませた夜、鳥越社長が経営する麻布十番のラウンジバーに招待された。大通りの裏手にあるビルの一室、指紋認証でドアが開く会員制のバーだ。それほど広くない店内は空（す）いていて、ぼくたちの他に客は少なかった。ぼくと三崎はフロント企業について、近代的な商売（シノギ）のありかたについて意見を交わしあった。

三崎は酒が強かった。注いだそばからグラスを干している。久米や山瀬や児玉は、国際色豊かなハーレムを堪能（たんのう）していた。

「桂介さんもヤボですね」

久米や児玉が、ぼくにからんでくる。

「こんな夜に、堅苦しい話に兄貴を付き合わせるなよ」

「これってどういう席なんだ？」

「見りゃわかるでしょう。社長の心付けですよ、心付け」

ブロンドとブルネットを抱いた久米は、耳たぶをかじったり、胸を揉みしだいたりと好き放題にやっていた。両手は埋まっているが、背後のモデルにグラスを傾けさせて、ハードリカーを生のままで流しこんでいる。ラウンジバーにはCycle.INCの外国人モデルが二十人ほど駆りだされていた。

「あの社長、変な気をまわして……」

「兄貴もどうです。たまには金髪もいいですよ」

「お前ら、商売道具に傷をつけるなよ」三崎はかたわらのブルネットに見向きもせずに酒を飲んでいた。とはいえ、舎弟たちの節度のなさを戒めようともしない。

フロアの奥から聞こえる下卑た哄笑に、他の客もいそいそと退散してしまった。だけど貸切状態にならなくたって、久米たちは遅かれ早かれシャツのボタンを外していただろう。われがちに諸肌を脱いで、むきだしの情欲を酒池肉林の時間に浸している。

「さすがにどうなのかな、兄貴分のしつけが疑われちゃいますよ」

「こいつらのことは放っておいてください」

「なにもここで脱がなくても。会計のあとで好きに連れて帰ればいい」

「この件に決着がつくまでは、こいつらにも慣れない領分でからだを張ってもらわなきゃならない。このぐらいのガス抜きはさせてやりますよ」

「あ、山瀬。パンツ脱ぎましたよ」

「脱いだね」

「止めないと、ほんとうにここで始めますよ」

「気にしないで飲んでくれ」

「意外だな、舎弟の交尾を肴にする趣味があるんですか」

「ずいぶんと嚙みつくな、桂介さん」

隣のテーブル席に移った山瀬は、店内で事におよびはじめた。ぼくたちの視界から完全に隠れているわけじゃない。モデルの尻をわしづかみにして、犬の体位で交合(つが)っているさまが柱の陰に見え隠れしている。久米と児玉もシャツをはだけさせて、胸や肩口に覗いた千手観音や錦鯉の刺青に、酒のしずくや女の髪をまとわりつかせている。

「桂介さんも、どうぞどうぞ」

「こっちの女、日本語もいけますよ」

「どれでもどうぞ、金髪でも赤毛でも、お好きな姉ちゃんを」

　ぼくが探していたのは興をそそられる相手じゃない、一足先に帰る口実だ。後学のために酒池肉林のハーレムやセックスの饗応がどういうものかはわかったので、気分も悪いし、お暇(いとま)したい。舎弟たちのむせかえる劣情に悪酔いして、さっきから空嘔(からえずき)が止まらない。

「だってあたりまえのことでしょ？」

　モデルの耳を噛みながら、久米がこれみよがしに小首を傾げてみせる。

「命(タマ)を張るまえに酒を飲んで、女を抱く。俺たちが百年前からつづけてきた営みだ」

「伝統の風習か。じゃあぼくも、誰かを連れて帰ろうかな……」

「斜にかまえるなよ、そういうところが気に入らねえんだ」久米がやけにからんでくる。「わかってますよ、俺たちと自分とはちがうと思ってんだろ？　どうもなあ、いざとなったら大陸の連中とのドンパチにもなりかねない現場で、あんたみたいな拗(す)ねたのと一緒ってのはどうもやれねえ。組長の隠し子だかなんだか知らねえけどこれから組んでいくなら、こぎれいなシャツを脱ぎ捨てて、ここで外国産のおまんこに突っ込んでみな」

　久米はみずからの一語一語によって高揚の目盛りをあげる。ここでしろって、山瀬のように？　いやいやまさか、そんな馬鹿な要求はないだろうと思うが、三崎はクダを巻く舎弟をたしなめようともしない。傾けたグラスのふちからぼくを凝視している。

胸骨の裏のあたりに冷たく這いあがってくるのは、嘔吐感とは別の切迫だった。おかしな態度をとってしまわないように平静をよそおったが、不随意に喉がひきつった。久米はようするにこう言っているのだ。俺たちと仕事がしたいなら、取り澄ました仮面を自分でひっぱがして、おなじ地平に立ってみろ、と。

「これなんて上玉だぜ」

久米が右手に抱いていたスラブ系のモデルを押しやってきた。

わざとらしく中座もできない。ぼくはその細すぎる腰を抱き寄せる。胸元に手を伸ばしかけたが、雪の精のような透明感のある肌はふれがたかった。二十歳かそこらの童顔の娘で、日本人(ヤクザ)へのおびえや拒絶を隠しきれていない。

「まだるっこしいな、押し倒せよ」

「ん〜、んん〜♪」

山瀬のハミングのような喘(あえ)ぎ声が聞こえている。

「ほら、あいつみたいに。どうよ山ちゃん」

「ん〜、んん〜、お〜、こりゃ締まる」

山瀬に組み敷かれたモデルがくぐもった悲痛な声をあげた。

首を絞めるか、殴るかしているんだ。犬にも劣るな、とぼくは思う。

「あれが健全な男なら、ぼくはオカマでいいや」

「それならそれで、山ちゃんが掘ってくれるぜ」

猛禽類(もうきん)の眼光だ。久米の目は笑っていない。

「山ちゃん、穴ならなんでもいいもんなぁ。ただでさえあんたって、なんというか、皮膚感が妙になまめかしいしな。あんがい本気でゲイだったりして」

ぼくは返す言葉をなくした。ただの揶揄(やゆ)なのか、それとも雄(おす)の本能がたった一日行動をともにしただけで混ざりこんだ異物を嗅ぎつけたのか。薄氷の上に座っているような心地だった。彼らにとっては座興かもしれないが、ぼくにしてみれば断頭台にかけられたようなものだ。

結論から言えば、正面きって要求に応えることはできない。

おなじ雄(おす)であることを、身をもって証明することはできない。

ぼくには通常のセックスはできない。

相好を崩せなくて残念だ。だけど女たちの蜜の穴に、突っこめる道具の持ちあわせがないんだよ。

ただシャツを脱ぐだけでも、丸腰でオハマ・ビーチに放りこまれるような心地になるのに、セックスなんて真似事だけでも火達磨(ひだるま)だ。この狭い場所でショーツを脱いだら、三崎や久米たちは図鑑に載っていない新種の生物の発見者として、学名で名前を残すことになる。たとえ酒の席の悪い冗談でも、ぼくのからだの秘密が暴かれてしまえば、そこでおしまいなのだ。

こうなったらしかたがないな。ぼくはモデルを抱きすくめると、テーブルを派手に弾き飛ばして床に押し倒した。グラスや氷入れが飛散する。酒がこぼれて、ロックアイスが転がる。スラブ系のモデルが悲鳴をあげた。ごめんよ、ちょっとだけ我慢してくれ。

モデルの上に屈みこむと、四方の視線から腹部をさえぎった。

シャツのボタンを外しながら、右掌に隠し持ったアイスピックの先端を腹部に添える。額から鼻筋をつたった汗が、組みふせたモデルの頬に落ちた。

つややかな唇。唾液のにおい。指先でふれると波打つ肌、それらにまともに欲情することができればく苦労はいらないんだけどね。ゴージャスな肢体を組みふせたところで、ぼくはまったく感じていない。砂漠のサボテンの芽のように、濡れた官能の予感からはるかに遠いところで孤立している。

プラチナブロンドの長髪が床にひろがった。母国語でわめいているモデルを押しつけて、左の乳房をつぶすようにつかみながら、もう一方の手に隠したアイスピックで自分の横腹の傷を突いた。そのまま尖端でからだの中に8の字を描いた。

浅めに刺したつもりが、感電したような激痛に貫かれた。脂汗がとめどもなく噴きだしてくる。モデルをおざなりに撫ぜまわしてすぐに離れた。「なにもしてねえだろ、もうイッちまったのか」と久米が嘲ってくる。

「痛(いた)たっ……傷がちょっと」とぼくは言った。

ぼくのシャツと包帯に血の染みができていた。

自分の出血を疑ったモデルが叫んだ。心配するな、ぼくの血だよ。

「ああ、組長にやられた傷か」

「傷が開いたみたいだ」

おざなりにモデルを突き放すと、血のついた掌をかざしてみせた。

吸う息吐く息が荒くなる。自作自演でも痛みは本物だ。

だけど、その場しのぎの小細工が通じる連中じゃなかった。

「あらっ、こりゃなんでしょ？」

あとで回収するつもりで、三崎たちから死角になったソファの下に滑りこませたアイスピックを児玉に見つけられた。「血がついてますね、自分で傷を突いたんじゃないですか」

狡智に長けたサヴァイヴの達人がゆえか、抜け目なくぼくの細工を見破った児玉は、棒を拾ってきた犬のようにアイスピックを三崎に渡した。

「あんた、なにをやってんだ？」と久米が言った。「ゲイのうえにマゾなのかよ。こんな小細工してまで俺たちと同類になりたかねえってことか」

そのとおりだけどね。うんとは言えない。舎弟たちは殺気立っている。盃事に泥をひっかけたような険悪なムードになってしまっていた。久米はいらだち、児玉は嗤っている。山瀬も出てきて「こいつも剝いちゃうか？」などと言っている。三崎はというと、硬い表情で押し黙っていた。

「だめですわ、兄貴、こいつは肚ァ見せずに、ろくでもねえことを謀るような手合いだ。もういいよ山ちゃん、剝いちゃいな」

よからぬことはいろいろと謀っているけどね。剝かれたくはない。急場しのぎの奇策に失敗してしまったが、それでも正攻法でやりすごせない以上は、奇策で乗り切るしかないのだ。

「わかった、ほんとうのことを話すよ」とぼくは言った。

「ああ、もういいから」

久米たちはとりあわない。千手観音や錦鯉が張りつめた筋肉の上で怒張する。

だがそこで、三崎が舎弟たちを制して、ぼくに釈明の余地をあたえた。

「心に決めた女がいるんだ」

あくまでも、ほんとうのことは言わない。脳裏をよぎった言い逃れのなかでも、もっとも愚にもつかないものを選んで言葉に変えた。

「その女じゃないと、からだが反応しない」

久米と山瀬が、異国の言語を聞いたように顔を見合わせた。

「久米ちゃん、なにを言ってんだこの人」

「操をたててるんだとよ」

「正気か」

「そんな話、俺たちが真に受けると思うか」

「そっちに言わせれば、狂気の沙汰かもしれないけど。実際、これっぽっちも欲情しないんだからしかたがない。どうせ理解はしてもらえないと思って、ごまかそうとしたんだ」

「ふうん、だったらその女、ここに呼び出してみろよ」

「そこまでする必要があるのかな」

ぼくは反論を試みたが、久米は要求を引っこめない。どこのどういう女だよ、そこまで惚れこんだ相手なら見てみてえ、まだ十時すぎだから呼べるだろうと譲らない。

口先だけではない証明を示さないかぎりは、納得してはくれないようだ。

難は去らない。知人の顔を思い浮かべても、真夜中のヤクザの酒席に呼びだせるような、事情を察して口裏をあわせてくれそうな親密な女はいない。たったひとり、無条件で味方になってくれる女性は亡くなったばかりだったから——と、ぼくはそこで、ある女の顔を思い出した。

「ちょっと前に、異母兄さんの口利きでCycle.INCと専属契約を結んでもらったんです。彼女とは数年前まで付き合っていた。本家の命令で彼女のいるエージェンシーに出向くことになったのは、びっくりしましたけど——」

ほんとうのことはひとつも言わない。

鳥越社長に連絡して、灯を呼んだのは賭けだった。

あらかじめ事情を話すこともできなかったが、それなりに勝算はあった。

永誠に囲われていた情婦なら、ヤクザにも耐性があるんじゃないかというのがひとつ。一途に想う相手としても説得力があるし、この場に来てくれさえすれば性的な接待を強いられたモデルたちへの同情に訴えて、こちらの肩を持ってくれると踏んだのだ。

赤坂で食事をしていた灯は、わけもわからないままにこっちに来てくれた。店内に現われるなり、久米や児玉がヒョオと喉を鳴らした。日中とちがって化粧をしていて、華やかな容貌がよりいっそう際立っている。ぼくの隣に座って、蜘蛛の巣柄の網タイツに包まれた美脚を折りたたんだ灯は、ひととおり話を聞き終えても、困ったように視線を泳がせている。言わずもがなで事情を斟酌できるようなタイプじゃなかったかな、ぼくの買い被りにすぎなかったのか——鑢のような沈黙に身を削られたが、ややあって彼女はくるっとぼくを向くと、

「どうして最初から呼ばないの？　お腹を突くなんて馬鹿なんじゃない」

期待どおりか、それ以上の言葉を返してくれた。強面の男たちを向こうにまわして萎縮せずに、ぼくのふるまいを罵ってみせた。

おまけに彼女は、ぼくと付き合っていたころの思い出をでっちあげて、いかにもそれらしく語ってくれた。彼女はどういうわけか、ぼくがピアノや料理を勉強していたことや、早田征城の私生児であること、ざっくりとした趣味嗜好まで知っていた。

「あたしがヤクザを嫌いなのは、こういう痩せ我慢をみっともないとも思っていないところ。ほんとうは破綻や矛盾ばっかりなのに。この人と別れたのは、お父さんや異母兄さんのようにいずれはヤク

ザになるだろうと思ったからです」

ぼくの委細は、永誠に聞いていたらしい。どこまで知っているんだろう？　疑心暗鬼にもとらわれたが、すくなくともいまは、口裏をあわせてくれる灯をぞんざいにはできない。

「やっぱり、なったね。あなたもヤクザに」

「事務所で見かけたときは、驚いたよ」

「変わってない。くだらない面子で無理をして。というかこの場でセックスしろってなに？　そんな無茶な要求、突っぱねたらいいじゃない」

たいしたものだ。ヤクザそのものをあげつらうような批判的な態度をためらわない。ぼくとの関係をいぶかしんでいる久米たちの視線にさらされて、探りを入れられても、赤の他人だったらヤクザの内輪揉めに首を突っこみはしないと吐き捨てた。

「野良犬みたいにセックスを見せあうのが、仲間の証になるんですか」

「マネキン風情が、極道のモラルを云々するのかよ」

「やれというなら、やってもいいけど」

「お～、じゃあ見せてもらおっか」

「それでこの人を解放してくれるなら」

久米だけはしつこくあおってきたが、灯の言葉で鼻白んだか、苦々しい表情を浮かべた三崎が「もういい」と一同に言った。

「俺がこいつらをけしかけた」

「三崎さんが？」

「あんたの出方を見たくてな」

「抜き打ちテストですか、ぼくは不合格ですか？」

「あんたという人は、頭は切れるようだが、そのぶん肚を探らせない。あんたのような経歴の人間は俺たちの世界には珍しいし、一週間かそこら顔をつきあわせるんだ、それなりに地金や強度は知っておきたい。とにかく悪かったな」

「こいつらの言うこと、真に受けたんですか、兄貴」

「今日はもういい。腹を突いて、女まで呼ばせたんだ。もういいだろう」

「ひとりの女しか抱かないヤクザに、親近感でも湧いたんですか」

「余計なことを言うな」

今夜のことはすべて、三崎がぼくを値踏みするために仕掛けたことだという。そんなところかな、という予感があったけど、だからといって久米や山瀬たちの野卑で嗜虐的なふるまいが、女たちが被った暴力がチャラになるわけじゃない。三崎もまた情実にとらわれない男だ。目的のために被害や手段をかえりみないという点では、ぼくたちは同等に悪質というわけだ。

「今夜はお開きだ。桂介さん、傷をふさいでおけよ」

三崎は自分の財布から会計をすませると、灯にタクシー代を渡して、舎弟たちをつれてラウンジバーをあとにした。接待から解放されたモデルたちもそそくさと帰り支度をしはじめた。

全身が嫌な汗に濡れていた。喉の渇きがひどくて、唾を飲んでも痛いほどだった。

さてと、この女をどうしたものかな。ぼくは灯の瞳を覗きこんだ。

7

都心の夜の底に、首都高の街灯がひとつづきのラインとなって延びている。この季節にしては生温かい夜風が窓の透き間から吹きこんでくる。灯のフィアットで麻布を離れたぼくは、横浜の反対方面へと向かってもらっていた。

「ふらふらしていて危なっかしいって。あなたのことをすごく気にかけてて、なにかというと話題に出てきたのよ。おかげで初めて話すとは思えないくらい」

　ぼくは助手席に座って、テールランプに照り映（は）える灯の横顔を見ていた。彼女がどのくらい知っているのか、探りを入れておきたかった。これといって得があるわけでもないのに、ぼくをかばった真意はどこにあるんだろうか。

「あんまりよく知ってるから、個人情報でも漏れてるのかと思ったよ」

「うん、よく話してたからね」

「他にもなにか？」

「あの店で話したことでだいたい全部よ」

「そうか。とにかく今夜のことでは、なにかお礼をしなくちゃな」

「お礼なら、高輪の、グランド・キャッスル・ヒルズ」

「マンションを買えって？」

「あのね、引っ越しの予定をキャンセルしなくちゃならなかったの。ヒルズの家賃とは別に、月々のお手当てが百万。逢瀬（おっとめ）は週二〜三の平日。正妻になんてなれなくていいから、向こう二十年は担保してもらうはずだった」

　ぼくは目を白黒させた。帳簿や予定表を読みあげるように言うことじゃないよね。永誠は子供こそいなかったが、三度の結婚歴があり、本妻の席は埋まっていた。灯はようするに、永誠と交わした愛人契約の条項を諳んじているのだ。

「うーん、生々しいなあ」

「だってあなたもわかってるでしょ」

「まあね、ホテルで出くわしたこともあったしね」

「あたしはパートタイムでお兄さんと付き合ってたんだけど、来年でもう三十歳だし、この世界じゃぼちぼち賞味期限切れだしね。永誠さんは脂ぎったオヤジじゃなかったし。アフターキャリアのことも考えるころかなって。ヤクザの情婦になるなんて十代のあたしが聞いたら卒倒するだろうけど。それで引っ越しの準備をしてたころに、永誠さんが殺されちゃって。ちょっとずつ仕事も減らしはじめてたのに、人生設計がパア」

「そうか、なんだか悪いことをしたな」

「だからね、代わりを探そうかなって思ってたの」

「不労所得って難しいね」

「誰でもいいってわけじゃないし、で、あなたはどうかなって」

「ぼく」

「恩を着せるわけじゃないけど、愛人を相続してみるつもりはない？　今夜のことがなくても、スタジオの階段ですれちがったときに思ったのよ、いろいろ知ってるし、この人ならいいかもって。まだ愛人を囲うような年齢じゃない？」

灯はポーチからシガーケースを取りだすと、運転しながら煙草に火を点けた。つややかな頬が紫煙をまとう。煙草の銘柄はジタンだ。ダークブレンドを愛煙する女は言うことがちがうな、とぼくは思う。三崎や久米たちを煙に巻いただけでも賞讃に価するし、永誠の死後もサヴァイヴの道を模索するしたたかさには好感が持てた。

だけど、ヤクザの情婦はおすすめできないな。

忘れられた籠の鳥となって、失意の歳月を送った女を、ぼくはよく知っている。

女たちはそうやって、神話とオブセッションの犠牲者になっていくんだ。

「あ、そうか。あなたはお妾さんの……無神経だったね、ごめん」

黙っているぼくの内心が透けて見えたか、灯がすこし悪びれた。

「嫌な思いをさせたかな」

「子供はいる？」

ぼくは灯に質問を返した。

「いないよ、いるように見える？」

「ああいや、愛人でも、独り身と子持ちじゃ事情もちがってくるだろうから」

「子供なんて、もちろん作らないよ」

「まあ、そうだよな」

「出生のせいなのかな、あなたが他の男とちがうのは。永誠さんとも、あの三崎って男たちとも、他のヤクザ者とはちがう雰囲気があるのよね。なんだろうな、毛並みがちがうのか、だけど似合ってないってことでもないし」

「だから白羽の矢を立ててもらえたのか」

「気も合いそうだし、どうかな、契約内容は修正もオッケーよ」

「即答しなきゃだめかな」

過去に男を誘惑して、そっぽを向かれたことがないんだろうね。そういう話の運びだ。ぼくもまた彼女を欲しがる前提で、あとは値段の問題だと思っている。だけど灯自身も言ったとおり、ぼくは他の男とちがうんだよ。彼女はその事実を知らない。ひとまずは安心してよさそうだ。

ぼくの性の秘密を知っていれば、こんなふうにストレートに愛人契約なんて持ちかけてこないだろう。半陰陽という込みいった話までは聞かされていないようだ。

すぐにあしらう気にもなれなかった。たぐいまれな美貌のアドヴァンテージ。サヴァイヴへのしたたかな執念。うまく付き合えば、ぼくの目的にとっても有効な価値を見出せるかもしれない。それに今夜は、灯に感謝しなくちゃならないんだ。彼女が機転を利かせてぼくの運命の女を演じてくれなかったら、もっとひどい結果にだってなっていたかもしれない。

「ダスト＆シュガーの件で、うちの業界にしばらく出入りするって社長に聞いたよ。おっきなショーも始まるから、あたしとも顔をあわせることになると思う。さっきの話を前向きに考えてくれるなら情報集めに協力してもいいよ」

高速道路を一時間ほど走って、春日部のキャンのアトリエにたどりついた。起きてきたキャンは血染めのシャツに顔色をなくしながら、ぼくの腕を肩にまわして、車から屋内への移動を手伝ってくれた。こんなときに頼れる裏医者はあいにく物故してしまっていたし、キャンなら人の肉体をあつかう商売だ、傷の縫合ぐらいやってやれないことはないだろう。

「あんた字ィ読めねえのか、うちの看板に救急外来って書いてあるか。T・A・T・O・O、タトゥースタジオって書いてないか？」

「悪いなあ、ざっと縫ってくれればいいから」

ぼくを春日部まで送ってきた灯は、運転席から降りずにフィアットを転回させた。

「じゃあね、いい返事を待ってるから」

窓を開けてそう言うと、笑顔をひとつ残して、夜の国道を遠ざかっていった。

キャンも灯の美貌にしばらく惚けていた。

「あんたの彼女？　すげえ美人だな」

「ぼくはあの女を相続するかもしれないらしい」

「はぁ、相続？　養子縁組でもするのか」

「まあ、そんなようなもんかな」

「あんたって何者？」

長すぎた夜の終わりに、匂いたつような笑顔の残像が漂っていた。あまやかな期待と不安を同時に誘うような、微笑みの亡霊のようなものが眼裏から消えていかなかった。

8

松澤孝史郎から、進捗（しんちょく）はどうかと確認の連絡があった。

早田征城はいまごろ海外か。王の帰還まであと四日となった。

ぼくの審判の日は近づいている。

東京コレクションの催されるビルの駐車場には、舞台設営等の業者の車やモデルたちの送迎バスが停まっている。ミラノやパリでのファッションウィークと同様に、東京コレクションでもおよそ一週間をかけて多くのブランドが新作発表のショーをおこなう。ショッピングモールに併設されたミュージアムや、ハウススタジオ、大箱のクラブやライブハウスが会場に選ばれて、順次、日時がかぶらないように開場される。プロモーションやカタログ誌の撮影なども派生するので、モデルたちは一日のうちに現場をはしごすることもある。ぼくと三崎たちは、Cycle.INCのモデルに同行するかたちでショーの舞台裏に目を光らせた。デザイナーやクリエイティブ・ディレクター、雑誌のライター、メイクアップ・アーティスト、出入り業者にいたるまで全員の所持品検査をして、不審なふるまいを見張り、脅しのスパイスを効かせた口頭試問によってプレスの事情通から情報を集めたが、それでもディーラーの尻尾はつかめなかった。

「出入りする人間が多すぎるな」

事前に言っていたとおり、ぼくの調査のやりかたに三崎は干渉してこなかった。アジア系の関係者には警戒を強めていたが、お手並み拝見、といった姿勢は崩さない。

「ディーラーとしてもかきいれどきですよね。出てこないことはないと思うけど。誰かが手引きしてるとしたら、ぼくたちが張ってることが知られてるのかもしれないですね」

「だったらその内通者を特定することだな。ただやみくもに嗅ぎまわっていても結果はついてこないんじゃないか」

「ここは辛抱のしどころですよ」

「悠長にかまえていられるのか」

「あと四日ですからね」

「昔の恋人にまた助けてもらうか」

三崎がぼくたちの関係を疑っているふしはない。念には念を入れて、灯とはさらに口裏をあわせておいた。彼女とは、現場のいくつかで顔をあわせた。待ち時間で余裕があれば、そのつどバックヤードを案内してくれた。そこはきわめて独特の空間だ。女の肌の百花繚乱。飛びかう複数の言語。露出の節度がいちじるしく下がった控室をうかがっていると、ヴィヴィッドな女体の森に迷いこんだような酩酊感に眩まされた。

愛人契約についてはしばらくペンディングだ。リハーサルをすませてストローでマテ茶を飲んでいた灯とともに、モデルの出払ったフィッティングルームにやってきた。室内には鏡面が並んでいて、大量のメイク道具が置かれている。大きなラックにタグのついた衣裳が重ねて掛けられている。

灯もメイクと衣裳で粧われている。ストライプ模様のオーガンジーのシャツと、シルクのショートパンツをまとって、足もとは裸足だった。ぼくは室内をうろうろと歩きながら、灯にディーラーや流通方法について意見を求めた。

「あたしたちの現場って、出入りしてるどの人がどんな役職についているのか、スポンサーなのかプレスなのか、いまいちわからないところあるから。ショーの舞台裏にもなると大概はクレイジーなほど混乱してるし、どさくさまぎれに薬物の売買するのなんて簡単よ」

「君は手を出さなかったんだ」

「おかげさまで。ダイエットの必要もなかったから」

「流行してるのは知っていた？」

「いやでもね。周りのモデルたち見ていれば」

「ディーラーの話を聞いたり、接触したことは？」

「ない」

嘘じゃないよ、と灯は言う。野球場のポップコーンの売り子のように、一時期は連日のように来ていたようだが、今回のコレクションには姿を見せない。

「だってあからさまだもん。ヤクザスーツの男たちが睨みをきかせてるんだから。現場に入りこむまえにこりゃヤバイって逃げちゃってるんじゃない」

「うーん、やっぱりそれはあるのかもな」

気になっていたことを、灯にも指摘された。

それとなくラックの衣裳を手で分けながら、ぼくは考えこんだ。

三崎の舎弟たちには、二日ほど前から分散して他の現場を見張ってもらっていた。できるだけ目立たない服装でいるように伝えてあったが、量販店の地味なジャージを着ていたところで、異質感はかもしだしてしまうのかもしれない。

「こういう潜入は、もっとうまくやらなきゃ」と灯が言う。

うまくやるって、変装でもしてカムフラージュすればよかったのか？　警察でもないのに、映画やドラマの潜入捜査官の真似事なんて三崎や久米は拒んだだろう。ぼくだけでも、いまからでもスタッフなりに扮装してみようか。女物のドレスやファーを指先で分けていると、

「だったら、こういうのは？」

ふいに灯が、長髪のウィッグをぼくに被せてきた。

手を引かれて、鏡面の前に座らされる。化粧台のパフをとると、ぼくの顔にファンデーションの粉をまぶしてくる。ぼくは煙たがったが、灯の手はメイクを止めようとしない。

「あ、イケるイケる、やっぱりね。あなたって肌理（きめ）も細かいし、顔立ちも整ってるし。ちょっと筋肉はつきすぎだけど、胸や肩のラインもごつごつしてないしね。ちゃんとメイクすれば、異性装（トランスヴェスタイト）のモデルとしても全然イケるよ」

「よせって、ハロウィンはとっくに過ぎたぞ」

「だって手段を選んでられないんでしょ」

「だからって、これはないだろ」

「ちょっとやらせてみてよ」

変装にしても極端すぎる。これじゃ悪ふざけにしかならない。性の秘密にぶしつけに踏みこまれているようで神経も逆撫でされる。ぼくはまとわりつく手を払いのけて、立ち上がろうとしたが、灯は全身の体重を載せるように椅子に押し返してくる。

数分後。選びなおしたウィッグを被って、ジョーゼット・クレープのジャケットと片足を見せたカッティングのロングスカートをまとったぼくが、姿見のなかでまばたきを忘れていた。「……予想以上だわ」自分でしかけておいて灯も驚いている。

こんなにも変わるものか。

目の前に、ぼくが知っているぼくとは対称的な人物がいた。

意外にも女装に抵抗はなかった。性自認がもともと希薄だからか。

あるいは鏡に映った自分の像が――

母さんとも、似ているような気がしたからか。

われながらここまでとは思わなかった。灯が言うような異性装者には見えない。極端にバストやウエストが露出した衣裳を避ければ、女性モデルといっても疑われなさそうだ。これなら他のモデルと並んでランウェイも歩けると灯は褒めそやした。たしかにファッションモデルには、常人離れして中性的な、トランスセクシュアルな外見の者が少なくない。世界の有名どころにもたしか半陰陽のモデルがいたような気がするな。

「俄然、現実味が出てきたんじゃない？」

あたしから関係者に話を通しておくから、と灯は言った。なにも客前に出るわけじゃない、素性を隠して舞台裏に潜んでいればいいんだからと。だけど、そうは言ってもね――

ぼくは眩暈によろめいた。


コルセットのレースアップを、背中で絞めあげられる。

ブラックとアイボリーのオフショルダードレスを着せられる。

モンゴリアンラムをあしらったボレロ風のベスト。羊毛のモスリンのロングドレス。

背中にスリットが入った衣裳は避けた。茨獅子と日食のすじ彫りがあらわになってしまっては台無しだから。

夜から開場したビッグメゾンの二十周年アニバーサリー・ステージ。ぼくはそのバックヤードにモデルとして潜伏した。牧神サテュロスや精霊ファウヌス、ギリシアの牧羊神パーンやメドゥーサといった半神半獣の神や精霊からインスピレーションを受けたというショーの舞台裏には、山羊のファーのボトムスを穿(は)いたモデルやクロコダイル柄のミニスリップドレスをまとったモデルが往き来している。彼女たちがそもそも、他の動物とのキメラのようだ。鳥の骨格のように手足は細くて、顔だけが仔猫のように小さかったりして、ショーのコンセプトにあわせた特殊なヘアメイクやスタイリングが彼女たちをいっそう人間離れした存在に見せている。

モデルたちは誰ひとり、同業どころか同性ですらない門外漢が混ざっていることに気づかない。ぼくがいるところで平然と着替えをして、無毛の逆デルタ地帯をあらわにさらした。

「三崎さんたちにも、見せてあげればよかったのに」

ひと晩でふたステージをこなさなくちゃならない灯とは、さすがにゆっくりとおしゃべりする余裕はなくなっていたけど、それでも彼女は、ぼくを見かけるたびに声をかけてきた。こんなところを三崎たちに見せられるわけがないよ。笑い種にされるだけならいいが、無用な詮索をまねいて、彼らの本能的な疑念をかきたてることにでもなったら面倒だ。ぼくは三崎を説得して、今日から二、三日は完全に手分けして各現場に詰めるように段取っていた。

「ちょっと新鮮な気分だよ。誰もぼくが女じゃないって気づいてない。ディーラーがぼくに薬物を売りつけてきてくれたらもっと話が早いんだけどな」

「そのかっこうで、ぼくは変じゃない？」

「あたしの潜入、結果につながるといいけど」

「そうそう。あなたって柔軟よね」

ぼくからあたしに人称をスライドさせてみても違和感はなかった。そもそもぼくをぼくたらしめていたのは慣習だからね。組のことや最終目的のことを抜きにすれば、男女のキメラでいることにも自尊心は痛まない。女性用のトイレに入って、女性用のアンダーウェアを身につけて、スカートの広がりを美しく見せるためのパニエを重ねても、むずがゆい羞恥心や拒絶感は湧いてこなかった。

この際だから、身も心も女性になりきってみたらいい。あたしはひとりでいても、自分をあたしと呼んだ。これといって強く意識していなくても、まあ、環境が環境だからね。ぎこちなさに邪魔されずにすんなりとなじんだ。

これまでにない感覚にいくらか気持ちはうわずっていたけれど、だからといってそこに、倒錯した喜びのたぐいはない。タブーを踏み越えたうしろめたさも高揚感も混ざっていない。下半身にふわふわとした寒さをおぼえながら、あてどなくバックヤードを歩きまわっていると、奥の廊下でなにか騒ぎが起きていた。どうしたのかな？

モデルたちが出入りする通用口に、数人のスタッフが集まっている。日本語と英語が飛びかって押し問答をしているみたいだった。

「どうしたんですか」とスタッフに訊いてみる。

「ああ、欠員が出てるんだけど」

「モデルの？」

こういう大きなショーでは、モデルがトンでしまうことがたまにあるので、現場では必要な人数よりも多めにモデルのスケジュールを仮押さえしておくらしいんだけど、それでも欠員が出るときは出ちゃう。そういう事態を見越して、エージェンシーが空いているモデルをつれて欠員待ちをしたり、フリーランスのモデルがみずから直談判にやってきたりするんだって。

ちょうどひとり、スラブ系のモデルが通用口に来ていたんだけど、バックヤードに入れてもらえずにスタッフと揉めていた。

門前払いになっている理由は、一目瞭然だった。

骨と皮しかない。痩せすぎている。

プラチナブロンドの髪は水気をなくしてパサパサで、頰骨が張りだし、落ちくぼんだ眼窩からアーモンド・アイが転げ落ちそうになっている。

あれじゃあたしかに客前には出せないかもね。ダスト＆シュガーの常用者かもなとあたしは見当をつけた。理科室の骨格標本の仕事ぐらいしかなさそうな痩せ方だもんね。事務所に解雇されて、食うに困って現場に押しかけたってところかな。

「ヴァイオレッタ・フィロワよ。世界的なビッグメゾンのファーストルックを務めたこともある人気モデルだったのに、あんなになっちゃって」

リハーサルを終えたモデルたちも、騒ぎを聞きつけて廊下に集まってきた。心中複雑そうな灯が、門前払いのモデルの名前を教えてくれた。

「彼女だけじゃないのよ、ダスト&シュガーにキャリアをめちゃくちゃにされた外国人モデル。自業自得ではあるけどね、帰国することもできずに路頭に迷ってるみたい」

「あらためて見ると、怖いもんだね。ヘロインの効用って……」

「D&Sは特にね、桁違いの依存症で、後戻りがきかないところまで人体を損ねるスピードも尋常じゃないって。ああなっちゃったら使い物にならない」

「欠員が出てるんなら、だましだまし使ってあげられないのかな」

「あれじゃあブランドが拒否する。髑髏に着せる服の用意はないよ」

「残酷だな、そんな言い方しなくても」

「あたしたちの業界だって、そちらに負けず劣らず、厳しいのよ」

「塵と砂糖(ダスト&シュガー)。皮肉なネーミングだね。廃物と商品は紙一重ってことか」

「欠員のことだけど、あっさりとオッケー出たのよ」

「オッケーってなんの?」

「あなたのこと」

ちょっと待ってよ、灯がまたとんでもないことを言いだした。あたしは空き時間の退屈しのぎにもてあそばれているんだろうか。ただバックヤードでぶらぶらしているのは不自然だからという理由で、モデルの欠員をこのあたしに埋めろというのだ。

ごめん、それはないわ。いくらなんでもふざけすぎている。本来の目的からすればそこまでする必要はまったくない。さすがに断ったが、「そこまで徹底すれば、いよいよディーラーがD＆Sを回そうとしてくるかもよ」と灯は言って譲らない。

「モデル歩きなんてできると思う？」あたしはあたしでいつづけられない。ぼくに戻って異論を唱えたくなる。「自分のところの新作を着せたモデルが、肩で風を切って歩いたりしてたら、ブランドだって怒ってくるだろ」

「だいじょうぶよ、教えてあげるから」

「ヴァイオレッタを使ってあげなよ」

「デザイナーも是非にって言ってるよ。あなたおもしろいから」

もう好きにしてくれ、この時間はぼくには関係ない。次のステージが幕を下ろす刻限まで、あたしはウォーキングや表情の作り方をみっちり仕込まれる。

あくまでも服が主役。だから無表情がいいの。視線は客席の向こうにさだめて。

腰に重心を置いて、出すほうの足は膝を曲げずに。

ストライドを大きくして。服がより美しく見えるように。

肩を揺らさない。ほら、表情を殺して。

すぐに睨まないで！

もう好きにしてくれ、師匠に仕込まれたあたしは、数十分後には表舞台に送りこまれる。幻想的な渓谷や草原を映したヴィジュアル・インスタレーションを背景に、苔（こけ）を模したカーペットが敷かれたランウェイを歩かされた。

あたしがぼくに問責されているような不思議な感覚があった。

お前はいったい、なにをやってるんだ？

そもそも一族の神話を絶やすために、ここに来ているんじゃなかったのか。

これもまた雌伏期の試練ってことなのか。

だとしたら、前途は多難だな。

眉間にどうしても筋が寄ってしまう。観客席を睨みつけて、胸や肩を強ばらせたくなる。まあいいかとあたしは開き直る。このショーに義理も思い入れもないんだし、ヤクザライクな歩き方になっちゃってもかまうことはないじゃない。

すごくありがたいことに観客席は満員だった。数えきれない視線とスポットライトにさらされるとからだの奥のほうがそわそわする。ランウェイを行き止まりまで歩いてターンする。注がれる視線にとまどいながら、あたしは下半身から這いあがる浮遊感にそれとなしに風通しのよさを、かすかな心地よさをおぼえていた。

これってなに？　見られる快感、現実離れした刺激、そういうんじゃない。ずっと押しこめていたあたしがぼくになりかわって解放感をおぼえているのか、ちょっとちがうかな、とにかくそんなに悪いものじゃなかった。たぶん尾野桂介というひとりの人間が、これまでに知ることのなかった自分の片側に、純粋に感じ入っているんだ。ぼくはあたしとしての時間を生きることで、自分というキメラを初めて両側から体感することができていた。

だとしたら、これはこれで得難い体験といえるんじゃないか？

あたしはその夜、二度の着替えをして、ランウェイを三度も歩いた。

あたしのヤクザ・ウォーキングはかえって珍重されて、大反響を呼んだ――

わけがないよね。評判は散々だった。

9

横浜の自宅に戻ってくるなり、なにをやってるんだ、と自責の念にとらわれる。

遅れて羞恥心も感じる。なんだかずいぶんと馬鹿げた時間を過ごしていたような気がする。ディーラーも結局、現われなかったし。気をとりなおしてぼくは、ぼくのために夜の時間を使う。調べものや整理すべき案件がいくつもあるのだ。

ざっくり分けると、二系統。

ひとつめは、ジェンダーにまつわる情報収集だ。

半陰陽にまつわる最新のニュース、ネットにあがっている当事者たちのセルフレポートをできるかぎり網羅的に収集する。医学書や文献を読み進めて、さまざまな学説、臨床像、ホルモンバランスにまつわる知識をファイルする。

たとえばインドの半陰陽コミュニティ「ヒジュラ」について。コミュニティで暮らすほとんどの者が性転換した男性だが、なかには先天的な半陰陽者もいて、アウトカーストな聖者として儀礼にたずさわる一方で、売春を糧（かて）としている者もいるらしい。たとえばヘレニズム末期のアンドロジニー美術について。世界大会のあとの検査で半陰陽だったことが発覚した陸上競技の選手について。半陰陽のファッションモデルは、アンドレイ・ペジック。ボスニア・ヘルツェゴビナの出身で、スカウトされてビッグメゾンのメンズショーに出演したが、キャリアの初期に性別適合手術を受けて、いまでは女性モデルに分類されているようだ。

あらたな知識や情報がつきることはない。古来よりタブー視され、存在しないものとしてあつかわれてきた半陰陽者は、性の境界を越えるものとして、文学、哲学、思想、さまざまな種類の興味の対象になってきた。さすがに半陰陽のマフィアやギャングにまつわる過去の文献を見つけることはできなかったけど。記録に残っていないというだけで、有史上、ひとりも実在しなかったとは言いきれないはずだ。

それからふたつめは、暴力団にまつわる情報収集だ。

一日でアップされたニュースを渉猟（しょうりょう）しながら、ネットワークにアカウントを承認させて、顔も知らない情報通とのディスカッションボード、検索エンジンにかからないインビジブル・ソースをウィンドウに同時に開いていく。早田組を中心とした各組織の勢力図、活動内容、企業舎弟との関係などをダイアグラム化したものを見つめて、変化があったところには上書きをする。

そのあたりで酒が欲しくなる。ぼくはキッチンに入って、冷蔵庫から抜いたコロナビールを開栓して、デスクに戻ってまた相関図を見つめる。

基本的にはシンプルだ。早田組がいくつもの系列団体をしたがえて、突出した規模と安定感を誇っている。勢力において比肩（ひけん）できる国内の組織はひとつもない。無視できないところがあるとすれば、蛇川会ぐらいだ。

早田組と組織ぐるみの縁を持たない唯一の本州の組織で、暴力団史に類を見ないほどの大量の銃火器が投じられた八十年代の「早蛇抗争」で知られている。近年では、もっとも凶暴とされる九州ヤクザと合流して、反早田の急先鋒と目されてはいるが、とはいえ勢力図をまるごとひっくりかえすのはまず不可能だろう。

かたや情報が不足しがちではあるが、忘れちゃならないのが海外マフィアだ。中国やロシアなどの勢力は言うにおよばず、このところめだっているのは東南アジア系。ベトナム出身のアウトローで組織された窃盗団は、数十億に達する盗品をベトナムに持ち帰っているらしい。タイ・マフィアはアジア人相手の賭博場を開いているという。密輸ならおまかせのマレーシア・マフィア、自動車窃盗を生業とするパキスタン・マフィア、中国の東北(トンペイ)系マフィアは近年、上海や福建や香港との覇権争いを制し、アフリカ系をしたがえて日本でも荒稼ぎをしているという。

海外勢の動きは、すべてを拾いきれない。

ぼくはコロナの二本目を傾ける。

「もっと情報が欲しいな」

ぼくの計画にはまだ駒が足りない。さしあたって海外勢にコンタクトをとる方法を探っていた。不法就労者に毛の生えたような不良外国人や、いざとなったら母国に逃げ帰るような腰掛けマフィアと接触してもしかたがない。真に腰が据わっていて、鋭い牙とたくましいあごをそなえる外来種と話がしたい。そういう相手を選(よ)るには、どうしても情報が足りなすぎるのだ。

ダスト＆シュガーの流通に、これらの海外マフィアが嚙んでいるとしたら、ぼくにとっても絶好の機会になるかもしれない。もちろん接触には、それなりの危険はともなうだろうが——

ぼくは疲れた目頭を揉みしだくと、ラップトップを閉じて、カウチで足を伸ばす。外の湾景が明らみ、薄青い一線にビルがふちどられる。アルコールもほどよく回って、遅れてやってきた眠気にあらがわずにベッドに潜りこむ。ここ数日はそんなふうに過ごしていた。

裁きの日まで、あと二日——

10

あくる日、会場のバックヤードに来客があった。

舞台袖とつながった控室のドアが、廊下から荒々しくノックされた。

「どうしてそんなところにいるんだ、桂介さん、客が来てるぞ」

三崎だ。パニエ姿だったのであたしは動揺した。他の現場にいるはずなのに、どうして急に？

こんなところを見られたら正気を疑われてしまう。他にもモデルたちがいるのでぶしつけに入ってくることもないかと思えば、三崎はいらだった声で「なにやってるんだ、入るぞ」と一方的にドアを開けた。日本人の男たちの乱入にモデルが悲鳴をあげた。あたふたと裸を隠そうとする彼女たちのはざまに、不機嫌そうな三崎の強面が見えた。

「ちょっと待って、待ってくれ」

大急ぎでカーテンの裏に隠れて、上半身の衣裳を脱ぎ、パニエを床に落とした。

あたしは裸になって、ボクサーショーツも穿かずに、シャツとスラックスに手足を通す。叩きつけるようにジャケットを羽織ると、脱ぎ捨てた衣裳を隠して、ベルトを締めながらカーテンの外に出たぼくは、「……どうした？」と問いかえした。

「うらやましいね、モデルの控室にも出入り自由なのかよ」

久米がモデルたちを追いたて、人払いをしていた。

「すみませんね、どうも」

すると三崎の背後から、五十がらみの痩せた男がひょこっと顔を出した。えびす顔の細い目に、たるんだ涙袋がめだっている。鶏がらのように痩せているが、お腹はカートゥーンの道化師のように迫りだしたおかしな体形をしている。鳥のアナグラム柄のタイを手でよけると、スーツの内ポケットから警察手帳を出してきた。

都築正欣警部。所属は組織犯罪対策部の第三課。

暴力団とは切っても切れない、俗に言うマル暴の警官だ。

「尾野桂介さん、どうもどうも」と都築警部が言う。「それともあれかな、早田桂介さんとお呼びしたほうがいいのかな」

「尾野でいいです。ぼくにご用ですか」

「これはしかし、大変なお役目ですね」

ぼくは三崎の様子をうかがった。都築警部がつづけて言った。

「海外マフィアがこの業界にちょっかいを出してきてるんでしょう。だから護衛で詰めてるってこっちの三崎さんにうかがいましたよ。特殊な業界だからご苦労も多いでしょうな。私もここに来てから面食らいっぱなしですよ」

Ｄ＆Ｓのことは伏せて、話せることだけを話したんだろう。

余計なことはしゃべるなよ、と三崎が視線で訴えている。

「今日はちょっと挨拶廻りにね」

「ぼくにですか」

「桂介さんには、はじめましての顔見せもかねて」

「警視庁のほうで、暴対の再編があったそうだ」と三崎が言った。

「都築のオヤジは暴対のエースだ。あんたにも会わせろとよ」久米は忌々しそうだ。

「大層なものではありません」と都築が言った。「ごたごたしていた人事がようやく落ち着きましてね。ほら、先月の新総理の誕生にあわせて、警察内部でも人間が出たり入ったりね。私の上の首もすげかわりまして」

ずいぶんと人懐っこいが、感情を読みとれない目の色をしている。

都築はどういうつもりか、国政選挙の話をひっこめずにつづけた。

ぼくはつい投票しそびれたが、五十議席の差をつけて勝利した民志党の新代表・小野寺孝雄が総理大臣に就任して、小野寺連立内閣が発足したばかりだ。与党が野に下って、政権交代が果たされた歴史的なニュースに朝野は沸いていたが、高視聴率を記録したという新首相の記者会見も、ぼくは見ていなかった。

「永誠が殺された例の結婚式、あそこには列席はしてなかったようですが、早田征城は小野寺新総理と昔から懇意だっていうじゃないですか。民志党の選挙戦を陰で支えたのは早田組だって、かねてから噂もされてますよね。びっくりしちゃいますね」

「そうなんですか？　へえ、それは知らなかったな」

ほんとうに知らなかった。政財界にもコネクションがある征城だが、新総理とまで通じているなんてさすがに噂に尾鰭がついてるんじゃないかな？　都築は井戸端会議でもするように、選挙戦のただなかに不審な死が相次いでいたのだと語った。民志党の幹事長を三期にわたってつとめた人物が、愛犬の散歩コースで倒れていた。死因はいちおうのところ、心筋梗塞による心停止ということになっている。地検の特捜部は、法人税法違反の容疑で大手新聞社の本社を強制捜査。集めた寄付金を申告せずに数億円の所得を隠していたとして理事数名を検挙。その数日後には、五陸建設というゼネコンの代表取締役が自宅で手首を切った。この取締役はうつ病をわずらって休職中で、多量のアルコールを摂取したいきおいで自殺におよんだらしい。数週間ほど前から「誰かに見られている」と家人にこぼしていたという。これらの急死をとげた面々がいずれも、新総理とのあいだにおいて利害関係が一致しない政敵の間柄だった。対抗馬を支援していたり、与野党の逆転を害げようとしていた有力者だったようですねと言外に含みを持たせて都築は語った。

「不審な死といえば、永誠ですね。あれは恨みを抱いた連中の犯行だったんでしょう。警察では行方を追いきれてませんが、内々で制裁したのかな」

「どうですかね、聞かされてません」

「その前後からですね。本家の動きがあわただしくなってきたのは。政治の世界も動いてますが、早田組もなにやら動いている。虻川あたりと抗争をかまえるのか、それとも息のかかった政治家を送りこんで、国政にまで手をつけるつもりですか」

ぼくだって教えてほしい。松澤が口にした「海外方面の大きな事業」がどんなものなのかも、あいかわらずなにひとつ聞かされていない。組の中心の動きについては、ぼくはまるっきり蚊帳の外に置かれていた。

都築警部は、ぼくや三崎に視線を配ると、

「早田組はいったい、なにをしようとしてるんです？」

一瞬、真顔になって訊いてきた。

ぼくは頭をふった。三崎は言葉を濁した。

「俺たちは末端です、全体の動きまでは把握してませんよ」

「そりゃそうですね、失礼しました。どうにも気になりましてね。永誠殺し、新総理とのパイプ、本家の動き、それから桂介さん、あなたの出現。これらはバラバラの断片にしか思えませんが、いずれはつながってくるんですかねぇ」

　都築は頬をふくらませて微笑みながら、蛇がとぐろを崩すような口調でつづけた。

「私たちも心機一転、本腰を入れてかかりますんでね。麻薬取締部ともがっぷり四つで組んで、全国から有能な若いのをかき集めてね、総力戦ですわ。ひとつよろしくどうぞ」

「宣戦布告なら、ぼくたちじゃなくて本家にしたらどうですか」

「いやあ、あそこの敷居はおいそれとまたげないじゃないですかぁ」

「例のパズル、完成したらぼくにも絵柄を教えてください」

「あなたも一筋縄じゃいかなそうだ」

　牽制をしにきたのか、最初の顔合わせから蝮の牙を覗かせた都築警部は、不遜な笑みを表情に貼りつかせて、去りぎわまでぼくを注視していた。


　観客があたしを見ている。誇らしげなデザイナーを先頭に、モデルたちが勢ぞろいしてランウェイを闊歩するショーのグランドフィナーレ。観客席からは拍手と歓声が注がれた。モデルたちはひとつのショーを終えた解放感を分かちあって、和気あいあいとはしゃいでいた。

　三崎たちが帰ったことはたしかだったけど、あの抜け目のなさそうな警部がちゃっかり残ってやしないか、あたしは掌のひさしでスポットライトをさえぎりながら、観客席を端から端まで見回した。都築はいないようだったが、そこであたしは、知っている顔を見つけた。

「ねえ、あれってヴァイオレッタじゃない？」

　昨日、門前払いを食らっていたスラブ系のモデルだ。うつろなアーモンド・アイ。羨望や嫉妬のないまぜになったまなざしをランウェイに注いでいる。

「観客席からでも、ショーを味わいたかったのかな」

「あ、ほんとだ。来てるね」

「そんなことってあるのかな」

「執念なのかな、それとも……」

　並んで歩いていた灯も首を傾げている。不自然だよね、自分が立てなかったランウェイを客席から眺めるなんて、かつてのトップモデルには最高に屈辱的なことなんじゃない？　デザイナーの挨拶が終わらないうちにヴァイオレッタは客席を離れると、会場の出口へと向かった。

「ちょっと、終わってないのよ。どうするつもり？」

　あたしは灯の声にかまわずに、一足先に舞台袖に引っこんで、着替えをする間もなく会場の外に飛びだした。メイクすら落とさずに、オフショルダードレスに山羊のファーという衣裳のままで大急ぎで出てきたおかげで、ヴァイオレッタの背中をすぐに見つけられた。一定の距離を開けて、あたしはあたしのままでヴァイオレッタを尾行することにした。

　直感的な行動だったけれど、あたしたちの介入によって在庫をさばけなくなったディーラーが、モデルたちを鵜飼いの鵜のように使っているということはありえるんじゃないかと思った。ダスト＆シュガーに浸かった常用者を言いなりにするのなんてたやすいはずだし。前の日にバックヤードに入りこめなかったヴァイオレッタを、もう一度行ってこいとディーラーが蹴りだしたんじゃないかな。あたしはそんなことをつらつらと推察した。

　街灯がつくる自分の影を、亡霊の後ろ髪のようにひきずって、ヴァイオレッタは夜風に吹かれながら歩いていく。プラチナブロンドの髪をうしろで束ねているけれど、ピンが外れかけて、あぶれたひとふさの髪が突きだした頸骨にかかっている。痩せた背中は震えている。毛皮を着ているといっても薄手のドレスに足元はサンダルで、十一月の街路を歩くにはあたしも軽装すぎた。ヴァイオレッタは最寄り駅から、二本ほど電車を乗り継いだ。

錦糸町で彼女は降りた。駅から五分ほどの雑居ビルにたどりついた。

築年数のかさんでいそうな安普請のビルに彼女は入っていく。裏手に回ってみると、数台のバンが路上駐車してあった。あたしは寒さにかちかちと歯を鳴らしながら、建物の周辺をうかがった。非常口はなさそうだ。建物のすぐ裏に停まったバン。頭上を見上げると、ベランダのない三階の窓にオレンジ色の明かりがともった。

「うーん、ああそうか、これは……」

ここがヴァイオレッタの借家？　零細の暴力団あたりが事務所をかまえていそうなビルだ。ひょっとしたらダスト＆シュガーの保管場所ってこともあるんじゃないか。いよいよヴァイオレッタにじかに訊いてみる必要がありそうだ。乱暴なことはしたくないけど、久米や山瀬に比べたら、あたしが質問者になったほうが彼女にとっても幸福なはずだ。

だからといって踏みこむのもリスキーだ。ヴァイオレッタが次に出てくるまで身を潜めていられるところはないかと周辺を探っていると、ちょうどそこで、駅の方角から別の外国人女性が歩いてきて、おなじビルに入っていった。だいたい各会場で夜の最後のショーが終わる時間帯だからなのか、ひとり、またひとりとモデルらしき女たちが戻ってくる。ヴァイオレッタとおなじように痩せていて、あからさまに薬物中毒者めいているモデル、殴打の痕があるモデルもいた。ここはきっと常用者たちのタコ部屋になっているんだ。ヴァイオレッタたちの境遇を考えると気持ちが鬱いだ。行き場をなくしてディーラーに囲われて、異国の煤けた部屋に漂流してきた彼女たちは、過ぎゆく日々に、いったいどんな風景を見ているのだろう。

「自業自得だなんてひどいよね」

　十二時を回るころに、ひとりのモデルが外に出てきた。ヴァイオレッタじゃない。ベリーショートの髪をアッシュグレイに染色したモデルだ。ダウンジャケットをまとって、脇にはフィルソンのダッフルバッグを抱えこんでいる。

　おでかけ？　こんな時間から始まるショーはないはずだよね。

　フィルソンの中身は、あるいはD&Sか、その売上金じゃないかな。

　アッシュグレイ嬢の乗ったタクシーを、あたしも別の車で追いかけた。天現寺のインターで首都高を降りて、白金台の大使館がある一帯で停まった。アッシュグレイ嬢は古い建物に入っていく。窓から屋内を覗きこむと、置きっぱなしの撮影機材や、ホリゾントらしきものもうかがえた。

　たぶんハウススタジオだけど、もぬけの殻みたい。まるっきり手入れがされてない。使われていない廃スタジオなのかな。鉢や花壇の植物は枯れていて、外壁はまだらな煤で汚れている。屋内にもゴミが散らかって、腐食したダクトが建物の骨格のようにむきだしになっていた。

「――そうです、ええ、錦糸町。こっちはモデルを追いかけて白金台につきました。使われてなさそうな廃墟っぽいスタジオ。これはかなり有力なんじゃないかと思います。ここでディーラーと落ちあうんじゃないかな」

「桂介さん、道具は持ってるのか」

「道具？　ああ銃ですか、持ってません」

「近くにいる。ひとまず向かう。それまで目を離すな」

「え、来るんですか」

　三崎に一報を入れておいた。錦糸町のほうは久米たちに当たらせて、三崎がこちらに駆けつけるという。あたしは動揺した。三崎が来るなんて、こっちはショーの衣裳のままなのに？

まいったな。着替えは持ってきてないよ。

考えてみれば、あたしはあたしのままでここまで来る必要はなかった。

服装からついつい惰性で、あたしの物の考えかたをしていたのかもしれない。

三崎が来るのなら、服装よりも、自分の内面を切り替えなくちゃまずいよね。

ウィッグを外してぼくは、夜の空気を吸いこんだ。国道から離れているせいか、ほとんど車の音は聞こえてこない。

窓の外からスタジオの内部をうかがう。中央部は吹き抜け、螺旋(らせん)階段が中二階とその上の階のフロアに通じている。ダクトを露出させたいかにもスタジオらしい造り。たったひとりで心細そうにしているアッシュグレイ嬢は、最終電車が行ってしまったホームで立ちすくんでいるかのようだ。フィルソンのバッグは、暗い祭壇に捧げられた供物のように床に置かれている。

黒白のぶちがある野良猫が、二枚のコインのような眸(ひとみ)を光らせて、お前ってなに？　とでも言いたげにぼくを見ていた。モデルはしばらく待ちぼうけを食っていたが、黒白の猫がぼくに飽きて去っていったころに、相手がようやく現われた。

黒のアーミージャケット。フードをかぶっている。アッシュグレイ嬢と交わしているのは日本語じゃなさそうだ。拾いあげたバッグの中身をあらためている。

出ていって現場を押さえるか？　だけど銃を持っているかもしれない。

こちらは丸腰だ。毛皮とドレスしか着ていない。

あの男を追うか、とぼくは思う。

アッシュグレイ嬢と別れたら、男のほうを尾行しよう。車の音は聞こえなかったが、ここまでどう

やって来たのか、バイクかなにかだったら厄介だ。停まっている車両はないか、建物の周辺に視線を配ったところで、

　突然、視界の端に影がよぎった。

　ぼくは側頭部を殴られる。背中を打たれる。

　銃のグリップで殴打されている。複数の影がぼくに殺到する。

　滅多打ちにされて膝から崩れた。頭や首筋にとほうもない激痛が走った。

「わかったよ、もういいから、殴るなよ」話をしようとしてもとりつくしまがない。あたしからぼくに戻った途端にこれだ。さんざん銃床で殴られて、ぼくの意識は遠のいた。

　だけど失神しても、すぐに殴られて覚める。殴られつづけてまた失神する。たえまない眩暈が火花となって燃え、前後左右がめちゃくちゃになった。かすれる視界に、サディスティックに嗤う男たちの顔、アッシュグレイ嬢の泣き顔も映った。ぼくはスタジオの内部に連れこまれて、髪をわしづかみにされて床に押しやられ、屈伏の姿勢を強いられていた。

　これじゃあ、おびきだされたみたいじゃないかと思った。

　襲撃の段取りがよすぎやしないか。

　エサを追ってきて、捕獲の罠（わな）にはまったような気分だった。尾行が見抜かれていたとは思いづらいが、だけどこれは、とっさの強襲とは思えない。

「あっさり見つかるなよ」と三崎にも罵られた。「向こう見ずだ、道具もなしで」

「すみません、やられました」

「だいたいなんだ……その恰好（なり）は？」

「ちょっと変装というか、潜入というか」

「わからん人だ、あんたは、だがこいつらも話の通じる相手じゃないぞ」

三崎はひとりだった。とりもなおさず駆けつけて、グロックをかまえて建物に入ってきたが、頼みの道具はすぐに床に置かなくちゃならなかった。男たちの銃口がぼくの後頭部にいくつも押しつけられていたからだ。

「両手、頭の上」

片言の日本語が命じる。言われたとおりに手を上げるのと同時に、黒ずくめの男たちがいっせいに三崎に圧しかかった。三崎があげた怒号を、ぼくは最後まで聞きとれない。裸絞めを決められて、薄れる意識のなかでぼくは、あたしのままでいたらこんな修羅場に突き落とされることはなかったのかな、と愚にもつかないことを考えていた。

11

ダクト。眩暈。

暴力の残像。

血の味。階段。異国の言語。

目蓋をあぶる懐中電灯の光。

切れぎれの意識がそれらをすくいとる。からだのはしばしが激痛で軋んで、思いどおりに手や足を動かせない。意識を失っているあいだにスタジオの螺旋階段を引っぱりあげられたのか、ぼくと三崎は中二階でなにかの台に立たされていた。

「クズどもが、そんな要求に応じるわけがねえだろ」

三崎の声が聞こえた。ぼくのすぐそばにいる。

「道理を知らねえな、出直してこいよ」

ぼくと三崎は、二メートルほどの間隔をあけて向き合うように立たされていた。

天井が近くなっている。ぼくたちを襲った連中が、腰よりも低い位置に顔をそろえている。懐中電灯の光を向けられたぼくは、反射的に身をよじった。足場がグラッと不安定に揺れた。

斜め上から刺すような圧力で、首が締まる。

足場が揺れる。男たちが笑う。

そこでようやく状況を理解できた。

吊られているのだ。

ダクトに結(ゆ)わいたロープの輪が、ぼくの首に食いこんでいる。スタジオにあった小型の脚立に立たされている。踵(かかと)は浮いていて、バレエダンサーのように爪先でしか立てなかった。ぼくと三崎はそろって柱を背にして、急ごしらえの処刑台で向かい合っていた。

ここで処刑するつもりか、いいや、だとしたら銃の引き鉄を引くだけでいい。なにかおしゃべりをしたいらしい。強硬な交渉事にはおあつらえむきの態勢というわけだ。

「おまえらは、よく死ぬ」

片言の日本語ですぐそばの男が言う。

東南アジア系だ。どうやらリーダー格らしい。

「首吊りはフェイバリット。日本人よく死ぬ。ミサキとそっちの女、オカマ？　いっしょに死んだことになる。無理心中と言われる。みっともないよ～」

男たちは全部で八人、いや九人。中二階に積まれた廃材に腰かけて、首吊りの見世物をかぶりつきで観賞している。ぼくたちの首にはロープの輪、腰の前でそろえられた両手首はタイラップで拘束されていた。

「ここのスタジオ、誰も来ない。脚立、蹴る。終わる。呼吸停止まで五分ない」

「へたっぴな日本語で脅されてもな」

「ひとり殺すはいい。ふたりいるから」

「能書きがうるせえな」

ディーラーの一派だろうか。あるいは小売業者を通り越して、製造元が出張ってきたのかもしれない。手際のよすぎる襲撃、大陸特有の容赦のなさ、関与を疑われていた海外マフィアとみてよさそうだ。すでに三崎はこっぴどくやられている。スーツに血が散っていて、ぐったりと脱力した両腕からも血の滴(しずく)を垂らしている。縛られたままで指先をペンチで潰されたらしい。

「ミサキはもういいよ。お前はどうだ、お話できるかな」

調子外れの日本語をしゃべる外国人。生え際が後退しているが、顔の印象はまだ若い。濃い眉の下で、狂信的なまなざしがぎらついている。開襟のシャツの胸元から首にかけて、魚雷のタトゥーが覗いている。唾のしぶきを無精髭に散らしながら、ぼくのふところから奪ったモバイルをかざすと、指先でちょんちょんと液晶画面を突っついた。

「お前、男だろ？　女装が好き好きのヘンタイか？　お前らは下っ端、だから上を呼びだせ。ソウダセイジョウ、トップ。あとはマツガワ、マツザワ？　マサツグでもいい。ここに来いと言え。ドラッグ売るの許可いらない。邪魔するとお前らを殺すとわからせる。ぜんぶ儲けるまでは黙っておくとわからせる。お前ら、それまでおうちに帰れない」

ちょっと驚いてしまった。幹部の誰かを呼びつけて、脅迫してでもドラッグの販路を押さえてしまおうというのだ。「うんと言わなきゃ、みなごろし」と魚雷の男はうそぶく。彼らはどこから来たのだろうか。国内の暴力団に突き上げを食うことをよしとしない、腰の据わったタフネスと獰猛さをそなえた外来種のようだった。

「ぼくの連絡ぐらいで、幹部が出張ってくるわけがないよ」

「がんばっても一円にもならない。お前、呼ばない、死ぬだけ」

「ドラッグの流通を許すはずもない。可能性はゼロだ」

「まーいいから、電話してみなよ」

「早く逃げたほうがいいよ」

「電話をしろ」

魚雷のタトゥーの男が、ぼくの脚立に片足をかける。

蹴り飛ばされたら、それでおしまいだ。ぼくは振り子になって窒息死する。

留保のない正念場だった。三崎はすでに気力も残ってないのか、うつむいて脱力している。三崎から流れつづける血が、この場を占める死の予感をあおっている。

こころもとない足場が揺らされる。ただでさえ爪先立ちなのに、脅迫的に揺らされてぼくは重心を保つのに四苦八苦させられた。

選択の余地はないというわけだ。このところからだを酷使させられっぱなしだ。こうなるとぼくにはシビアだ。三崎のような侠気の持ち合わせがない。連中の望みにこたえて本家に電話をかけるしかない。だけどそこで、征城の顔が脳裏をよぎって——ここで掌を返すことはできないなと思った。ぼくにはぼくの、三崎とは別の熱源があるのだ。

「お前らは、物分かり悪すぎるね」

電話をしないでいると、魚雷男はいらだたしげに母国語で指示をして、スタジオのどこからかガスバーナーを持ってこさせた。ぼくのほうに管を向けると、青い炎を噴射させる。

「だからヤクザは好きくない。指、舌、おちんちん。大事な末端をつぶしたらハートが折れる。ミサキはハートないよ。お前はどうか？」

男たちが、ぼくのタイトドレスの裾をまくろうとしてくる。

下半身を露出させるつもりか。

それは、だめだ――

「この衣裳どうなってんだ」

ぼくはとっさに暴れた。腰をひねったはずみに、脚立から両足が浮いた。

頸動脈が圧されて、顔が熱くなる。首が絞まる。

手の自由はきかない。足は脚立を探せない。空中でタップダンスを踊るぼくを笑いながら、男たちが暴れる両足を押さえて、脚立に落ち着かせた。あごの下にたまった汗のせいで、ロープが余計に首に食いこんだ。顔が破裂するかと思った。

「あわてるはだめだよ。首吊るはまだ早いよ。お前はじっくりと苦しむ。黒焦げのペニスから血の尿を垂れ流して、そのあとでぶらさがってハイさようなら。生きたいのならこれが最後ね、言うことを聞いて電話するが得よ」

「……ああ、わかったよ」

「やっと良い子になったか」

「電話する。入国管理局は何番だっけ」

「ニュウカン？　ふざけるはよくない」

「通報しよう。不良外国人がいるから捕まえてくださいって」

「あ〜あ、お前もか。隣のゴリラとおなじか」

「保健所でもいいよ。外国産のモンキーはひきとってくれるかな」

魚雷男はバーナーの炎を細めて、焼きこがす標的が見やすいように懐中電灯でライトアップまでさせた。ドレスの裾がまくられ、パニエを引き裂かれる。ぼくのちょうど真正面、このからだがもっとも見えやすい位置には、三崎がいた。

ところが三崎は、ぼくの下半身なんて見ていなかった。その視線は上を向いている。天井を盗み見ている。ぼくもつられて見上げる。三崎の見ているものがわかって、正面からおたがいに視線を突き合わせた、どうするつもりだ――

と、次の瞬間、三崎が絶叫を突きあげた。

咆（ほ）えながら、自分から足場を蹴り飛ばした。

蹴りつけた反動で、背後の柱をさらに蹴って、ブランコの要領でからだを前後に揺さぶった。ギシギシと肉を咬（か）むようにロープが軋み鳴った。

男たちが騒然とする。背の高い三白眼の男がとっさに三崎に駆け寄った。三崎は縛られたままの両腕で輪をつくると、腰の高さに近づいてきた三白眼の男の首にレイのようにからめて、がっちりとホールドして、腕の力だけで持ちあげた。

ぼくは目をみはった。三白眼の男の足が浮いた。ふたつの首吊りが縦につらなるかたちになる。当然ながら三崎の首は、二人分の体重で絞めつけられる。

「おおおっ、おおおがっ……」

三崎の顔が赤黒くなる。命の端切れのような声が漏れる。

常軌を逸している。目を疑うような光景だった。

首を吊られた人間が、他の誰かをさらに持ちあげるなんて。

これが三崎という男か。ぼくは完全に気圧されていた。三崎は男をホールドして放さずに、充血した顔をなおも怒張させてからだを激しく揺らす。揺らす。揺らす。これが一線の極道者の凄味か。荒ぶる神話の体現が、戦争機械の猛々しい躍動が、ぼくのなかの暗い予感まで吹き飛ばしていた。

無理心中なんてごめんだったが、それでもぼくは三崎に衝き動かされて、すぐそばの男を蹴りつけた。そのまま重心を浮かせて、自分の脚立を蹴り飛ばした。

ぼくと三崎は、一対の振り子になる。

からだを揺らす。そろって揺らす。

揺らすぶんだけ、ロープが首を絞めつける。

砂時計のように首が縊れている気がした。頸骨が砕かれそうだ。

頭蓋のなかで火が噴いて、飛行機の離陸時のように鼓膜が圧された。

眼球がふたつとも、ストーブで熱した蜜柑のように破裂しそうだ。

脳裏のどこかに、焔をまとった真っ黒な光源が生まれた。

これは、日食か？

もうだめなのか。意識が遠のく。あまりにも無謀だったか——

かぎりなく彼岸の世界が近づいた、その瞬間だった。ぼくと三崎を吊ったダクトの一部が崩れた。

事前に三崎の目線がとらえていたダクトの腐食部分。黒いビニールテープで補強されていた部分だ。

豪胆無比な男の行動は、無謀ではあるが、無策ではなかった。

ぼくと三崎が揺らす震動、そこにもうひとりぶんの体重も加わって、腐食した部分からダクトが斜めに崩落してぼくたちは床になだれ落ちた。

眉間は焼かれ、喉に激痛が走った。ぼくはあえぐように肺に酸素を送りこんだ。

男たちが罵声をつらねる。銃声も聞こえる。誰かが発砲した。

絞首台から解放されても、命の危険は去らない。

ぼくは被弾していない。三崎は？

咆えている。

荒ぶる戦争機械は、停止していない。首吊りから解放されるなり、地面に転がっていたバーナーの青い炎に三白眼の男を押しつけて、顔を焼き、そのからだを弾よけにしている。

すこしでも気を抜くと意識が飛びそうになる。殺せ、ミサキだと声が聞こえる。すさまじい混乱のなかで心臓が狂ったようなリズムを刻んでいる。ぼくたちは家具の陰に飛びこんだ。三崎は一発か二発、被弾したようだが、持ちこたえている。

ほどなくして一階から別の銃声が聞こえた。乱入してきたのは連中の仲間じゃない。「兄貴、どこですか！」と久米が叫んでいる。山瀬と児玉も怒号をあげている。錦糸町に行っていた舎弟たちが、三崎との連絡がとれなくなったことで、こちらにも回ってきたのだ。

嵐のような銃撃戦のなかで、舎弟たちがその本領を発揮する。弾幕を張りながら動きまわって、スケートリンクの恋人たちのように、優雅に滑るようにこの局面を満喫している。うかつに顔を出したらこっちまで風穴を開けられそうだ。戦争機械の精鋭たちは、銃声と残像を交差させて、幻想的なまでに生死の境で狂奔していた。

「三崎さん、無事ですか――」

かろうじて声をかけたが、三崎の返事は戻ってこない。

あるいはぼくが、聞きとれなかっただけかもしれない。

「ひどい夜でしたね」

海外マフィアの連中はどうしたか、撃ち殺されたか、逃げだしたのか、ぼくはこの目で顚末を見届けることができない。家具の陰からほうほうの体で這いだすと同時に、墜ちるようにまた意識が遠のいた。ああ、もう限界みたいだ。悪いけど今夜はお先に――

12

駐車場で待ちかまえていた都築警部が、プジョーに買物袋を積むのを手伝ってくれた。この店の常連なんです、と偶然をよそおっていたが、そんなわけがないよね。ぼくは監視されているのか、見張りでもつけられているんだろうか。

「ずいぶんと派手にやりましたね、東南アジア系ですって？」

「こっちが仕掛けたわけじゃありませんよ」

「ヘロイン騒ぎもひと段落かな」

「知っててぼくらの好きにやらせてたんですか」

「かっこうの火種を拾った早田組はどう出るんですかね。それこそ新政府のように、外国人をかたっぱしから吊るしあげるのかな」

おかしなものですね、表と裏の動きが呼応しちゃいませんかと都築は言った。新内閣の発足にともなって、小野寺総理の肝煎りとされる任期二年目の都知事は風俗サービス業の一斉摘発に乗りだしていた。飲食店、クラブ、ノミ屋、マッサージやエステを騙った風俗店など、国内の暴力団によらない業者ばかりがあからさまに摘発の対象になっていて、おもだった繁華街では営業停止の店があいつぎ、不法就労者たちはつぎつぎと母国に送り還されているという。

スタジオでの銃撃戦から三日が過ぎた。あの夜、久米たちは負傷しながらも敵の大半を撃ち殺し、魚雷の男を含めた四人ほどが逃走した。早田組ではダスト＆シュガーの元締めを東南アジア系に絞って、逃げた外国人たちの確保および組織の確定に血道をあげていた。系列団体がいたるところに網を張って、組員たちが血眼で動きまわっている。

「このところの摘発が、早田の動きと無関係じゃないとしたら？」

「こないだの選挙にもうちの組長が嚙んでたって言ってましたね。都築さんは本家が摘発をやらせると思ってるんですか」

「さすがに牽強付会すぎるかな。だけどね、我々には想像もつかない金と人を動かせるのが早田征城ですからね。政策にまで口を出せるとしたら、それはもはや暴力団の組長ではありませんがね。ところで海外でしたよね、もう帰国したんですか？」

本家の動きが気になるところだ。早田組はいったいなにをしようとしているのか、都築が嗅ぎまわっていることはぼくも知りたい。征城や松澤を中心として、水面下でなにごとかの策謀が動いているようだが、具体的な話はなにひとつ聞こえてきていない。

裁きの日は過ぎていたが、本家からの連絡はなかった。

早田征城は、戻ってきていないようだ。

「錦糸町のヤサで大量の現物が見つかりました。元締めはタイ人やマレーシア人からなる新興の麻薬組織みたいですね。国内にまだ残ってるのか、逃げた男たちは系列団体が探しています」

「あんたは使命を果たした、そう考えていいだろうな。本家から追って連絡があるはずだ。それまでは休んでいたらいい」

「三崎さんこそ。派手に食ったり飲んだりしないほうが」

「病人が食うものじゃ、治る傷も治らない」

三崎の自宅を見舞いがてら、頼まれた食材を買っていった。ぼくは縄の痕がつくだけですんだが、三崎はそうはいかず、手指のほとんどを骨折し、脇腹に銃創も負っていた。だがそこは三崎のことだ、術後すぐに退院を要求するほどの回復力を見せて自宅療養となっていた。上大岡の自宅に若い衆はつめていない。三崎の世話をしているのは、ひとりの女性だった。

「家内の苑子(そのこ)だ」

「初めまして、主人がお世話になってます」

「こちらこそ。これから食事の支度ですか」

「ええ、いつもどおりの食事を作れって。言いだしたら聞かなくて」

二十代の前半から交際していて、数年前に籍を入れたそうだ。つややかな卵形の顔、午睡から覚めたばかりのような潤んだ瞳。純和風の美人だったが、極道の妻には見えない。華道をたしなむ素封家の令嬢が結婚して家庭に入ったという印象だ。苑子さんは食事の支度をするために、挨拶もほどほどにキッチンに戻っていった。

「海の外にでも逃げないかぎり、見つかるのは時間の問題でしょうね」

「恐れ知らずの連中だったな。言うにことかいて、幹部を呼び出せとは」

「あなたもですよ。自分で踏み台を蹴るなんて」

「あれは、狙いどおりだったろ」

「おかげで命を拾った」

ひとしきり報告をすませると、ぼくは早々に腰をあげた。長居するつもりはなかったが、辞去しようとしたところで三崎に呼び止められた。

「飯を食っていけ」

一緒に食事を？　夫婦みずいらずの時間の邪魔者になりたくはない。ぼくは遠慮したが、苑子夫人が是非にと言って譲らないのだという。ほどなくして晩餐の香りが漂いはじめると、三崎はベッドからいそいそと這いだして、ダイニングテーブルにぼくを手招きした。

苑子さんが用意したのは、ボウルいっぱいの生野菜、イワシの酢漬け、チーズと醬油仕立てのレバーパテ。主菜にはパスタが二種類。バターとパルメジャーノを和えたものと挽肉の粒が大きなボロネーゼ。ワインで下拵えした和牛のステーキ。ブイヨンの浸みこんだロールキャベツと柚子胡椒を添えた肉じゃがもテーブルに並んだ。

「さあ食おう、これがいちばんの治療だ」

客の前で犬食いはできないからなと三崎が言う。箸やフォークを持てない三崎の口に料理を運ぶのは苑子さんだ。ひとくちを咀嚼し終えて、ん、とあごを突き出すと、苑子さんがつぎのひとくちを運ぶ。控えめに言っても、大型動物の餌付けにしか見えない。「……可笑しいか？」と三崎に凄まれてもぼくは笑みを嚙み殺しきれなかった。

「こんなに美味しいものを食べたのはひさしぶりです」

「よかったわ、お口にあいましたか」

「ぼくも自炊が長いし、ちょっと料理を勉強してたんですけど」

「お料理を。それは珍しいというか……」

「この人は、俺たちの業界では変わった経歴の持ち主だ」

「それでも、奥さんには勝てそうにないなあ」

「お独りでしたら、うちに寄ってください。ひとり増えても作る量はそんなに変わらないから。わたしは日頃のお礼もかねてみなさんにおもてなしをしたいのに、これまでに誰も来てくれたことがないんですよ」

「誰も来ないのは、誰も誘ってないからだ。帰ってきてまで久米や山瀬の面を拝みたかない。なあ、桂介さんならわかるよな」

三崎に目配せされて、ぼくは苦笑する。

「ほんとうにいらっしゃって、桂介さん」

「わかるよな、社交辞令だ。真に受けるなよ」

「あなた、もう！」

三崎のふしくれだった雰囲気が、苑子さんといるとずいぶんと穏やかになる。食事のなかでときおり、控えめな笑い声が起こった。三崎との席とは思えない居心地のよさは、苑子さんのこまやかな心配りのおかげだった。

「わたしがいるところでは、仕事の話をしないんです」

組からの連絡か、携帯の着信音が鳴ると、三崎は食事を中座して自室に引っこんだ。外での話をしないのは分別でしょうとぼくが言うと、苑子さんは物憂げに表情を翳らせた。

「あそこにリクライニングチェアがあるでしょう」苑子さんはリビングに置かれたひとり用のチェアを指差した。年季が入った革張りだが、よく手入れがされている。「勇治さんはいつも夜遅くに帰ってきて、電気を消したままであの椅子に座って、三十分ほど考えごとをするんです」

「真っ暗のなかで、へえ、瞑想の時間なのかな」

「わたしは起きて待っているんですけど、その三十分のあいだは寝たふりをしたり、気づいてないふりをして、物音をたてないように息をつめています。あの人はその時間をとても大事にしているし、わたしも邪魔になりたくないから……」

「第一線でやってますからね、三崎さんは、そういう時間が必要なのかも」

「ごくたまに、隣にそっと座ってみることもあるんですけど、勇治さんはすくなくとも三十分はひと言もしゃべりません。わたしはからだのどこかに掌でふれて、黙って待っています。そこでなにを考えているのか、これまでに聞けたことはありません」

　成人してから誰かと同居したことがないぼくには、家庭というのは未踏のジャングルのようなものだ。漠然とイメージすることはできても、血や肉のある想像はともなってこない。三崎にとってそれは帰宅の儀式のようなものなんだろうか。暗闇のなかの三十分で、なにかを清算し、峻別し、毎晩のみそぎをしているのかもしれない。

　家の外でそれをしないのは、奥さんの気配にふれている必要があるからじゃないかな。ぼくは密林の奥深くにひっそりと置かれたリクライニングチェアに座って、ひとしれず黙想にふける三崎に想像をめぐらせた。

「お願いがあるんです」と苑子さんが言った。

　その顔には憂慮を通り越して、沈痛なおびえが浮かんでいた。

「すべてを承知していっしょになったので、あの人の仕事のことも理解してるつもりです。ただせめて、今回のような無茶だけはしないように、すすんで危険をおかすようなことがないように、あの人の手綱を握っておいてほしいんです」

「ああ、今回のことは、むしろぼくに責任があるんです。三崎さんに助けられたぼくが、手綱を握るなんてそんな……」

医師にでも事情を聞いたのか、苑子さんにはかなり応えたらしい。応えないわけがないよな。家の外に出かけるたびに、命をつなぎとめる足場を蹴りとばすような暴挙におよばれていたら、家族のほうが消耗してしまう。

「三崎さんは、組に忠義をつくす人です。大きな家族に命を預けて、誰よりもぶれがない。ぼくがなにを言っても無駄ですよ」

「わかってるつもりなんですが、わたしには、あの人に迷いがないとは思えなくて」

「……迷い、ですか。三崎さんにそういう気配を感じたことはないな」

「仕事を変えてくれないか、それとなしに頼んでもいるんですが」

「頷(うなず)きませんか。ずっとこの世界でやってきた人だから」

「こんなお願いはお門違いでしょうが、すこしでも心に留めておいてもらえませんか。命を粗末にするような危険な真似をしないように、あの人を導いてあげてほしいんです。あなたにならお願いできるかもって、桂介さんはどこか、他の男(ひと)たちはちがうから」

「……それはよく言われます」

「どうか、お願いします」

瞳を濡らした苑子夫人は、ぼくにくりかえし頭を下げた。

結婚指輪の嵌まった指が、震えながら、膝の上から離れる。

「あの人をどうか毎日、あの椅子に座らせて」

苑子さんはその手を、自分のお腹に添えた。

「私たちのもとに帰して」

「ほんとうは籍も入れないつもりだった」

「こんな稼業だからですか。結婚式も挙げてないなんて」

「縁を切れなくてな。あれには結局、戸籍や指輪よりも重いものを背負わせた」

「どのくらいなんですか、お腹はまだめだってないけど」

「五ケ月だ」

泣き顔を見られまいとしてか、苑子さんが一足先に寝室に下がってからも、ぼくと三崎はふたりで食後の酒を飲んだ。苑子さんがいなくなったとたんに普段の険しさをとりもどした三崎の表情からは、懐妊を喜んでいるのか、それとも憂えているのかを察することができなかった。

「そっちは身を固めるつもりはなさそうだな。例の昔の恋人はどうした」

「このところは連絡をとってませんね」

「あの夜といい、あんたには無礼なことばかり言ったな」

「お腹の子に免じて許しますよ」

「俺は疑っていた。あんたの裏切りを」

三崎のひと言で、背筋が冷たく強直した。

突然の告白に、ぼくはかえって三崎から視線を逸らせなくなる。

永誠殺しか、それとも、ジェンダーの秘密か――

「……裏切りなんて、そんな言葉がどうして出てくるんですか」

「七年前に、道具の仕入れに踏みこまれたことがあった。俺が仕込んだ舎弟が警察に袖を引かれて、つまらないションベン刑を逃れるために密告者になっていた。そいつは俺たちを三年も欺いていた。おかげで現場では撃ちあいになって、俺は六人の舎弟分を死なせた」

「ぼくも密告者だと？」

「あんたは堅気の世界で生きていく人だと思っていた。永誠のオジキが死んだといってもな、態度を急に変えた人間には警戒が必要だ。桜田門のほうもあわただしいし、虻川だってどんな手でも使ってくるからな。早田にとっては重要な時期だ。裏切りには敏感になっていた」

抗争に二の足を踏んだ者、罪を軽くしてやると懐柔された者、もとから対立組織と通じている者。組織が大きくなればなるほど、裏切り者を抱えこむリスクは高まる。三崎はぼくを警察か商売敵のイヌではないかと疑っていたのだ。

「疑いは晴れたんですか」

ぼくの言葉に、まあな、と三崎は肯いた。

「あんたは土壇場で、組を売らなかった」

「首吊りのときのことですか」

「もしもイヌなら、一度は根っこで背いているからな。ああいう局面では脆い。命を脅かされてまで組織をかばえない。あんたという人間があそこでわかった。そもそもあんたが俺の目論見に乗ってくれなかったら、踏み板を蹴ってくれなかったら、俺はこうして女房の飯を食えてなかった」

「おたがいさまですよ。とにかく、疑いが晴れたならよかった」

「おもしろい男だよ。女装までしてあの現場に溶けこもうなんて考えは、俺たちの誰も思いつかないし、実行にも移せない」

「ぶりかえさないでくださいよ、その話はもういいじゃない」

「あんたには、強靭な背骨がそなわってる」

三崎はくつろいだ笑顔を湛えていた。もっと飲もうと言ってピル・ノワールを開栓したが、あいにく両手は使えずに、苑子さんはいない。やむなくワイングラスにストローを差して吸ったが、顔をしかめて「飲みかたは大事だな、ぜんぜん美味（うま）くない」と苦笑いした。ぼくたちの会話はとぎれることなくつづいた。

「桂介さん、ほんとうに早田を名乗るつもりなのか」

「ええ、本家が許すなら」

「早田桂介になったら、一家名乗りもしないとな」

「一家名乗り、ぼくが親分ですか」

「一躍、要人だ。跡目にもからんでくる」

「跡目は、雄昇兄さんでしょう」

「次の代の布陣については、組長もお考えだろうからな。早田姓ともなれば、すくなくとも最高幹部には名をつらねることになるさ」

ぼくにとっては無視できない話題だった。

早田の血縁者が継嗣してきた伝統と戒律。

そこには、神話の経糸（たていと）がある。

「三崎さんはどう考えてるんですか、早田の純血主義。あなたのような人が、血縁がないというだけで若中にしかなれないなんて」

「俺は本家で地位を得たいわけじゃないし、それに善し悪しはあるが、系統樹の地力に頼ってきたからこそ現在の組があるのは厳然とした事実だ。よその枝を接（つ）いで功を奏することもあれば、樹木がいびつに育って、腐ることだってある。もちろん比類のない地力の強さが要るが、まざりものを排して、害になる周辺の樹をねこそぎ焼きはらってきたことで、早田の代紋はここまで広がった」

　ぼくはつい表情をゆがめる。早田の大樹のふもとに埋葬された、数知れない犠牲者たちの亡骸を連想して。神話の養分として血を吸いあげられた死者たちを、ぼくはよく知っている。

　三崎ほどの男が、個人の意思を組織に託している。はからずも再確認させられた。早田の大樹がこの国の最高峰で枝葉を広げつづけるために奉仕している。神話の血肉となっている戒律と俠義が、男たちの金科玉条が、ぼくにはたまらなく苦々しいのだ。


　三崎宅を出たのは深夜の一時、ぼくはひとりになって、胸を撫ぜおろした。

　三崎の野性の勘は、かぎりなく真実をかすめていたが、決定的な要点を外していた。

　ぼくが隠しているのは、他の組織とのつながりではない。ぼくの真の目的は、間諜ではない。密告でもない。神話の経糸を断つことだ。


　まっすぐ帰宅はしないで、都心のホテルに向かった。

　三崎には黙っていたが、気がかりなことが残っていた。

　疲れはたまっていたし、からだのふしぶしに倦怠感があったが、それでも今夜のうちに片付けておきたい案件があった。

　滞在しているホテルの一室で、灯はまだ起きていた。扉を開けるなり酔っているのがわかった。ストレッチ素材のシャツとデニムのロングスカートが肢体のラインを強調している。アップにした髪は乱れ、メイクは崩れて、ダークブレンドの紫煙が酒臭い呼気とからみあっている。

「ひとりで飲んでたのか」

「さみしいでしょ。愛人契約する気になった？」

「印鑑を忘れたな。というか、その話をしにきたんじゃないんだ」

　灯はミニバーでライ・ウィスキーのソーダ割りをふたつ作ると、ぼくにもグラスを渡した。どろんと充血した瞳が、ぼくをじっと見据えた。

「ダスト＆シュガーを出回らせていた連中の身元が割れたよ」

「そうみたいね、あなたの手柄になったの」

「ディーラーを手引きしてたのは、君だったんだろ」

「あたし？」

「それとも、君自身がディーラーか」

　ぼくの言葉で、灯がスーッと息を吞み、グラスの氷を鳴らした。

「あの夜、ぼくはたしかに待ち伏せされていた。尾行は途中でばれたんじゃない。最初から筒抜けだったんだと思う。こちらの動向を、誰かが報せたんだ。ぼくがヴァイオレッタを追っていったのを知っていたのは君だけだ」

　他にも気になることはあった。疑念の矛先を向けるにいたったわけを、ぼくは灯に縷々説明した。モデルたちのタコ部屋兼D＆Sの保管場所になっていたビルには、一台のバンが停まっていた。ナンバーを確認した。あれはショーの会場に業者の車にまぎれて停まっていた車両だ。そこでこう仮定してみた。D＆Sはファーやドレスなどモデルが着用する衣裳類に縫いこまれて現場に送りこまれていたんじゃないかと。スタッフや業者の私物、機材や舞台装置の搬入までチェックしていたぼくたちが見逃していたのは衣裳ぐらいのものだった。フィッティングルームで衣裳に手をかけたとき、ふざけ半分をよそおってぼくにウィッグをまとわせ、メイクをほどこし、女物の衣裳を着せることで巧みに注意を逸らしたのは、いったい誰だった？

灯こそが神出鬼没のディーラーか、すくなくともその協力者ではあるはずだ。チェックを切り抜けて現場にヘロインを持ちこんでも、誰かが内側でさばかなきゃならない。灯がそれをするはずだったが、ぼくたちが張りついていたので、予定どおりに動けなかった。だから急遽、ヴァイオレッタが現場に派遣されたのだ。

「元締めの組織とどういう関係なのか、いつから通じているのか、もしかしたら異母兄さんと契約をする前から？　聞きたいことはたくさんあるけど、その前に誤解がないように言っておくと、ぼくは君を裁きにきたわけじゃないから」

灯は否定も肯定もしなかったが、ぼくの言葉に小首を傾げて、

「どういうこと」と訊いてきた。

「組に引き渡せば、手荒なやりかたで自白を強要される。いったんかけられた疑いは、よほどのことがないかぎり晴れない。屈強な男たちも泣いて詫びるような質問のしかたを、早田の人間はいくつも知っているからね」

「怖いこと言うのね。ねえ、おかわりを作って」

「脅してるわけじゃない。警察や探偵じゃないんだ、事実の究明にはこだわってない。だから条件次第では、君の味方になれる。君をかばってあげられる」

ぼくはソーダ割りを作りながら、彼女の言葉を待った。灯はキングサイズのベッドに尻を落とすと長い脚を放りだした。

「かばってくれるの、あたしを、どうして？」

「君には、借りがあるから……」

「恋人のふりをしてあげたときのこと？」

「と、言いたいところだけど、別の交換条件があるんだ」

「ふうん、いちおう聞いてみようかな」

「あの組織の連中に、会わせてほしいんだ」

　予想外の要求だったか、わずかに唇の端をもたげた彼女は、微苦笑の表情でしばらく固まった。おかわりのグラスを差しだしたぼくは、灯の前で立ちつくす。

「どうしてあたしが、海外のマフィアとあなたを会わせられるの」

　灯は言葉を濁した。あくまでも関与を認めない。

「ぼくたちの利害は一致するかもしれない、彼らにそう伝えてもらいたいんだ。君だったら連絡がとれるはずだ」

「知らない、あたしに言われても」

「ぼくは個人的に話をしてるんだ」

「知らない」

　グラスを受け取ろうとした灯は、そこで突然、ぼくの手首をつかんで引き寄せた。

　こぼれた酒と氷が、ぼくたちの服を濡らした。ぼくは腕を立てて、うつぶせになった灯との密着をさけた。ぼくの首に腕をからめて、灯はからだの位置を上下に反転させた。

「その前に、いいかげん、愛人の話を決めてよ」

　潤んだ瞳に見下ろされる。気狂いじみた髪が頬で乱れていた。

　彼女の頬は上気して、唇から熱い息がこぼれる。細い喉から肩や胸元にかけて柔らかく皮膚が波打っている。呼吸のたびに高まる体温と、酒臭さに混ざった汗のにおい。歓喜を予感した女の生の反応が、ぼくの目の前にあった。

「わかりやすいごまかしかたをするんだな」

「硬い筋肉、なんのために鍛えてるの」

「酔っぱらいを撃退するためだよ」

「あなたって他人とは思えない」

「離れろよ、話が終わってない」

「逃げたら？」


ここにも動物がいる。獰猛でしなやかな野生の獣。

男を堕落させる誘惑者。人間離れした、情欲を隠さない肢体。

ぼくは圧倒されていた。唇を重ねて、呼吸を混ぜあわせても、官能の高ぶりはない。それでも灯の欲望が流れこんでくるような感覚には翻弄された。灯の手はまどろっこしそうに、ぼくのからだを撫ぜまわし、シャツをはぎとって、右肩から背にかけての刺青をなぞった。完成の遠くない茨獅子、それから日食の刺青。肩胛骨の上の墨色の輪っかをじっと見ていた灯は、だけどそれがなんの意匠かは訊かずに、身をよじるぼくを両掌でベッドに突き押した。

「あなた、ヴァージン？　どうしてじたばたするの」

「女に犯されるのは初体験だったと思う」

「逃げないんだから、和姦でしょう」

一糸まとわぬ姿になって、灯はくりかえし仕掛けてきた。

ありもしないはずのセクシャリティが反応する。ぼくは混乱する。天秤を激しく揺らされる。

無条件に五感を呑みほすような女の奔流に、あらがうこともできずに屈していた。

ぼくの治りかけの傷痕を、灯の舌が舐めた。腹部の傷がひだを開いて舌を奥まで受け容れた。そんなイメージを勝手に抱いただけか、それともほんとうにそうされたのか、痛みと快感がないまぜになった熱い感触が、ぼくの腰をわななかせた。ぼくはどうして、堰を切ったような歓喜の渦に落ちているのか。わけがわからないままに、灯に感じて、灯に焦がされて、からだが反りかえる。声が止まらずに、汲めどもつきない眩惑と絶頂に溶けている。灯にそのまま、最深部を貫かれてもよかった。


ちいさな死。セックスをそう表現したのはバタイユだったっけ？

斜めに差しつける曙光が、寝息をたてる灯の頬に当たっている。背中から尻にかけてのストラディヴァリウスのような曲線が、青く柔らかくふちどられている。

ぼくを犯しそこねて、殺しそびれて、酔いつぶれて眠ってしまった。

ぼくが潜りこむことも、彼女を導くこともできずに、一瞬の死の快楽を得られなかった。ぼくは死ねなかった。そんなに飲んでもいないのに、目の奥の肉がずきずきと痛んでいる。疲れきって重たい倦怠にとらわれているのに、ぼくは寝つけない。彼女の隣で眠ることもできなかった。

ひとり掛けのソファに座って、自分のからだを姿見に映してみる。はだけたシャツ、肩口に覗いた彫りかけの刺青と、傷痕。酒のしずくに濡れたショーツ。アンドロゲンが効いているようで、胸はふくらんでいない。薄い筋肉の鎧が全身を覆っている。

あてどもなく視線を漂わせて、ぼくは灯の寝姿と、自分の鏡像を見比べた。

夜明けはいつだって憂鬱だ。今日はそれが、特にひどかった。

「滅入るな」

ぼくは独り言を吐いた。

この数日間で、ふたつの嵐がめまぐるしく通過していったような感覚があった。

三崎と死線をくぐって、酒を飲みかわし、その咆哮に打たれて。

灯と舞台に立って、疑念を駆られ、とほうもない奔流に呑まれて。

そしていま、ぼくは眠れない。

うつろにかすむ脳裏に、ここ数日で密に関わった男と女の数々の表情が浮かんでは消える。ぼくは三崎と連帯することも、灯の欲望に応えることもできない。ぼくはどこまでいっても決して裸になれない。あらためて痛感した事実が冷たく骨身に染みていた。

ある極端な、男と女。

三崎と灯。

ふたりのなんと豊饒なことだろう。

ぼくのいる性の境界には、ぼくしかいない。両極に心を引かれて目移りするような、まっとうな男女と比べて憧憬や嫉妬をおぼえるような葛藤の季節は、十代や二十代のころに通過し終えたはずだった。それなのに三崎と灯には気圧されている。ふたりのめざましい営為にあてられて、そのぶんだけ孤立感を深めている。

連帯と性愛。排卵の疼き。命をつなぐ純血主義。狂おしい体温、血潮の哮り。ぼくはそれらのどれからも遠い辺境に立っている。三崎と灯のこれほどの充実を見せられると、自分がからっぽの人形のように思えてくる。ふたりの命の躍動を前にすれば、生きた死体のようなものだ。

太陽と月を重ねて、すべての生命の営みを静止させ、地上のぼくたちの目にあれほどの神秘を刻印する皆既日食が——見ようによっては、金の環をまとった真っ黒な空洞に、暗黒に穿たれた巨大な穴に見えるのとおなじように。

だから、ぼくのそばにいるのは——

真っ黒な人々だった。
おなじみの顔ぶれだった。
「ああ、みんな、来てたんだ」
ホテルの部屋にひしめく老若男女。
暗黒の色に染まった、数百数千の見慣れた面々。
過去からやってきて、部屋の片隅に寄り固まっている。
黒焦げになったあなたも、人の原形を残していないあなたも。
男か女かを見分けることのできなくなったあなたも。
ぼくが親しくしている、日食人たちだ。
こんばんは。こんばんは。もうおはようかな。
一族の犠牲となった魂の群れが、ぼくを見つめている。
そこには、新顔も混ざっている。
ぼくにはそれがわかる。

「母さん」

　密集する群れのなかに、ぼくはその人を見つける。

　真っ黒な日食人となった母の顔は、痛ましくもあったし、ひどく懐かしくもあった。

　ぼくがまだ幼かったころ、買物に行くとき、幼稚園や小学校の入学式に出かけるとき、どんなときでもそうしてくれたように、日食人になった母さんがぼくに手を差しのべた。お母さんと手をつないでいればどんなところに行っても怖くないのよ。そんなふうに言っているかのようだ。ぼくを不安がらせまいと、ぼくだけを見つめてくれている。

　黒眼しかないような瞳が、猫のように細くなって。

　黒い肉片をはしたなく落としながら、母さんは笑う。

「母さん、だけどまだ、やることがあるんだ」

　ぼくは眩暈をおぼえた。吐きそうだった。

　実際に、すこし吐いたかもしれない。

　だけど母さんは、そんなことは気にしない。

「できるよ、ぼくには。いまは準備を進めてるんだ」

　あらそうなの、とでも言うように、母さんは肩をすくめて。

　すごく残念そうに、日食人の群れにまぎれてしまう。

　たまらなく切なくなるが、声を出したくなるが、だけどぼくはまだ宿望を果たしていない。

「わかってるよ、さぼったりしない。楽をするつもりなんてない」

　夜明けは憂鬱だ。ここにいるのは、ぼくでもあたしでもない。男にも女にもなれずに気が滅入っている脆弱な人間だ。このからだは、精子も卵子もつくれない空っぽの容れ物。だけど空っぽだからこそ、真の宿望でたえず満たしておくことができるんだ。

皆既日食は、凶事の前兆。王の血族をひとり残らず、数千数万の魂のぶんだけ深い穴に埋葬する。

半陰陽というこの性こそが、一族のすべての者に突きつける匕首(あいくち)だ。

ぼくは目を閉じると、シャツの透き間に手を入れて、自分の肌にふれてみる。

生きた死体のからだは、火のように熱かった。


そうして、ぼくが到達したい最後の男――

早田征城はどういうわけか、数日が過ぎても本家に戻らなかった。

組員たちの前から、忽然(こつぜん)と姿を消したのだ。

第三章　神話の棲み処

13

最後の血の球が、皮膚を滑るタオルに拭いさられる。

針を置いたキャンが、満足そうに深呼吸をした。

「上がりだ、こいつは俺の最高傑作だぞ」

ぼくの刺青が、施術二十五日目でついに完成を見ていた。

皮膚のカンヴァスで歯を剝き、たてがみを勇躍させた一頭の茨獅子。

皆既日食が、獅子の遠景に浮かんでいる。

見事な出来映えだった。キャンに言わせれば構図的にも技術的にもブレイクスルーが必要だったらしい。茨獅子の立つ陸地がそのまま海につながり、まばらに散らされた雲の陰翳が、肩胛骨の上に浮かんだ天球の存在感を際立たせている。

墨色の美しい真円。ボカシ彫りで環状の焰が表現されている。

これで日食は、実際の意味でぼくの表徴になったわけだ。

ぼくは刺青師に感謝を告げた。キャンの慰労をしたかったが、あいにく祝杯をあげるスケジュールの空きがなかった。

このところ、忙しいんだ。

猥雑な光が夜の街にふきだまっている。

繁華街の中心部の雑居ビルに、目当てのカジノはあった。

ぼくと三崎は、一階のゲームセンターを抜けた。監視カメラが配されている。裏口の階段をいまごろ久米たちが上っているはずだ。カジノを仕切っているのは古参のタイ・マフィアで、ここの収入（アガリ）は密輸銃器の販路を拡大するための資金源になっている。猿でもわかる単純な仕組みだ、ここにはブラック・マーケットの縮図があった。

上の階にあがるエレベーターの手前で、ボディチェックをされた。ぼくたちが丸腰だとわかると、鉄製のゲートが開放される。カジノの階で下りると、ぼくと三崎はクラップスやポーカー、ルーレット、ブラックジャックなどの卓を眺めながらゆっくりと室内を歩いた。

「こいつらは、自分たちの魂をチップに賭けてるんだ」

三崎はバニーガールの盆（トレイ）から酒のグラスを取ると、ひとくちで干した。客層はアジア系の外国人が九割、誰もが野蛮な熱病にかかったような賭博狂の目をしていた。

「ちょっと遊んでみないか」とぼくは言った。

「仕事をしにきたんだぞ」三崎にあしらわれる。「やめておけ」

「ギャンブルは嫌いなのか？」

「わざわざ金を落としてやることもない」

「今日の運気をはかれるかも」

ぼくたちはルーレットの卓についた。ゆっくりと廻りだす回転盤（ホイール）が、数字の上にボールを走らせる。グラスグリーンのマットに0と00、1から36までの数字が並び、白いラインで区切られている。そこにはクラシカルな構造美があった。さながら数字と記号だけで組まれた、人間を狂わせるためのシンプルな設計図だ。ずっと見ていても飽きなそうだ。

数枚のチップをいくつかの数字の上に置いた。奇数か偶数か。赤か黒か。ホイールがめまぐるしく回転して、ノー・モア・ベットと声がかかる。ぼくは数字を狩る狩猟者のような気分で、息をつめてボールの行方を見守った。

運命を占うボールが、すこしずつ速度を遅くする。

数字のポケットに転がりこむ寸前に、カジノの照明が消えた。

ブレーカーが落とされたのだ。

なんてタイミングだ。結果を見届けられなかった。

「いまの見えたか、当たってた？」ぼくは三崎に訊いた。

「さあな。とにかく行くぞ」

裏から押し入ってきたのは久米と児玉だ。遅かったなと三崎が言った。「この児玉（バカ）がまちがえてゲーセンの電源を落としやがったんですよ」と舌打ちする舎弟頭からぼくはグロックを、三崎はイングラムM10を受けとった。ゴーグル型の暗視装置をつけると、騒然とする客の波をかきわけて奥の部屋へと向かった。

銃器の密売をシノギとしている連中だ、タイ・マフィアは武装していたが、すみやかな迎撃はできない。暗闇のなかで手も足も出ない。ぼくたちは三崎の号令で銃の音（ね）のアンサンブルを奏でる。暗視装置を通した視界にグリーンの血しぶきがまぶされた。

「さっきの、当たってたかな」

問いかけに答えずに三崎は部屋を見回すと、ひとりも残すなと舎弟たちに命じる。タイ・マフィアは乱射してくるが、暗闇のなかで放たれた銃弾は壁や天井の塵を散らすだけだ。

「今日はもう一件だ。忙しいぞ」

三崎はそう言うと、最後の生存者を弾いた。

想像していたよりも、あっけない幕切れだった。

ぼくはそれなりに気負っていたが、感情の乱高下は特にない。

見そびれたルーレットの結果のほうが、よほど気になった。


黒塗りのハイヤーが四台ほど、狭い舗道を列なって徐行する。マンション駐車場のシャッターをリモコンで開けて、スロープを下りかけたそのとき、フロントウィンドウが落下物で割れて、蜘蛛の巣状の亀裂が広がった。真上のベランダから三崎が落としたのは、事前に部屋につめていた護衛の人間の亡骸だった。

大急ぎでハイヤーは後進を試みる。退路にいたぼくは、ステーションワゴンのアクセルを踏みこんで最後尾の車に追突した。後部席から山瀬たちが飛びだしてハイヤーに一斉掃射を浴びせた。

ここのマンションで会合を持つはずだったシンガポール系中国マフィアの幹部たちが蜂の巣になる。異言語の叫びが、夜の路上に響いた。


クアラルンプールに拠点を置き、九十年代に日本に入ってきたマレーシアの一派の薬物取引が、大井埠頭のコンテナ倉庫で行なわれていた。

久米と山瀬がためらいなく犠牲者を量産する。このふたりはとりわけ逸話を裏切らない活躍を見せていた。単身で突入してもケロリとしている。不眠不休で働きつづけて、十人、二十人と連続して手にかけても、疲れも見せず、不調を訴えず、身体に傷を負っても精神が目減りしない。早田の戦争機械のなかでも第一級の精鋭だった。

「他人さまの国に長居しすぎだ、お前らは」

久米が生き残ったマレーシアンに吐き捨てた。

「山ちゃん、こいつ好きにしていいぞ」

「お〜、ほんまに？」


密入国を手引きするベトナム・マフィアの首領は、蠍や大蛇、タランチュラ、爬虫類や大型昆虫の檻がひしめくペットショップを経営して、日本滞在の隠れみのとしていた。ワシントン条約で規制された貴重種もあつかっている、マニアのあいだでは有名な店らしい。襲撃のさなかに目を引かれたケージでは、灰色の蛇がハムスターを丸呑みにしていた。


東北系マフィアの権威者が所有しているマンションには、厳重なセキュリティが敷かれていた。腕時計は夜の十一時を指している。ぼくたちはエントランスが見晴らせるところに車を停めた。時間どおりにやってきた中国系の情婦に、児玉が銃を突きつけた。「言うとおりにすれば危害は加えない」と宣告して、エントランスの二重のオートロックを解除させる。エレベーターに認証番号を打ちこみ、最上階のペントハウスへと向かった。

テーブルの最上座で、総白髪の老人が食事をしていた。八十年代から皇帝と呼ばれてきた中国黒社会の重鎮、ハン大老だ。

ぼくたちを上目遣いに見つめたハン大老は、溜息をつくと、なにも言わずに食事をつづけた。めったに人前に現われることのない、素顔の知られていない人物だ。児玉がハン大老の真後ろに立つと、尾を食らいあう蛇の刺青を認めて、三崎に頷いてみせた。

刺青といえば見物だったのは、ガラス張りの窓の向こう、ペントハウスの敷地で飼われているペットだ。飼育小屋のすみっこで固まって寝ている豚たちは、いずれも刺青を彫られていた。欧米のアーティストが手掛けたという曼荼羅や菩薩像、和彫りからモノグラム風の洋彫りをまとった刺青豚。あらゆる人生の余興に倦んでしまった老人の、風変わりな道楽といったところかな。

「今夜はたてつづけに三件目でして、こいつらも腹が減っています」

ぼくたちは晩餐のテーブルについた。ハンは反発せずに、使用人に人数分の料理を運ばせた。ペントハウスの入口には、山瀬が喉を裂いた死体がふたつ。廊下にはみっつ。すでに観念したのか、ぼくたちの食事を見ながら、老いた皇帝は枯葉をこするような声色で呟いた。

「こんなことを、どこまでつづけるつもりだね」

「最後までですよ、ハン大老」

「最後などあるまい」

「どうせなら、あの豚を食いてえよな」そこで児玉が言った。

「あ～だめだ、それはいかん」ハンは豚の処遇に関しては頑なだった。「あの子たちは食用じゃない、わたしの大事なペットだ」

「あなたたちがひとり残らず、この国からいなくなるのが最終目的です」

「豚は、豚だけは……」

三崎はナプキンで口元を拭くと、ハン大老に9ミリ弾を撃ちこんだ。老軀がのけぞって倒れる。久米が使用人を撃ち、山瀬が管理室に手榴弾を放りこんで、監視カメラの記録を抹消する。ぼくは遅れてフロアを出た。ペントハウスの廊下を歩いていると眩暈がして、足元がふらついた。

食事が胸焼けしたかな、ホルモンバランスの乱調かもしれない。ここのところあまり眠れてもいないしな。だけど強襲に参加していることでの精神的なよろめきということはないはずだ。三崎たちと行動をともにして、どんなに凄惨な場面に臨んでも、くりかえし引き鉄を引いても、不安定な浮き沈みにとらわれることはなかった。

「疲れてるんじゃないか、桂介さん」

ぼくのふらつきを気取って、三崎が声をかけてきた。

「ここ数週間、休みなしだからな」

「疲れてはいるね」

ダスト&シュガーの元締めが絞られたことで、ついに動きだした早田組がその標的としたのは、驚くことに東南アジア系の麻薬組織にかぎらなかった。本家はあたかも連帯責任だとでも言わんばかりに、国内のすべての海外勢力に喧嘩を吹っかけたのだ。

陣頭指揮は、早田匡次。本家のナンバー2の旗振りのもとに、系列団体のほとんどが動いていた。早田の歴史の総決算をするかのように、東北系をはじめとする中国勢、東南から中東にいたるアジア勢、欧州や南米勢、密輸団に窃盗団、売春組織、ドラッグ・カルテル、パスポート偽造業者、密航屋、古参から新興、組織の大小までピンキリを問わずに、およそ四十から五十にのぼる海外勢につぎつぎと襲撃をかけていた。

かなり前から、抜かりなく準備されてきた計画のようだ。資金源を断ち、本拠を暴きだし、強襲は夜陰に乗じておこなわれた。これこそが「海外方面の大きな事業」なのか、早田組がずっとやろうとしていたことなのか？

そのきわみがハン大老の暗殺だった。香港、バンコク、シンガポールを経由する密輸入のルートを築き、銃器やドラッグの市場を牛耳って、リゾートホテルやセックスビジネスでも莫大な利権を握っていた巨星が墜ちれば、海外を資本とするブラック・マーケットの勢力図は崩れるし、大老とのコネクションに拠っていた国内の組織にとっても大打撃だ。これは荒れるぞ、と関係各位が予感しているはずだ。そして誰もが思い知っている、ついにあの「外国人嫌い」の早田征城が、生来の純血主義をむきだしにして——鮮烈な存在感を放っていた時代の、極道者の本領をよみがえらせて——海外マフィアの大掃除を始めたのだと。

たしかに疲れていた。ダスト&シュガーの一件からひきつづき三崎と組むように申し渡されて、ぼくのところにも日を置かずに連絡が入り、あわただしいスケジュールに息つく暇もない。それでもぼくが加わっている襲撃は、全体のごく一部にすぎなかった。

個人的な計画のほうも進めていたのでとにかく忙しかった。襲撃のあいまに自宅にこもって、情報収集に明け暮れ、更新を加えたダイアグラムとにらめっこだ。時勢の先読みにつとめて、裏のリクルートの青写真を描いていた。

ぼくは自分だけのコネクションを築かなきゃならない。

待ちわびていた灯からの連絡があった。

翌日の夜、四ツ谷の深夜営業のバーに足を運んだ。

面会の条件は、かならずひとりで来ること、通訳の同席もなし。貸切になった店内には、灯と、東南アジア系の男が待っていた。ぼくを絞首台にかけた魚雷のタトゥーの男だ。念入りにボディチェックをする双方を、灯はこころなしか緊張した面持ちで見守っていた。

「海外のショーに仕事で行ったときに、ある資産家さんに話を持ちかけられて、それがこちらの親分さんだったんだけど。ひと財産を築けるはずだったのに、あなたと早田組のおかげで将来設計の見直しをしなきゃ」

「セイジョウ、外国人をねこそぎにする気か。あんた息子と聞いた。どうしてセイジョウの息子とおしゃべりがいるか」

魚雷の男はギ・トウと名乗った。新興の麻薬組織を率いてこの国のパイに食らいつこうとしていたが、スタジオでの一件以降は、東京や千葉を転々とする逃亡生活を強いられていた。おびき寄せを疑っていたが、イニシアティヴはこちらにある。ぼくは単刀直入に言った。

「おたくのところに手が伸びるのも時間の問題だよ。こうなってしまえば、おたくらにとってこの国は戦場だ。故郷に逃げ帰るしかない」

「だったら戦争だ。こっちはセイジョウ、マサツグ、暗殺の準備している」

声を荒らげることも、媚びることもなく、ギトウは無表情でこちらを睨んでいる。

虚勢を張ってはいるが、動揺はおくびにも出さない。この期におよんでなお豪胆な面構えは脆弱な日和見によろめく気配もない。見込んだとおりのタフな外来種だ。

「あの夜のことは、ぼくとのあいだで手打ちにしよう」

「テウチ？　うどんはお前らで食ってろ」

「喧嘩をやめて仲直りってこと。ヤクザ用語よ」

「あのヘロインは、早田のルートで正式に流通させる」

「横取りはよくない。どこが仲直りだ。首吊りが恋しいか」

ギトウは親指で喉を裂くジェスチャーを返して、座席を立とうとした。

「ここが辛抱のしどころだ。流通取引のすべては、ぼくが仕切れるようにする。収入の六十パーセントは組に納めることになるけど、ぼくの取り分は一円残らずそっちの懐に入れよう。海外の銀行に口座を作ってくれ。うまくさばければパーセンテージもよくなるはずだし、ぼくの財布からまとまった支度金を払う。当座はしのげるはずだ」

「あなたに得がないじゃない、桂介さん」

「投資のようなもんだよ」

「投資？」

「この国で生き延びたいなら、ぼくからの情報は重要になってくると思う。早田組のリアルタイムの襲撃計画を、気象予報のように事前に教えるよ。そのかわりに、ぼくの仕事を手伝ってほしい。詳しくは話せないけど、組とは関係のない仕事だ。しかるべき時が来たら、腕がいいのを十人単位で借りたい。早田のおかげで死活問題に直面したおたくらにも損になる話じゃない。ぼくは言ったよね、条件次第で利害は一致するって」

早田組はいまやすべての外来種にとって天敵だ。そして里心でもつかないかぎり、ギトウはこちらの条件を呑まざるをえない。

言質（げんち）をとられないように明言をさけながら、時間をかけてギトウを説得した。ぼくは自身の目的のためだけに動かせる集団を作らなきゃならない。ぼくとおなじ「異物」たちを掌握して、歪のない一家名乗りを果たそう。雌伏の季節はすぎたのだ。

14

早田征城の姿は、幹部会にもなかった。

本家から召集されて屋敷に出向いた。会合の上座にいるのは松澤孝史郎と、早田匡次、最高幹部がふたりのみ。征城は列座していない。海外マフィア掃討の大義を説くのは匡次だったが、蚊の鳴くような声でぼそぼそと話すし、内容にまとまりがないうえに、しょっちゅう咳きこんで話の脈絡を見失ってしまうので、結局、松澤孝史郎が言葉を継ぐかっこうになった。

「組長はまだ戻られてないいんですか？」ぼくが尋ねると、

「我々の召集では不服かね」松澤は厳しい口調で答える。

「いえ、そういう意味では……」

「帰国はされたが、かかる抗争期に入ったので、身を隠していただいている」

「隠れている、どちらに？」

「極秘事項だ。組長に万が一のことがあってはならない。最高幹部も同様だ。雄昇くんは海外、匡次さんにもこの会合が済み次第、別の場所に避難してもらう。こちらに残るのは私だけだ」

「組のトップは雲隠れして、高みの見物ですか」

「本家の決定に、異を唱えるのかね」

「ヒットマンも動いてるからな」

三崎がぼくをたしなめるように言う。

「抗争の時期にトップが避難するのは当然の判断だ」

「海外マフィアの大掃除は、組長の意向なんですよね」

「もちろんだ。組長みずからが発案なさったものだ」

「本家が進めていたのは、この計画なんですね」

「これらは序の口にすぎん。君たちには危険を強いることになるが、組長のご意向はシンプルだ。これは早田の集大成としての粛清だ。中途半端なところで手をゆるめずに、最後のひと組、最後のひとりまで外国勢を根絶やしにするか、この国の領土から追い出すことで完遂となる」

「すべてを一年ですませろや」と匡次が言った。そこでふたたび大義をアジテートするが、理路整然としていないのでヒアリングには苦労を強いられる。

おのれらええかぁ？　と匡次は鼻息を荒らげた。先祖の代から、この国の地固めをしてきたのは早田組じゃ。焼け野原のあばら屋に看板を掲げたその日からずっと「時代に作られるのではなく時代を作れ」という初代の教えを守ってきた（ここで匡次、この言葉で合っとったっけ？　と松澤にくりかえし確認する）、高度成長の屋台骨となってこの国を経済大国に押し上げてきた。それがいまではどうじゃ？　この国がへろへろに弱っちまったのは、うじゃうじゃと害虫どもに集られたからじゃないの。右を向いても左を向いても、チャイナだのフィリピンだの、露助だの、大陸の浮浪者どもがたむろしてくさる（ここで匡次、本題から逸れて人種や国土への苛烈な差別発言をつらねて、あ〜、でェ、なんだったたっけ？　と話の脈絡を見失う）、おのれら知ってるか、初代の甚五郎どんはもともと沖仲仕の仕事を奪っていく外国人どもに対抗して早田組を結成したんじゃ。それが一世紀も過ぎんうちにこのていたらくじゃご先祖様に申し訳がたたん。早田はよくても他がよくない、自分たちさえよければそれでよしというのは人としての道理に反するってもんじゃないのか、どうなんじゃ、海外のやつらに脅かされてる企業だの個人だのを含めた国全体に貢献すべきじゃないのか、言うなりゃこの抗争は公共事業（とそこで匡次、自分の言葉に興奮しすぎてゲエッホゲッホと咳きこみ、二分間ほど咳をつづけたあとでフー、とおさまると遠い目をしてなんにも言わなくなり、ぎこちない沈黙が場を支配したところで松澤が話をひきとった）。えー、この一連の掃討計画を公共事業になぞらえる匡次さんの見解は大変にユニークなものだが、ある意味では正鵠を射ている。各人がそのぐらいの自負をもって事態に臨んでもらたい、云々――

三崎が苦々しげな表情を浮かべている。これまでに数々の抗争の先陣に立ってきたという武闘派ヤクザは、加齢のせいか、時代がゆえか、全盛期の面影もなく妙にふやけている。会議のさなかにうぐいすパンらしきものを食べはじめた匡次が、三崎と直に盃を交わした大親分だというんだから、ぼくも苦笑を通り越して困惑すらおぼえた。

だがしかし、早田征城はちがう。老境にさしかかっても枯れずに、そのキャリアにおいても最大の事業に着手していた――よりにもよって、ぼくが一族の壊滅を謀っているこんな時期に――もはや認めざるをえない。早田征城はいまでも現役の第一線で進化をつづけている。怪物じみた王のコンダクトによって、早田組はさらなる高みへと階梯を上がろうとしている。

「すべての強襲の成果、動静の変化は、もちろん組長の耳にも入っている」松澤がそう言うと、ぼくのほうを向いて「ダスト&シュガーの件、襲撃での働き、君のこともそれなりに評価なさっているようだ。三崎あってのものだろうがね。ここ最近での台頭も、三崎にくっついて抗争の社会科見学をしている程度のものだろう、ちがうかね」

松澤は首尾一貫してぼくに対して辛辣だった。血縁を持たない唯一の幹部として、生理的な拒絶もあるんじゃないか。かつての三崎のように、本能的にぼくに疑念を抱いているのかもしれない。遊戯板の駒を高みから見下ろすような男。現場には出ないのに、すべてを見透かす千里眼のような洞察と情報網をそなえる組の司令塔だ。最高度の警戒をしなきゃな、と思い直していたところで、

「組長のご指名だ」と松澤が言った。「君たちには一旦、海外マフィアの襲撃から外れてもらう」

「君たちって、ぼくもですか。他の仕事があるんですか」

「ヘロインの販路を探るよりは、責任も難度も高い任務だよ」

君たちというのは、ぼくと三崎を指すようだ。三崎はすでに聞かされていたようで、いぶかしがることもなく平然とした表情を保っている。

「君たちの次の標的は、虻川会だ」

「虻川？」

早虻抗争で知られる、反早田の最右翼だ。

この気運に乗じて、長年の因縁もついでに清算しちゃおうってことか？

虻川会が相手となったら、襲撃の危険性はこれまでの比ではなくなる。

「国内の組織とまで抗争ですか、そこまでやるなんて……」

「追いたてている海外勢と結託して、我々に火を向けてくるとしたら虻川会だ。現会長の高須賀はハンの傀儡だったが、皇帝亡きあとの体制を整えるべく、主だった大陸系の幹部を集めて、大きな会合を持とうとしているらしい」

「だけど虻川って九州ヤクザともつながってるんですよね。交戦するとなったら、この国はそれこそ紛争状態に突入しちゃいますよ」

型通りの反論を試みるが、松澤には通じない。

「専守防衛に徹していろというのかな」

「そうは言いませんが」

「組の総決算に乗りだす時期だ。不穏分子の芽は摘んでおく」

「三崎さんとぼくで、虻川と喧嘩をするんですか」

「私は反対したがね、三崎はともかく、君は不適任だ。だが組長は〈その二枚にやらせろ〉と指示を通された。考えがあってのことだろう。目的を達すれば、君に早田姓を名乗らせ、一家名乗りも許すとおっしゃられたよ」

資金や人材や道具はいくらでも供出する、と松澤は言う。計画を練り、人員を配して、実行に移す。三崎とぼくで虻川攻めの采配をふるえというのだ。三崎の表情にぶれはない。迷いなんてない。一族の粛清をどこまでも遂行する鉄の意志を宿していた。

たとえ雲隠れをしていても、早田の王の下命は絶対の効力を保っていた。ぼくとしては、なによりも居場所を知りたいところだったが――

15

早田組はその体質からして、海外の組織とはつるまずに稼業を広げてきた。だがそれは稀な例だ。暴対法に締めつけられる昨今では、おもに中国系とのコネクションなくして莫大な稼ぎ高を得ることはできない。たとえば虻川会は、ハン大老を窓口とする東北系(トンペイ)とのパイプを築くことで、冬の時代にあっても組の看板を荒(さ)びれさせずにやっていた。

虻川会の領土(シマ)は、近畿、中部東海、北陸にまたがっている。日本海沿岸に自前の港を開き、「貿易」で最大の収入を得ている。海上でアジア船籍の貨物船からブツを漁船に積みかえ、虻川の若い衆が回収するというのがおもなルートだった。ところが先日、大きな密輸に失敗してとてつもない損害を出したという。取引先の運び屋が、決められていたポイントで仲介人との連絡がとれなかったことでパニックにおちいって、トカレフや韓国製のK１、ライフル弾使用型のアサルトカービンといった大量の銃器を海に廃棄した。虻川会の被害額はおよそ数千万、どうしてそんなことになったのか？　もとをたどれば仲介人のハン大老が、安全の保障をしてやれなかったからだ。つまり密輸の日時は、ぼくたちがハンを訪ねた日時と重なっていた。

　東北系（トンペイ）だけじゃない、海外のいくつかの組織との付き合いは、虬川の欠くことのできない財源だった。商売相手をつぎつぎと駆逐されて、損害は億にも達している。虬川の内部で高まる早田憎悪のフラストレーションは遠からず決壊するはずだった。


　ぼくは身を隠した早田征城のことを考えている。

　嗅ぎまわってみたが、ほんとうに最高幹部しか居場所を知らないようだ。

　このまま抗争期が過ぎるまで、一度も姿を現わさないおつもりですか？

　ぼくとしては、目標の所在があやふやなままでは、駒をそろえて、支度を整えたところで、計画の最終的な一手をつめることができない。征城の潜伏先を知りたい。幹部をのぞいて、王の行方を知っていそうな人物がいるとしたら――

「桂介さん、心ここにあらずだな」

「ああ、聞いてるよ」

　三崎の声で我に返った。本家での戦略会議のさなかだ。こちらも綿密につめなきゃならない。つづけてくれ、とぼくは話のつづきをうながした。

「虬川のトップ2の守りは固そうだ。邸宅のセキュリティは早田本家にも匹敵する。外出時にも護衛が十人から貼りついて、愛人との逢瀬（おうせ）にも、細かな外遊先にも隙が見当たらない。裏を返せばどのタイミングを狙ってもリスクは一緒ってことだ」

　虬川は二枚看板だ。現会長の座についた高須賀玄治（げんじ）と、若頭の木屋克巳（きやかつみ）。特に木屋という男は、智将と謳(うた)われ、多血なようで仁義に厚く、構成員の末端にいたるまで絶大な支持を集めている西日本屈指のヤクザ・スターだ。木屋のためになら、虻川の剛の者が喜んで命(タマ)を張るという。

　三崎はどういうかたちであれ、このふたりに襲撃をかけるつもりらしい。第二次早虻抗争が勃発するのなら、ぼくの真の計画にも活かさない手はなさそうだ。早田の戦力。金と物資。それから、密かに通じた外来種。ぼくは切れるカードを脳裏に並べていった。

「向こうも警戒を強めてるだろうし……」

「こんな時期だからな、あたりまえだ」

「銃弾の数は減らしたい。こっちの犠牲も増える」

「他にどう仕掛けようがあるんだ」

「抗争(でいり)の前に、諜報戦だよ」

「諜報？」

「今回の方針、ぼくに任せてくれないかな」

「企(たく)みありって顔だな、どうするつもりだ」

「木屋に会ってみようと思う」

「木屋って木屋か」

「そう、若頭の木屋ね」

「言っておくが、あの男が信望を一手に集めてるのは、豪腕のタカ派だからだぞ」

　三崎が言うには、九州ヤクザとの盃事にこぎつけられたのも、木屋による全面抗争も辞さない強気な交渉があってこそだったそうだ。話しあいで盟約を結ぶつもりなら十中八九、決裂するのがオチだとたしなめられた。

「決裂するなら、それでもいいんだ」

ここからの計画は重要なものになる。一触即発のふたつの組織をどのように御するか。三崎や松澤にどこまでを話して、どこからを話さないか。この抗争を通じて最終目標を遂げるにはどうしたらいいのか？　組の動向の何歩も先を行きたいところだ。ぼくにとっても、ここが正念場だった。

年が明けた一月初旬、ぼくと三崎は、愛知県の知多市に出向いていた。

面会の場に指定してきた海辺のレストランに、木屋克巳は約束したとおり、最低限のボディガードだけをともなって現われた。

風の強い午後だった。建物が揺れて、テラスに面した窓が悲鳴のような音を響かせていたが、木屋は弦楽四重奏のコンサートにでも来ているように寛（くつろ）いだ表情を見せていた。

縦にも横にもからだが大きくて、オールブラックスに混ざって舞踏（ハカ）を踊っていてもおかしくなさそうな体型、太い猪首（いくび）に、灰色の憂いをおびた面差しが載っている。生き馬の目を抜く世界で大組織のナンバー2に昇りつめた男だ。黙っていても貫目の違いを感じさせた。

ぼくが来意を話し終えると、「だいたいのところはわかった」と木屋は答えて、わずかに苦笑しつつ窓の外の風景を眺めた。

「おたくは、バールを知ってるか」

「バールって金梃（かなてこ）のことですか」

「ひとつあると便利でいいぞ。鈍器になる。あんたらの脳天をかち割ることもできる。頭蓋の割れ目から脳味噌をかきだす杓文字（しゃもじ）にもなる」

「あ、できたらそれは、勘弁してもらいたいです」

「だったらセメントは知ってるか。セメントを抱かせて名港に沈めてもいいか。腹のよこっちょに切れ目を入れておくのがミソね。ガスが溜まらずに浮かんでこない」

「はあ、勉強になります」

「見事に無駄足を踏ませてくれたな。こぎれいな面がゆがむところを見たくなったよ」

「先のことまで考えれば、損になる話じゃないはずです」

「征城の息子と、あの三崎が、会いたがっているというから……」

「うちの組長と、そちらの会長は、不倶戴天の敵だっていうじゃないですか。会合なんて持つはずがない。だからこうして秘密裡に、共存の道を探りたかった」

「どこが共存だぁ、貿易だけはやらせてやるから、他の収益は早田に入れろってんだろう。系列団体を三十から明け渡して、客分として迎えるから会長か俺のどちらかは東京に越せだと？　そんなもんは人質つきの植民地占領じゃねえか」

「一部条件つきの合併と考えてもらいたい。うちの組長はナショナリストというわけではありませんが、政治や経済にも働きかけて、この国を真の意味で日本人だけで回していこうとしています。国内の組織がいがみあっているときじゃないんです」

「坊ちゃん、話す相手をまちがえてるんじゃねえかい」

「すごく厳しいでしょう、そちらの台所事情も」

「どっかの暴君が無茶をやらかしてくれたおかげでな」

「ライフラインを断たれて、虻川の資金力は落ちこんでいる」

「だからって戦争に尻込みすると思うか。胡桃割り人形は知ってるか？」

「知ってますけど、え、それでどうするんですか」

「睾丸(こうがん)を破砕される前に、東京に帰りな」

なぁんだ、そのぐらいならそんなに怖くもないね。一触即発の空気のなかで一言も発さなかった三崎は、そら見たことか、と言わんばかりに眉尻を上げてみせた。

お供をしている山瀬は、木屋のボディガードに仕掛けたくて仕掛けたくてしょうがなさそうだ。先生おしっこと言いだせずに我慢している小学生みたいだった。同行していない久米は、早田匡次の護衛に当たっているらしい。

諜報役には、児玉を選んだ。年の暮れから名古屋に前乗りさせて、蛇川勢の動向を探らせていた。複数の組を渡り歩いてきた児玉なら、早田の色を出さずにしれっと擬装して、有用なインフォーマントをつかむ処世術も心得ているはずだ。

「木屋さん、組織犯罪対策部も血眼になってます。他の組も色めきだってますからとにかく物騒だ。夜道の尾行なんかには気をつけてください」

「脅してるつもりか？　あんたこそ無事に帰京できるのを祈ってる」

「衷心からです。くれぐれも気をつけて」

おいそれと恭順を示すわけもなく、木屋は入口の観葉植物を蹴り飛ばして密会の席をあとにした。窓越しにその背中を見送りながら、三崎がぼくのかたわらに立った。

その日の夜に、ぼくたちは東京にとんぼ帰りする。

一日が過ぎ、二日が過ぎて、残した児玉から連絡があった。動きを見張らせていた木屋が、数人の側近だけを連れて蛇川会の本拠を離れたという。九州にでも飛んで、東京攻めの算段を練るつもりか？　そうじゃない、とぼくは踏んでいた。

木屋は身を隠したのだ。

　ぼくは表と裏の顔を使い分ける。会うべき人に会って、電話をして、情報の取捨選択をする。必要とあれば、男と女の自認も切り換える。

　数日後の正午、灯と待ち合わせをして、プジョーで都内のショッピングモールに向かった。早い時間の呼び出しが不満なのか、ぼんやりと風景を眺めながらあくびで抗議をしている灯に「ところであれ、持ってきてくれたか」と訊いてみる。

「またなの」

　灯は露骨に嫌そうな顔をした。

「眠れてないの？　顔色悪いし」

「死に顔よりはマシだろ」

「ほんとよね、拳銃の弾を食らってそのうち死ぬんじゃないかって、こっちは冷や冷や」

　灯はバッグから紙袋に入った睡眠薬を出してきた。このところ不眠がひどくなっていて、病院には通いたくなかったので、灯に会うたびに都合をつけてもらっていた。睡眠薬に頼っても眠れるとはかぎらなかったけど、気安めにはなるから。

　このところの激務で神経が高ぶっているのかな。三崎たちは現在進行形で、蛇川と通じている海外組織や個人を襲っている。牧場の羊を一頭ずつさらっていく狼のように、すこしずつだが確実に敵の戦力を削っている。綱渡りのような日々がストレスなのか、精神的にまいっている自覚はまったくなかったが、眠るべきときに眠れないのはつらい。

「いつまでつづくの、ヤクザの喧嘩」

「永遠に終わらないような気がしてる」

「……ねえ、ほんとうに大丈夫なの」

「ちょっと眠れないだけだよ」

「怖いんじゃない？」

「うーん、それはないと思うけど」

「あたしは怖い。あなたがいなくなるんじゃないかって……」

「今の会話、恋人同士っぽくなかった？　愛人契約はしてないけどな」

「もうそんな次元の話じゃないでしょ。あたしたちは一蓮托生なんだから」

彼女とはギトウとの密会のあともつかず離れずの関係を保っていた。大陸系の組織と通じて、ヘロインで財産を築こうとしていたおっかない女ではあるが、人として大事なものを裏切っているという点で、おたがいにウマが合うのかもしれない。

こちらの立場が危うくなるような言質はとられていない。ギトウとの密通は知られているが、灯にだってヘロインの流通に関わっていた弱味がある。彼女は早田組の制裁を恐れているので、手綱はこちらが握ることができた。

気になるのは、むしろ、もうひとつの秘密のほうだ。

酔った彼女と明かした夜が、脳裏によみがえる。

欲望に濡れた瞳、熱い体温、豊潤な女の生命力。それらはたしかに好ましかったし、すくなからず嫉妬や羨望も抱かされた。だけど心を許したかというと、そんなことはまるでない。恋愛感情とも同類意識とも異なるような、まだ名前のついていない特殊な執着を抱かされた気もするが、それはそれ、たぶん一時の気の迷いだ。

あの夜のことは、おたがいに一度も口にしていなかった。

注意を怠るな。彼女はいまのところ、死者しか知らない秘密にもっとも迫っている。

なんといってもからだを重ねたんだから。なにかに気づいているそぶりがあったら、すぐにしかるべき対処をしなくちゃならない。

平日の正午過ぎという時間帯もあって、駐車場の空きはすぐに見つかった。休日は混雑するショッピングモールもほどよく閑散としている。シネコンや美術ホール、託児所、歯科医などが入っているモールの、スポーツジムに用事があった。

灯とともにジムのなかを一望できる上階のフロアから、ルームランナーで汗を流しているひとりの女性を見守った。スポーツウェアがめりはりのある肢体に貼りついている。年齢は三十代のなかば、美しいスタイルという点でいえばプロフェッショナルの灯とくらべても遜色のない、他の女性会員の引け目を誘いそうなからだつきだ。

あの女に会うために、このスポーツジムまで足を運んだんだ。思うところがあって、灯にも付き合ってもらった。

「どう？」

と尋ねると、灯は肩をすくめて、

「キレイだけど、手を加えすぎかな」

おっぱいでしょ、目頭切開でしょ、らくだっ鼻（キャメル・ノーズ）でしょ、唇ヒアルロン酸でしょ……

灯は指を折って、美容整形が施されているとおぼしき部位を数えはじめた。

「あの年齢になったら、それなりに維持費はかかるんじゃない」

「あれは数千万はかかってるよ」

「おっきな財布があるからね」

灯を残して、ワークウェアに着替えてスポーツジムに下りていった。女の様子を見ながらエアロバイクを漕ぐ。彼女はインストラクターもつけず、グループエクササイズなどにも脇目をふらずに、たったひとりで黙々と運動している。豊かな胸が――灯いわくシリコンバッグ入りのそれが――男性会員の目を集めている。どこにも余分な肉はついてなさそうなのに、ストイックに汗を流すさまはどこか偏執的で、そのぶん寂しそうでもあった。

たっぷり三時間、運動を終えた彼女が更衣室に入った。こちらも時間を置いて、おなじ更衣室に入った。他の会員はいない。シャワーで濡れた髪を乾かしていた彼女も、あたしが同性じゃないことに気づいているふしはない。あらかじめウィッグをつけて、軽めにメイクをするだけで男子禁制の場所にも入れちゃうんだから、このアドバンテージを抗争方面にも活かせないものかなと思うけどたぶん活かせない。あたしは壁を背負って、からだを左側に傾けて、茨獅子や日食の刺青を見られないように気を遣いながら、彼女の視界でわざと着替えをした。彼女がちらちらと見ているのがわかった。立ち去りぎわに視線をあわせて会釈してみると、相手もぺこっとお辞儀を返してきた。うん、大丈夫そうね。あたしが誰の息子かは気づいていない。

「ああどうも、さっき更衣室で、もしお邪魔じゃなかったら」

モールに入っているカフェでサラダを食べ、ペリエを飲みながら雑誌を読んでいた彼女に、灯から声をかけて、あたしもあとから寄っていった。見ず知らずのふたりに話しかけられて、彼女はすこし強ばった微笑みを浮かべていたけれど、あたしとは更衣室で顔をあわせていたし、なによりも週四でジムに通って体型維持に励んでいる女性だ、大舞台のファーストルックを託される灯に親しげに声をかけられて、同類のようにあつかわれたら、絶対に悪い気はしないはずだ。思ったとおり彼女はおなじテーブルにつくことを許してくれた。灯がつとめて親密なそぶりで、彼女が好みそうな話題を提供してくれたのもあって、初対面のぎこちなさはすぐに解消された。

「早田佐智子（さちこ）と言います」

あたしはこの人妻を知っている。

面と向かって話したことはなかったけど、彼女の披露宴にだって出席してるからね。

早田征城の後妻。あたしの継母（ままはは）ということになる。彼女の住まいは早田の総本家、征城とともに屋敷の奥の居住スペースで暮らしているはずだ。

元ミス・ユニバースの素地があっても、三十もなかばを過ぎると、美貌の維持にはフルタイムで励まなくちゃならないんだろうか。お金のかかった手入れは、年の離れた夫のため？　征城が好むタイプの容姿なのか、あたしはどうしても、母さんと比べてしまった。だけどこれといって似ていそうなところは見つけられなかった。

佐智子さんはすぐに打ち解けて、年下の女ふたりとのおしゃべりを楽しんだ。彼女はいったんほぐれると、自然によく笑った。暴力団の組長の妻、数万人の構成員たちにとっての大姐（おおあね）さんであることは隠していたけれど、灯の質問のうまさもあって、話の流れで自分のこともよく話した。結婚をさかいにそれまでと生活が一変しちゃって、ふだん付き合いがあるのは、夫の同業者の妻たち（姐御（あねご）衆ね）だけど、共通の話題がもてずになじめないでいる。夫はとても忙しくて、平日に会えるような友人もおらず、時間をもてあましているので、だからこんなふうにおしゃべりができるのはとても嬉しいと人好きのする笑顔で語った。

「おふたりとも、ほんとうに素敵だから。いっしょにいるとわたしまで若返るような気がしてくるわあ。現役のプロはやっぱりちがいますね」

　あたしも本職のモデルってことにしておいた。一般通念で言うところの義理の息子と話していることに気づかない佐智子さんに、あたしは微笑みながら言った。「実はあのジムでたまにお見かけして。ずっとキレイな人だなと思ってたんです。ちょっとからだを絞らなきゃいけなくて、しばらくは通うことになったので、よかったら明日以降も、ここでいっしょにお昼でも食べませんか？」


　あたしたちは二日、三日とつづけて会って、遅めの昼食をともにした。佐智子さんも「学生のころに戻ったみたいだわ」と喜んでいて、いっしょに過ごす時間が延びることで事実を見抜かれる心配はまずいらなそうだった。

　美容のこと、ファッションのこと、モデル業のこと、ひとわたり話題を消化すると、佐智子さんは突っ込んだことも話しはじめた。アンチエイジングの秘訣、食事制限のストレス、自分から美容整形のこともにおわせて、しわやたるみをなくすためのフェイスリフト手術も考えている、という話におよんでは、灯もふんふんと前のめりに話を聞いていた。

　佐智子さんのちょっと異常な美容に対する執着は、思ったとおり、夫との関係によるところが大きいみたいだった。

「うちの主人には、ちょっと怖いところがあって……痩せろとか、皺がどうとか、そういうことを露骨に言うわけじゃないんだけど、目つきでね……結婚するときにも、家事や料理なんて放っておいてもいいから自分をピカピカに保っておけよって言ってたし」

「なぁにそれ、最悪の旦那じゃない？　自分の奥さんを家具みたいに」

「ちょっと、灯、やめなよ。失礼だよ」

「仕事でね、ぜんぶ自分の思いどおりに動かせる人だから」

「だからって家庭でもそれはないって。絶対にありえない」

これだからヤクザはさー、なんて灯が口を滑らせそうであたしは冷や冷やした。興奮している彼女を横から肘で突っついた。

「考えすぎかもしれないけど」佐智子さんが声を震わせた。「どう言ったらいいのかな、夫にはね、仕事に対しても家族に対しても、決して譲らない一線があって、それが常識的なところよりもはるかに高い水準にあるの。ちょっとでも気を抜いたら、すぐに脱落しちゃうような……」

佐智子さんの言葉はとぎれがちになった。顔を伏せているのは、涙ぐんでいるからみたい。気の毒に、あたしは身につまされる。正妻でさえ愛玩用の鳥も同然だなんてね。最高の俠聖、怪物的な王の家族でいるのは大変なことだよね。

「ちょっと怠るとあからさまでね、ベッドでも……こんなこと言ったら桂ちゃんと灯ちゃんに、みっともないって思われるかもしれないけど」

「そんなことないよ」と灯が言う。「佐智子さん、すっごくがんばってるじゃない」

「ごめんなさい」と佐智子さん。「ときどき、なにも考えられなくなってしまうの」

「あたしたちが、話し相手になるから」

「あの人が認める〈女〉じゃなくなったとたんに、すべてをなくしてしまいそうで……」

い、い、い、い、い、い、
それなのに、よりにもよって——と彼女は声を上擦(うわず)らせた。よりにもよって、なに？　あたしたちは言葉のつづきを待ったけど、佐智子さんはそれっきり身の上話をやめて黙りこんでしまった。それは小石を落としても、底に落ちた音が聞こえてこなそうな深い沈黙だった。

あたしは話を戻して、

「最近はどうなの、セックス、減ってるの？」と訊いてみた。

「このところは、仕事の都合で帰ってきてないから……」

「単身赴任みたいな？　佐智子さんは行かないの」

「わたしは、行かないわ」

「一度会って本音を話してみたら？　ご主人はどこにいるの」

「それは……」

佐智子さんが濡れた瞳をもたげる。

あたしは彼女の回答を待った。

「聞かされてないの。ちょっと事情があって」

佐智子さんは溜息を落として、頭を左右にふった。

嘘じゃなさそうだな、とあたしは思う。たぶん奥さんも聞かされていないんだ。

灯が差しだしたハンカチで佐智子さんは目元を拭った。他にも二、三の質問をしてみたけれど、征城の居場所の手がかりになりそうなことは聞きだせなかった。今日はもういいかな、聞きたいことは聞きだせそうにないし、それに彼女の告白にふれていると、どうしても母さんを思いだして胸が悪くなってきちゃう。女たちに酷遇を強いる征城に、極道の男たちに漫然と憤りをおぼえて、目の裏に眩暈にも似た暗幕が下りてくる。これだから男は、とあたしは思った。

「ごめん、あとは頼めるかな」

気分が悪くなったあたしは、佐智子さんが化粧を直しに行っているあいだに、この場を灯にまかせて、一足先にカフェを立ち去った。

これだから男は、これだから男は、と独りごちながら――

早田征城の妻と、秘密の関係を持てたことは――

きっとこの先、なにかの役に立つんじゃないかと思う。

だけど肝心なことは、聞きだせなかった。

家人を当たってても空振りとなると、他にどこを当たったらいいのよ。本人からの連絡はない。最高幹部は口を割らない。だったらどこを？

あれこれと考えごとをしながら横浜の自宅にたどりつくと、エントランスの前に一台のセダン車が停まっていて、運転席から知った顔が下りてきた。「桂介さん、お忙しそうですな」と声をかけてきたのは都築警部だ。忘れたころにひょこっと現れる男だ。

ここ最近では、ぼくとあたしの境界線があやふやになることがままあって、ウィッグを外して化粧を落とせば自動的にあたしからぼくに戻れるわけでもないので、佐智子さんとの時間を引きずって「あたしに用ですか？」と口走ってしまって、都築に怪訝な顔をされた。気をつけないとな、とぼくは自分を戒める。

「最前線でご活躍なさってるようで。三崎や久米にしてもそうだが、早田組は若手が育ってますな。幹部たちも安心して現場を任せられますね」

「都築さんさぁ、ぼくをマークでもしてるんですか」

「そりゃしますよ。すっかり要注意人物だもの」

「組のバッジすらもらってないのに」

「三崎と並んで次世代の幹部候補だって。本部でも注目株ですよ。私もあなたのことはちょっと無視できない。あなたはおもしろい動きをするから……」

　この警部、ぼくの動向をどこまでフォローしてるんだろうか？　ギトウや木屋との密会でも、早田佐智子といるときも、見張りや尾行の有無はチェックした。盗聴や監視にも意識を払っている。癖になっているのだ。どの場面でもそれらしき気配はなかった。

　この警部もまた、不確定要素のひとつだ。それなりに対処法を考えておくべきかもしれない。不測の動きをするメフィストフェレスを封じる手立てをなにか用意しておかなきゃならない。

「ところで、組長はまだ本家に戻ってないようですね」

「……どうして、それを？」

「地獄耳でしてね。大組織には珍しく活動的な親分ですから、うちとしては当然、もっとも把握しておきたいのは征城の動向です。海外でなにをしてきたのか、誰と会っているのか、現在の居場所ぐらいは知っておきたい」

　この警部、カマをかけているのか。

　ぼくが征城の居場所を嗅ぎまわっていることを知っていて？

　食わせ者だな、都築メフィスト。秘密を隠して計画を進めるぼくの足元をすくうのは、もしかしたらこの男なのかもしれない。

「ちょっと調べてみたんですよ」と都築は笑う。「税関は通過してる。帰国はしているようですな。だがどういうわけか、本家にも支部にもいない。あれは三ツ星ホテルにしか泊まりませんから、どこかに連泊していれば、いやでも聞こえてくるはずなんだが。そうなると思いあたるふしは、私にはひとつぐらいしかありませんねえ」

「へえ、突き止めたんですか。どこですか？」

「あれ、息子さんはご存じなのかと」

「知らないんですよ、肝心なことは教えてもらえない」

「ふうん、そうですか。私の推察では、秩父に持っている別荘ですね。組員にもほとんど所在を伝えていない非常用の避難場所。核シェルターもあるって噂のね。征城はそこじゃないかな」

都築が言うには、バブル期に購入された不動産らしい。過去の抗争で、組長をはじめとする要人が退避していたことがあったという。現地に問い合わせたところ、近郊の市街地が騒がしくなっていて、黒塗りの高級車の往き来があったり、暴力団の関係者らしき強面の出入りがあったり、一流のシェフや芸妓が呼ばれていたり、さらには、ひとりの刺青入りの負傷者が、片腕が寸断された失血死寸前の重体で、最寄りの救急病院に担ぎこまれる騒動があったという。

たぶん都築はこちらの出方を見るために、素知らぬ顔でべらべらとしゃべっているんだろう。都築にとってもぼくは、不規則な動きをする変数的な存在なのだ。情報を与えたうえで観察するつもりだ。さあどう出る？　と都築がにまにまと笑う。他の組織にリークでもしますか、それとも組の内部での揉め事の種にしますか？　この警部、鍋をかきまわすつもりなのだ。

16

思いがけない人物から、確度の高い情報がもたらされて。

ぼくは自宅にこもって、これまでに収集してきたデータやダイアグラム、ディスカッション・ボードと相談しながら、都築の情報をつぶさに、慎重に見極める。

確信を深めて、その夜のうちにいくつかの電話連絡を処理する。

「組長は、秩父の別邸に隠れてるらしいんだ」

「秩父ですか、そりゃ知らなかったな」

「本拠を離れたままだよな、木屋は。関東方面に入ってはいない？」

「こっちは高知に隠れてまさぁ」

「こんな情勢だからさ、形勢逆転をはかってうちの組長の首を狙うかも。木屋の目がどっちに向いているのか、これからどう動くつもりなのか、もっと探ってみてくれ。こっちでも態勢を整えてすぐに知らせるから」

くれぐれも気をつけて、と言い添えて、児玉との通話を終えた。

功名心の強い児玉は、諜報役として積極的に動いていてくれていた。ぼくはそれから、佐智子のことで灯とメールのやりとりをして、さらに三つほどの業務連絡をすませてから、事前に登録してあった携帯の番号をプッシュした。

殺気立った若衆の取次ぎ。ややあって通話の相手が代わった。「お前なんだろう」と木屋は乾いた声で言った。「うちの会長(オヤジ)にろくでもない駄ボラを密告(うた)ったな？　隠し撮りの写真でも送りつけたか。こっちに潜ってる間諜がいるんだな。早田の坊ちゃんは狡辛(こすから)い謀略家だな」

怒鳴っているわけでもないのに、耳元でガラガラ蛇に啼(な)かれているようだ。凄味のきいた嗄(か)れ声を、ぼくの鼓膜がご遠慮願いたがっている。ぼくは平静をよそおって木屋に言った。

「待ってください、なんの話をしてるんですか。ぼくはこのあいだの話をもう一度検討してもらえないかと、それで連絡したんですが」

「うまく喇叭(ラッパ)を吹きやがったもんだなコラ、会長(オヤジ)はろくに話を信じやしねェ。この歳になってまさか絶縁状(チラシ)を回された凶行旅(ヤクタビ)なみの目に遭うとはなぁ。妾腹の坊ちゃん、今度はこっちが強襲(カチコミ)といくからよ。おむつは新しいのを穿いときなよ」

ハードコアな修辞(レトリック)を刻まれて、ぼくもヒアリングに苦労したが、木屋が憤っているのはごくごくシンプルな事情だ。

ぼくとの密会の既成事実を作って、物証をそろえて、木屋の謀叛(むほん)の企みをでっちあげて高須賀会長の耳に入れた。高須賀という男が邪推のかたまりで、猜疑心(さいぎしん)に凝った人物であることは過去のデータが物語っていたし、なんといっても虻川全体が傾いでいる時期だ。若い衆の神輿(みこし)に乗っている木屋は、高須賀にとってもっとも身近な脅威に映るはずだった。

木屋、お前もか？　と高須賀は慄(ふる)える。

早田と手を結ぶのか、沈む船から逃げだすのか？

それとも会長(おや)の寝首をかいて、虻川を獲るつもりか。

木屋にならそれができるだけに、反旗のもとに若い衆がついてくる有力者であるだけに、高須賀は妄念の虜(とりこ)となって木屋の言葉を信じない。

先手を打って、潰しにかかる。鉄砲玉でも送りこむ。危険を察した木屋は身を隠す——

揺さぶりになれば上出来ぐらいのつもりでいたのだが、ここまでプランどおりに嵌まってくれるとすごく助かる。高須賀と木屋という二枚看板の離間を狙って、期待以上の結果を得られていた。ぼくはさらに電話越しの挑発をつづけた。

「木屋さんほどの人が離れたとなると、虻川はいよいよ後がありませんね。真剣な話、客分待遇で迎えさせてもらえませんか」

「早田で飯を食うほど落ちぶれちゃいねえわ。俺が音頭をとって、早田に弓引く親分衆を集めてるところだ。お前ンとこの事務所にかたっぱしから手榴弾でも放りこむとするかな。首の土産を持参すりゃ会長(オヤジ)だって目ェ覚ますわ」

「そうかな？　子を標的（まと）にかけた親ですよ。それってこの世界の仁義（レギュレーション）から完全に外れてるじゃないですか。もはや極道の親じゃない。外道ですよ。ドロドロの猜疑心にただれた化物だ。自分の座を脅かす若頭に二度と信を預けたりしませんよ、よほどのことがないかぎり」

「……このガキャ、言うにことかいてうちの会長（オヤジ）を外道よばわりか」

「こっちの組長（トップ）の首を獲るような、ウルトラCでも決めないかぎり」

「だったらそうするわ、お前ンとこの親父を弾くまでじゃ」

「無理な望みですね。組長は、有事の避難場所にいるので」

「調べだすわい」

「調べだすって、どうやって？」

「さぁてな、お前にならって間諜でも送りこむかな」

「曲解しないでください。さっきから言ってるように、ぼくは絵図なんて描いてません。木屋さん、あなたの水槽の魚にピラニアがまぎれてるんじゃ？　東京攻めで脇が甘くなっているようだし、あらためて周辺の警戒を強めたほうが」

　くれぐれも気をつけて、と言い添えて、ぼくは木屋との通話を終えた。だいたいのお膳立てを整えたところで、翌日の午前、三崎からの連絡が入った。

　虻川内部の離間を誘うところまでは、三崎たちにも話してあった。だけどここからの計画の裏面については、詳細を伏せてあった。

「こっちが見越したとおりだ。高須賀は焦ってる。明日の夜、香港に発（た）つようだ。総崩れになったマーケットをどう再建するか、早田の大掃除にどう対抗するか、ふたつの目的をかねた会合だ。大陸の連中が続々と香港に入ってる。開会を急がせた高須賀は、木屋なしで渡航することになるな」

海外にネットワークを持つ早田雄昇と、蛇川の動向を見張っていた松澤孝史郎、二方向からもたらされた確実な情報だった。諜報戦にそろそろ焦(じ)れだしていた三崎の声音も、こころなしか高ぶっている。香港か、とぼくは思う。手配は間に合うかな？

「三崎さんの出番ですね、ご武運を祈ってます」

「あんたも来るんだ、肉体労働もしてもらうぞ」

「言ってみただけですよ」

蛇川を内部から混乱させ、最有力の指揮官を離反させた。

敵の弱体化には成功した。さあ、つぎは？

海を越えての、抗争(でいり)だ。

17

ぼくが海外旅行に求めるものは、夜の香港にはひとつもない。

電飾の都。高層ビルの密林。百万ドルの連峰。この地球(ほし)でも有数の人口密集地帯だ。国際金融中心をはじめとする超高層ビルがひしめいているのは、空間の不足によって垂直方向に展(ひろ)がる都市計画の必要があったからだ。ペニンシュラやリッツ・カールトンといった高級ホテル、ランドマークとなっている複合タワー群。展望のポイントには事欠かないが、どの高さのどの角度から双眼鏡を覗いても、原色の光が差さない闇に潜ったぼくたちは見つけられない。

ヴィクトリア・ハーバーの色の氾濫は、香港島の背中に彫られたどぎつい刺青だ。湾の水面はみだりに色が滲んだ混沌(カオス)のプールとなっている。大陸のどこかのイカれた極道者の、お頭(つむ)のなかのシャングリ・ラでも覗いているような気分になるから、だからぼくにとって夜の香港のような場所はどうにも居心地が悪いんだ。

　引き船やフェリー、クルーザー、貨物船、マカオへ向かう水中翼船、たくさんの船舶が碇泊（ていはく）している。湾の内部を運航している船もある。ガーゴイル像を船首にあしらった豪華客船が、珠江の河口方面へと向かっている。

　広州、香港、マカオをつなぐ珠江デルタは、水上警察の取り締まりが難しい海域だ。三地域の行政権が複雑に入り組んでいて、警察の出動や調査がつねに後手に回ってしまうのだ。ごく最近でも夜間に航行する大型船に近づいてディーゼル油を抜きとるという窃盗事件が多発しているらしい。

　ガーゴイル号に乗りこんだ高須賀会長は、夜の海上で、大陸マフィアの要人との会合を持とうというのだ。強襲にそなえてデッキの監視塔には短機関銃をたずさえた男たちが立っている。周囲の海には五、六艇のクルーザーが飢えた鮫のように航行している。出席するマフィアもそれぞれ武装しているはずだ。戦闘要員は三ケタに達するかもしれない。

　こちらは三崎と山瀬、それから早田匡次の子分衆。

　系列団体からの構成員、あわせて四十名弱だ。

「他にも伏兵がいるかもしれない」

「隠れられる建物はないぞ」

「潜水部隊ってことはないだろうけどな」

　乾いた唇の内側で、自分の声がくぐもって響いた。

　ぼくは暗視装置つきの双眼鏡で、黒い海を漂うガーゴイル号を見守った。

　香港島の方角から湿風が吹きつけて、ぼくたちの貴重な体温を剝ぎとっていく。

「冷えてきたな」

三崎が煙草をくわえてマッチを擦った。精悍(せいかん)な顔が火に照り映える。ぼくはウィンドブレーカーのボアつきのフードを目深にかぶった。潮の流れで海面が荒れてきている。腕時計をあらためるが、現われるはずのものはまだ現われない。三崎はたてつづけに煙草を吹かし、そのたびにマッチの軸が燃えつきるまで炎が揺らめくのを見ていた。

予定よりも遅れて、ガーゴイル号に近づく船影があった。

暗視装置を通さなくても、目視はたやすい。

「来たぞ」

燃えあがる貨物船が、二十ノットほどの速さで接近していた。

ガーゴイル号でも気づかないわけがない。強襲だ、と殺気立っている。サーチライトもつけずに威嚇射撃で潮の音を沈黙させる。燃える不審船からの応戦はない。高須賀の子分衆も、マフィアの男たちも、燃える船の上でなにが起こっているのか察することができない。それはある種の攻撃だ。沈黙という名の先制攻撃。闇を裂くかがり火のような不審船がゆっくりと近づいてくれば、誰の目にも無気味に映るはずだ。クルーザーが斥候として不審船をあらためる。デッキは無人だ。乗員はひとりもいない。ガソリンをめいっぱい撒(ま)かせて、火を点けたのちに、救命胴具つきで海に飛びこませたから。

ぼくと三崎がやらせた。

「よし、制圧しろ」

機を見計らって、三崎がトランシーバー越しに指示した。

早田の男たちが、夜陰に乗じていた複数の船が、銃火に導かれるように全速前進する。

燃える船の陽動によって急接近して、八方から総攻撃を加える。短機関銃や自動小銃の銃弾が、対戦車ロケット弾が、横殴りの暴風雨のようにガーゴイル号を急襲する。早田勢が放った榴弾がデッキの監視塔を半壊させた。海上の襲撃が、火蓋を切った。

「旋回しろ！」

相手の乱射を浴びて、ぼくと三崎は、ばら積みの貨物船で身を低くした。

急旋回によって船体が傾ぎ、波を浴びたデッキで薬莢が跳ねる。

激しい波飛沫（しぶき）が、ぼくの顔を叩き、潮が目に飛びこんでくる。

「ここで沈めろ、高須賀も、他のマフィアも全員だ！」

早田の男たちは、演習を積んだわけでもないのに、一切の統制を乱さない。

掛け値なしの抗争（でいり）に、士気も高く、血潮を高ぶらせている。

このところの襲撃に同行することで、ぼくは彼らに学ばせてもらった。経験則としてわかった。混乱をきわめる戦場に最後まで立っていたいのなら、集中することだ。青白く研ぎ澄まされた炎のように、すべての一瞬の、ぎりぎりまで集中することだ。ためらいや恐怖、相手への哀れみや罪悪感は命取りになる。勝ちを食いちぎるまで、極限まで集中できていれば、直感がたどるべき動線を見せてくれる。一刻一刻と移り変わる攻撃目標の選定と効果判断の重要性を示してくれる。それこそが単純にして強靭な「戦争機械」のプロトコルだった。

これって馬鹿みたいな真理だが、実際には簡単なことじゃない。よっぽど場慣れしているか、頭の螺子（ねじ）が外れていないかぎり、人は罪の意識や恐怖を感じるようにできている。程度の差こそあれ、それらは理性を増幅させて、野性を後退させる。

海賊さながらにガーゴイル号に飛び移って、ひとり撃たれ、ふたり撃たれても、退（ひ）かずに五人を撃ちかえす日本人（ヤクザ）。その猛威に恐れをなして自分から海に飛びこむマフィアもいた。山瀬はそんなときでも高笑いしながら、海面にバラバラと掃射を浴びせる。うん、どうかとは思うが、これはこれでひとつの模範例だろうな。発砲の光でパッパッと明滅する山瀬の狂喜の面持ちは、あまり人間の顔に見えなかった。

だったら、あんたはどうなの？


そこでふと、誰かの囁きが耳元をかすめた。

ぼく？　ぼくか。ぼくはどうなのかな。恐怖はない。罪悪感もない。

あ、でも、寝つきは悪くなってるけどね。

だけどいまの、誰が言ったんだ？


被害は少なくないが、制圧まであとすこしだ。装備は互角でも、兵隊の差で趨勢はこちらに分がある。ぼくは弾幕を張りながら、余勢を駆ってガーゴイル号に移ろうとした。

そのとき、艫（とも）側から貨物船にぶつかってくるものがあった。足元が大きく揺れる。ぼくは碇泊灯のパネルに頭を打ちつける。予想外の方角から新手のクルーザーが現われた。

「伏兵か、お前ら、こっちに飛び移れ」

すでにガーゴイル号に移っていた三崎が叫んだ。

「ぼやぼやするな！」

頭を打ったぼくは、膝から崩れ、瞬時の反応ができない。

第三の勢力——突然の乱入者によって状況は急転していた。

貨物船に残っていたのは、ぼくを含めて三人の組員。

マフィアの別動隊なのか、すくなくとも水上警察ではない。バラクラヴァ帽をかぶった集団が、貨物船に飛び移ってくる。組員のひとりを蜂の巣にして、もうひとりを海に突き落とした。

ぼくの視界は眩んだ。微動だにできずに海面の血の泡を見下ろした。三崎がなにかを叫んでいる。その声のほうにも第三の男たちが発砲する。ぼくはふらつく頭をふりながら、デッキに転がった短機関銃に手を伸ばした。そこで突然、視界が暗転した。

頭にズダ袋のようなものを被せられた。衣類をめくられ、背中をむきだしにされる。ぼくの刺青を確認しているのか、第三の男たちは異言語で騒ぎたてた。

「あぁん、なんだァ？　そいつどこ連れてくよォ」

そこに別の罵声が迫ってくる。山瀬の声だ。

頭のズダ袋のせいでなにも見えない。ぼくは混乱する。

反射的に山瀬がこっちに飛び移ってきたらしい。三崎の声は遠ざかっている。

発砲の音が連鎖して、ぼくは身を屈めた。あだッ、だあぁとはらわたをよじるような唸り声が聞こえた。誰が被弾した。「援護しろ、山瀬が撃たれた」三崎の声がトランシーバーから伝わってくる。三発か、いや四発、山瀬が撃たれた。ズダ袋を被せられたぼくは、両腕を荒っぽくつかまれ、力まかせに引き寄せられた。やっぱり連れさるつもりだ。

「連れてこうとしてるぞ、止めろ！」

ろくに抵抗もできずに、ぼくは船から船へと移されそうになる。足元が激しく揺れる。

斜め後方から突き出してきた腕が、ぼくの両肩を強い握力でつかんだ。

「痛え」

山瀬の声が聞こえた。血のにおいが鼻をついた。

鬼気迫る様子で、山瀬がにじり寄ってきている。

どういうつもりだ。この男にかぎって、身を挺して拉致を阻もうとなんてするか？

すると本能的な行動なのか、この混乱のなかで、不審なものを嗅ぎつけているのか。

第三の男たちが、ぼくを引き寄せる。戦場の霧にまぎれて、ぼくは大きく身をよじって山瀬の腹を肘で突き押した。艫から海のほうに――

くぐもった絶叫と、海面に転落した音。山瀬がそうしていたように第三の男たちがダメ押しの掃射をかける。数発の銃弾を食らって、潮流の速い海に落ちてしまえば助からない。たとえ第一級の戦争機械であっても、溺死はまぬがれない。

三崎が叫んでいる。山瀬の転落、ぼくの拉致。混乱をきわめる海上を、ぼくを乗せたクルーザーが高速で遠ざかる。三崎が追っ手を出したのか、銃声がしばらく追ってきていたが、すぐにそれも聞こえなくなった。


汽笛の音が海に響き、風にちぎれて掻き消える。ぼくを連れさったクルーザーは桟橋もない岸辺に着岸する。大きな橋が近くにあるのか、車の通過音が残響となって聞こえていた。どこかで犬が吠えているが、遮られた視界では犬種もなにもわからない。

強制的にしばらく歩かされて、追っ手をまいたことを確認したうえで、ズダ袋をようやく外された。若者向けの複合施設ランガムプレイスの裏手に来ていた。数十分ぶりによみがえった視界に、繁華街のネオンのひらめきは眩しすぎた。

「こんなものまで被せろとは言ってないぞ」

ぼくは文句を言った。第三の男は高揚しっぱなしの目を余計に見開いた。

この男の母国語には、遠慮や加減といった単語はないんだろうか？

「うまくやったろ、ヤクザの息子」

「急ごう、追っ手が来るかも」

「ついでに十人ぐらい魚の餌にしてやった。おまけね、おまけ」

第三の勢力は仕込んでおいたギトウたちだ。ぼくがスカウトした外来種のまなざしは、海上の大立ち回りに酔い痴れている。ここにもアドレナリンの中毒者たちがいる。荒っぽい狂言誘拐の犯人役にはうってつけだ。

ダブルデッカーや香港トラムが車道を走り抜ける。ここのモールは外壁にテラコッタ素材が使われていて、周辺のネオン街とは一線を画する落ち着きがあっていい。日本の秋葉原を連想させる美少女キャラクターの広告がよく見られるのは、若者文化の変化だろうか。ぼくたちはランガムプレイスに隣接したビルの階段を上がった。香港が垂直方向に展がった都市でよかったと思えるのは、ヘリポートのたぐいに事欠かないという一点につきる。ビルの屋上には、あらかじめ送金してチャーターした高速飛行のヘリコプターが待機していた。

タラップを踏んだギトウが、旋回を始めた回転翼の轟音に負けじと叫んだ。

「日本に戻ってもうひと仕事か、つぎはなにをするんだぁっ」

「行けばわかる。大物と会えるよ」

「ひゃっひゃ、退屈しないね」

「楽しそうだな、お前は」

垂直離陸する機体が、雲間から差しつける月光に照り映える。ランガムプレイスホテルの航空管制灯を避けて、青黒い空にヘリが浮上する。

雲の上ですこし眠っておけるといいんだけどな、とぼくは思う。

隣の席では、獰猛なジャンキーが騒いでいる。

だったら、あんたはどうなの――

耳をかすめた声が、残響のかすかな切れ端となって、頭のどこかで尾を引いていた。

18

およそ一晩をかけて南シナ海を渡った。気圧のせいか、鼓膜の奥にかゆみがあった。空と海とを分かつ暁光の線、巨大な雲の群れ、それらの風景に飽きて目をつぶると、目蓋の裏に青白い炎が見えた。それは燐光のように揺らめき、明滅して、ぼくが疲れで微睡(まどろ)むたびに内側から眉間を撃ち抜くような音をたてて破裂した。

強行スケジュールが応えている。ハードなとんぼ返りだったが、もうすぐ終わるんだから、と自分に言い聞かせた。眼下には列島を貫いている山脈を瞰(み)ることができた。細い川の支流が山岳地帯を縫うように流れ、密生した木々が吐きだす酸素が水蒸気となって雲のヴェールを作っている。鳥の視線を堪能しているギトウは、あらゆる地上の営みを侮るように上空から唾を垂らし、朝帰りの酔っぱらいのように立ち小便までしていたが、そういうことはよせ、と国土を守るために戦うだけの気力は残っていなかった。

積まれたGPSが秩父の緯度と経度を示している。離陸のためのヘリポートは、防災センターの職員に金を握らせて確保していた。ヘリを降りて、さらに十五キロほどを車で西進して、午前のうちに目的地に入れた。過酷ではあったが、可能なかぎりの最短時間で移動することができたはずだ。

　オフシーズンの別荘地から数キロを上がった山奥に、濃密な緑をまとった灰色の建物が建っていた。ル・コルビュジエが設計したようなモダニズム建築だ。装飾を排した平滑な壁面。垂直に連続する窓。庭園にオブジェでもあれば高原の美術館かなにかと誤解されそうだ。四方を塀に囲まれて、鉄線が敷かれているが、有刺ではない。極道者が身を隠す要塞には見えなかった。

　裏の丘陵に上がって、ひととおり地所を観察する。風は吹いていない。鳥や虫の鳴き声も聞こえない。建物は無気味なほど静まり返っていた。

　雑木林に身を潜めていると、ややあって護衛らしき男が出てくる。武装はしていない。起こるべき喧騒はまだ起きていないようだ。

「夜まで待つのか。あそこにターゲットがいるとちがうのか」

　血煙を好んでやまない同行者は、早くも焦れはじめている。

「場合によっては、もっと待つ。夜営の準備はしてあるね？　向こうから見えるといけないから、火は焚かないでくれ」

「ヤクザの息子、誰を狙うんだよ」

「この国のヤクザの最高峰。ビッグネームだよ」

「飛んで帰ってきて、お前たちの戦争の手伝いか」

「君たちにとってもメリットしかない」

「オーケー。お前が悪だくみするはお前の自由。金払いもケチじゃないの好きだよ。お前が悪だくみして出世して、俺たちも稼ぎやすくなると言ってたな。なら手伝うはいやじゃない。それでヤクザの息子、なにを待ってる？」

「こっちのタイミングで行かせてくれ」
警備についている組員の数は、目算で二十人強。ガレージには本家の屋敷にもあった高級車が停まっている。組員たちはかわるがわる顔を出したが、肝心の主はこもりっぱなしで姿を見せない。それでも組員を見ていれば、おのずと骨休めの慰安旅行じゃないのはわかる。最上級の待遇を怠ってはならない要人と起居している緊張感がおのずと伝わってきた。

　タイミングがどんぴしゃになるとは思っていなかったが、見積もっていたよりも長い時間を待つことになった。夜の帳（とばり）が下りてきて、木々の呼吸が深まってくる。ギトウたちは交代で休み、チューブタイプの携行食を摂（と）って、寝袋で眠りについた。ぼくも微睡んだが、頭のなかだけで銃声が破裂して飛び起きる。からだはつらかったが、睡眠をとることはかなわずに、ぎりぎりと神経が過敏になって、空腹感も異常に強くなった。携行食だけでは足りずに、ぼくはふと、三崎夫人の料理が食べたいなと思った。あれは美味しかった。

　香港の現場に思いをはせた。あのぶんなら三崎は、強襲を完遂しているはずだ。奥さんを泣かせるような傷は負ってないか？　苑子さんには顔向けできない。あの人を導いてあげてと頼まれたのに、三崎を抗争の最前線から遠ざけることはできていない。

　連れさられたぼくの行方を追って、いまごろ香港を奔走しているころかもしれない。ギトウに刺青を確認するというアクションを挟ませたので、早田の血縁者であるぼくを人質としてさらったのだと推測するだろう。松澤や匡次に連絡は入っているかな。征城には？　海外で消息を絶ったぼくが急に現われたら、組長はどんな顔をするのかな？

　動きがあったのは、三日目の夜だ。数台の車が数珠つなぎで街道を上がってくる。離れたところに車を停めると、三、四十人ほどの武装集団が、静かに落葉を踏みしめ、下草や灌木（かんぼく）を分けて早田の地所へと近づいていく。

　視界のすべての風景が、嵐の直前に息を詰めているようだ。ささくれだった緊張感が充満する。黒装束の男たちが、塀の上の鉄線を工具で断って、ひとり、またひとりと敷地内に侵入する。

「あいつらもヤクザか。いいのか、横取りされるぞ」

　ガレージにいた組員を、ドスッ、とサプレッサーつきの自動小銃で撃ちたおす。こなれた急襲だ。黒装束の男たちはすみやかに各方向に散らばって進入経路を探している。その間、無駄な声や物音をたてない手際のよさは、訓練された特殊部隊にアウトソーシングでもしたかと思わせるほどだ。

　選りぬきの精鋭を差しむけてきた指揮官は、近くまできているのか、そこまでは暗視ゴーグルでもわからない。早田の王を葬りたい敵対者は数えきれないが、ここを突き止めることができた人間は、ぼくが知るかぎりではひとりだけだ。

　虻川を追われた木屋の、報復の襲撃だ。

　これを待っていた。

　あたうかぎり効率的に、からめ手を使って、暗殺の確度を高める必要があった。

　早田と虻川、双方が戦力を削りあったところで包囲殲滅する。

　この場所を木屋はどうやって突き止めたのか？　児玉だ。ぼくが頼んだとおり、児玉はぎりぎりまで木屋の周辺に近づいた。そしてぼくが忠告したとおり、木屋は身辺の警戒を強めていた。功を焦った児玉は捕えられて、生存の道を探っている木屋に責められる。極秘事項を話せと威（おど）される。暴力の制限（リミッター）を外したヤクザの口頭試問にあって、澄まし顔で黙秘を貫ける人間はそうはいない。児玉はそもそも、生え抜きの早田の組員じゃない。肚の底から忠誠を誓っている手合いではないので、侠気の面ではもろい。それもあって児玉を諜報役に選んだんだ。そしてそんな男に、それとなく征城の居場所を知らせておいたのは、ぼくだった。

ぼくの描いた青写真にそって物事は動いている。木屋のヒットマンたちはやってきて、ぼく自身がこの局面に間に合うことができた。

王の血が、流れつくすところだけは――

この目で見届けなくちゃならない。

「おおっ、ヤクザの息子、見ろ見ろっ」

建物の窓に閃光。屋内で銃撃戦の幕が開いた。矢継ぎ早に銃声が高まって、翼を休めていた野鳥も飛びたった。ぼくは待った。さらに待った。二十分が過ぎる。三十分が過ぎる。そのあたりで雑木林を出ると早田の地所に下りていった。虻川勢の侵入経路をなぞるかたちで屋内に侵入する。死体が転がっている。硝煙のにおいが充満し、血だまりに靴痕がついている。建物の内部には、予想を裏切らない風景が展がっていた。

征城はどこだ？

リビングからキッチン、部屋から部屋を見てまわる。

「生きている人間がいたら撃ってくれ」とぼくは指示をした。

家具が倒れている。ガラス類が割れて、細かな断片が空の薬莢と混ざっている。

四角い卓が横倒しになって、麻雀牌がまばらに散らばっている。

廊下の奥から、銃声が聞こえた。

撃ちあっている連中はまだ残っている。

早田の組員の亡骸をまたいだ。階段の踊り場にも、双方の組員の死体。

廊下の先から発砲された。こっちが狙われている。ギトウの連れが肩や腹に被弾した。ぼくは予備のマガジンに差し替えて、グロックを撃ちかえした。遺体から奪ったイングラムやM10ライフルをどっさりと担いだギトウが、盛大な弾幕を張って進路を切り開いた。

階段の踊り場から発砲された。残った早田勢が撃ってきている。上方からつぶてのような銃弾が降ってくる。階段を上がれない。階下の陰に身を潜めたが、そこで雀蜂が耳元を抜けていったような音がして、顔の右側が熱くなった。9ミリ弾に耳朶を抉られたのだ。

屋内の空気が焦げている。バーベキューの串で鼓膜を貫かれたような耳鳴りが始まった。

鉄錆のような血の味がして、激しい震えが背骨を這いあがった。

高揚感のせいか、痛みはないが、顔が放火されたように高温で熱せられた。

聴覚の半分をもぎとられたようで、他の感覚が鋭くなるのがわかった。硝煙のにおいが男たちの動線が、銃弾が散らかすコンクリ片の行き先が、数秒前よりも浮き彫りになって、半径三メートルの風景の生々しい細部が迫ってきた。

「……た、……だろ、おいっ……じゃねェのか……」

切れぎれの声が聞こえた。ギトウの声じゃない。

だけど、おぼえのある声だ。征城か？

かろうじて聞こえる左耳を、声のする方向に傾けた。

「……あんたは、香港にいるはずだろ」

声の主は、久米だった。

そっちこそ、どうしてここにいるんだ？

階段の手摺から身を乗りだし、こちらにグロックを向けている。

久米が見下ろし、ぼくが見上げるかっこうで、上下に対面した。

あらわに警戒している。訝(いぶか)しげな視線がぼくを詮議している。

「なんでいる……んたここに……とり……」

「……悪いな、弾がかすって、もっと大きな声で言ってくれないか」

「三崎の兄貴は、来てるのか？」

久米に尋ねられて、ぼくは頭をふった。

この男がいるということは、早田匡次もいるってことか。

ちょうどよかったじゃないか、早田兄弟を一網打尽にできるんだ。

勘の鋭い男だ。ぼくがここにいることを、直感で不審がっている。こうなったら虚言やごまかしは通じなそうだが、それでもぼくは試してみた。

「本家からの連絡があって、こっちに回ってきてみたら、このありさまだ。これって虻川なのか、それともマフィアの報復？　なんでこの場所を暴かれたんだ」

「俺が知るかよ。あんただけで兄貴はいねえんだな」

「三崎さんは香港で負傷した。それから山瀬も……」

「聞いてねえぞ、兄貴が？　山ちゃんがどうしたって」

「三崎さんは病院、山瀬は海で死んだ」

「マジかよ……」

動揺を誘うことはできたが、久米は銃を下ろさない。

「帰国するなり、あんたがヘルプに来たのか、だけどよォ、いくらなんでもタイミングがよすぎねえか？　あんた虻どもと一緒に来たんじゃねえのか。この場所を……密告(うた)ったな？」

「白状ったのは、児玉だよ。児玉が嗅ぎまわりすぎて木屋の手に落ちた。あんたと山瀬が仲良すぎるから孤立感をおぼえて、手柄を焦ったのもあると思うよ。児玉を木屋にけしかけたのも、この場所を知らせておいたのも、ぼくだけど」

「ようするにてめえが、裏で糸を引いたようなもんじゃねえか」

「それはまあ、否定しない」

「豚が」

久米がグロックを突き下ろす。一瞬の機先を制して、柱の陰に隠れていたギトウがイングラムを掃射して、久米に無数の穴を開けた。久米が放った9ミリ弾はあさっての弾道を描き、壁の粉を散らした。ぼくにはわかった。当たらない、とわかった。弾の軌跡を肉眼で追えるような気がした。

「だからお前は、信用できねえって言ったんだよ、オカマ野郎が……」

胸部と腹部、鎖骨の上を撃ち抜かれて、出血がひどかった。階段を転げ落ちた久米は、ぼくを見上げて舌打ちをした。試すだけ試したんだ、ここまできてしまえば、久米を欺きつづけなきゃならない理由は特に見当たらない。

「組長は？」

久米に訊いてみたが、聞くに堪えない罵倒を吐くだけなので、9ミリ弾を頭と胸に撃ちこんで、しめやかにお別れした。

ぼくの感覚は高ぶり、鋭敏になって、温度の上昇した血になぞられるように自分のからだのフォルムを末端まで鮮明に感じとることができた。ぼくは階段を上がって、廊下を抜けて、会いたい人をしらみつぶしに探してまわった。事切れた早田と虻川の両組員が転がっている。血だまりに伏せった者、顔の半分をもがれた者、天井をうつろに睨んでいる者、あれほど相容れないと思っていた極道者たちに、ここにきて奇妙な親密感をおぼえるのは——たぶん彼らが、数分後のぼくの姿かもしれないからだ。ぼくの死体の予想形だからだ。

視界のすべてが引き絞られた弓の弦のように張りつめる。かすかな物音や気配がつかみとれる。鼓動を打つ心臓の音とはまた別のものが、ポンプのようにぼくを動かしている。自分でそれがわかる。

この感覚をどう呼んだらいいのか——

早田組、蛇川会、たがいに手勢を削りあい、残った組員もギトウたちに始末された。

早田組のひとりが、引導を渡すまぎわに白状した。

一階の奥の部屋にエレベーターが設置されていた。建物の地下に、かなりの人数を収容できる緊急避難用のシェルター設備があるという。あらゆる災害や爆撃に耐え、フォールアウトを遮断する密閉構造、ＵＬＰＡの濾過装置つき。一般向けのシェルターの規模を超えている。本家の地下にあるのとおなじものを業者に特別仕様で造らせたらしい。

エレベーターには認証センサーがあって、カードを通さないと作動しないようになっている。操作盤の横にはインターカムが設置されている。呼び出しのスイッチを押せば、地下階との交信ができるようだ。早田兄弟は地下にいるのか。

征城は、ここか——

逸る気持ちを抑えて、インターカムを操作した。

呼び出しの音。ややあってスピーカーから声が響いた。

「んぁあ、終わったんか。カタぁついたのか」

応じたのは、組長ではなかった。

匡次だ。

酔っているらしい。呂律が回っていない。

「あ〜、お前がそこに、なんでいるんじゃ？」

インターカムのカメラ越しに、こちらを見ている。

久米とおなじことを匡次も詮索している。

「応援に来て、襲撃者は制圧しました。ここを開けてください」

「桂介ぇ、桂介は三崎といるだろ。虻川とドンパチだろ」

「酔ってるんですか。開けてください」

「ば〜ろぃ、酔っちゃいねぇや」

「組長もいますか」

「ケータイ、持たずに入っちまった。気持ちよく晩酌してるときにカチコミなんざくれやがって無粋な野郎どもだ。でぇ、桂介がなんでいるんじゃ？」

「だから、応援に来たんですってば」

「お前は、三崎と香港だろ」

襲撃を察知して、とるものもとりあえず退避したらしい。インターカムに映らないように壁際に貼りついたギトウが憫笑(びんしょう)する。「この腑抜けがビッグネームか？」と嘲るのをぼくは制して、

「三崎はいません、ぼくと数人だけです。叔父さんと組長は無事ですか。安全を確認したいのでエレベーターを動かしてください」

「あ〜、組長。ここは俺だけだぞ」

「叔父さんだけ？　組長もいるんでしょ」

「いねえ」

「どこに行ったんですか」

「ここはもとから俺だけだぁ、兄貴なんていやしねえわ。ここぁ俺の持ち物だからな。兄貴はあれだろ、いまごろは……」

匡次の声はくぐもっていて、舌が回っていないのもあって、ひどく聞きとりづらい。ここには征城はいない、だったらどこに？　行き違いで本家に戻ってしまったか、それともどこか別の場所に移ったのか。ここにいるのが匡次だけなら、積んできた苦難に対して成果が引き合わなくないか、ほとんど骨折り損にも思えてくる。匡次の物言いは、兄の行方を知っているようでもあった。

「とにかく、下ります」

要領を得ない会話にもめげずに説得を重ねていると、だしぬけにエレベーターの作動音が聞こえて、滑るように扉が開いた。

われがちに乗ろうとするギトウたちを制止して、すこし思案して「ひとりで下りるよ」と告げた。ここに征城がいないなら、匡次から居場所を聞きだしたい。だとしたらまずは、ぼくひとりで話をするのが得策だと思った。

「すこしだけ時間をくれ。あとから地下に呼び入れる」

ギトウと示しあわせて、内側のコンソールで扉を閉めた。

静かに稼働する狭い箱のなかで、ぼくは首の関節を鳴らし、深呼吸する。

音もたてずに、エレベーターは下降する。

19

ぼくたちの世代は、早田匡次の黄金期を知らない。

語られる逸話を通じてしか、当時の人物像をつかむことはできない。途方もない強心臓の持ち主で、だんびらを片手に抗争を先導し、対立組織のヤサに大型車両を突っこませ、裏切者が出れば灯油を浴びせて燃やして捨てた。往時には雲の上の存在である征城よりも、匡次の名前にこそ現場の人間は震えあがったらしい。だけどそうした全盛期の面影は、ぼくが知る叔父には残っていなかった。

ぼくにとって匡次は、無気味な男だった。欲するものをすべて手に入れる征城や、揺らぎのない鉄の忠誠心で王に仕える松澤孝史郎とちがって、匡次はどのような欲望や信念にもとづいて生きているのかわからないところがある。目を凝らしても正体を見定められないものに、人は恐怖を感じるものだ。国内最大の暴力団の次席にありながら、廃墟のようにうつろな匡次の瞳には、過去の武勇や権威への執着といったものではない、もっと底の知れない、巨大な虚無のようなものが感じられた。匡次と向き合って対話をするたびに、ぼくはきまって、ただならないパンドラの箱の蓋を指で突いているような錯覚にとらわれたものだった。


早田征城の気配は、地下のシェルターになかった。

ほんとうに匡次しかいないようだ。

酒焼けした声が、ぼくを誘う。

「こっちじゃ、桂介」

三世帯ぐらいは暮らせそうな広大な地下空間だ。平時はワインセラーにも使われているようで年代物のボトルが棚差しされている。打ちっぱなしのコンクリートで壁は補強されていて、地上に戻れなくても不足なく暮らせるように、飲料水や非常食、薬品、発電機とその燃料も備蓄されている。ゲストルームやバーカウンター、ブルーレイ・プレイヤーやスピーカーが完備した視聴室まであった。あろうことか匡次は、バスルームにいた。

こんなときに、素っ裸で風呂に入っていた。

「こっちじゃ、桂介、なにしとる」

「ちょっと怪我をして。タオルを借りてます」

大理石が敷かれたバスルームは、奥に向かって舟形にすぼまり、ダウンライトを絞られている。突き当たりの壁の上部に三つの明かり採りがあって、湯気に満たされたバスルームに青白い月光が斜めに注いでいる。

楕円形のバスタブに匡次は浸かっていた。酒でまだらに紅潮した頬や首元に、海藻のように縮れ髪が貼りついている。バスタブの横にワインの瓶が三本ほど転がっていて、湯船からだらんと投げだした右腕には、兄のそれとは意匠の異なる一族のイコン――幾重にも上腕に巻きついた茨と、墨色の雄獅子が彫られている。ふしくれだった手には、ルガーMP9。垢(あか)すりに使うには危険すぎる短機関銃が握られていた。

「とにかく、無事でよかった。組長はどこですか？」

「ああ、そういやお前も、刺青(もんもん)を入れたんだったな」

「さっき、組長の居場所を言ってましたよね、ちょっと聞きとれなくて」

「できあがったンか、お前の茨獅子ちゃんはよう」

「できました。それで組長は」

「見してみィ」

会話が成立しない。もどかしい。ぼくは右耳の血を拭きながら、匡二のバスタブに詰め寄った。

「緊急事態なんです。組長のほうにも刺客が送られているかも、すぐに確認をしないと……」

「さっきから、なぁにを四の五の言ってんだ？　俺が風呂に入ってるのが見えンのか。とっとと脱いで入ってこいや」

暗がりでヌラヌラと両生類のようにうごめく匡次が、ぼくをルガーの銃身で手招きした。これまでとは異なる緊張を背筋におぼえた。脈拍が速まるのがわかった。この男はなにを言っているんだろう……ここで脱げだって？

「叔父さん、いまは背中を流しあってる場合じゃ……」

「やかましい、俺の言うことが聞けねえのか」

「そもそもなんで風呂入ってんですか？　深酒と長風呂はからだに毒ですよ」

「いいから脱げ」

取り繕っていた表情や態度が崩れていくのがわかった。

血の気が引いて、たまらなく息苦しくなった。

ここで匡次と混浴するなんて、考えられない。

ありえない。

さっさと出ていきたくなったが、聞きたいことを聞けていない。それにしたってなんてことを言いだすんだ？　ほんとうに匡次だけはわからない。

もしかしたら久米とおなじように、ぼくがここにいることを訝しんでいるんだろうか。匡次はルガーをふりたてて「余計な道具を持ちこむんじゃねぇ」と言った。銃を隠し持つな、という含意もあるのか？　腰に差したグロックの銃把が皮膚でこすれた。

「風呂でなら話してやらぁ、入ってこい」

「……わかりました」

さりげなく呼吸を整えて、ボアつきのウィンドブレーカーを脱いだ。エンジニアブーツを脱いで、ベルトを外して、大理石の床に落としたカーゴパンツをまたいだ。

あらためてぼくは、ぼくのからだを強く認識させられる。銃撃の高揚とは異なる非現実感をおぼえる。パーカーのチャックを下ろすと、露出した肌が生温い湯気に撫ぜられた。

こんなところで、匡次の目の前で、一枚また一枚と服を脱いでいるなんて。アンダーウェアの隙間から素肌に手を挿し入れる。胸のふくらみはそれほどでもないが、全裸になんてなってしまったら半陰陽の事実は隠しようもない。

これまでにも三崎や久米たちに試され、灯に犯されかけて、それでもどうにか発覚の危機を切り抜けてきた。だけどこれは、その種の危難のなかでも最悪のものだ。一枚脱ぐごとに覚悟が強まるのは幸いなのかもしれない。このまますべてを脱ぎ捨ててしまえば、ぼくと匡次、ふたりそろって地上に戻るということはありえない。

ぼくの衣類が、足元で、ぼくの脱け殻となってわだかまる。

残るはタンクトップと、ボクサーショーツ。これでもぼくには命取りの軽装だ。

「お前はなんだぁ、下着で風呂に入るンか」

ほぞを固めて、呼吸を止めて、タンクトップを引き上げた。

最後の一枚も脱ぎさって、身投げするような気分でバスタブのふちをまたいだ。

濃密な湯気のなかで、腰まで浸かって、広いバスタブで反転して背中の刺青を見せた。背後で湯を掻く音がする。匡次が浮遊霊のように近づいてくる。

「ふ〜む、まあまあじゃねえの。どこの彫り師に彫らせた」

「組長の無事を確かめて、それから、大事な話もあるんですよ」

「あぁん？　この穴っぽこみてぇなマルはなんだ、お天道さまか」

「叔父さん、ちょっとは話を聞いてくださいよ」

「墨が映えるわ、鍛えてるな。しかしお前のからだってのは……」

「会話をしようよ」

「妙だな、妙に……」

肩から腰、腰から肩胛骨へと、匡次は銃の先端を這わせた。冷たい鉄の感触が、刺青の彫られていない皮膚にまで伸びてくる。

「お前、男色の気ェあるんじゃないの」

「そんなものありませんよ」

「そうかにゃあ」

肌と肌の接触しそうな真後ろに匡次。聞き取りづらい舌足らずな声。皮膚を這いまわる黒い物体の屈辱的な感触に、早々に湯中りを起こしたような悪寒と眩暈をおぼえた。こんな入浴には数分と耐えられそうになかった。

「組長と直に話したいんです、三崎のことで」

「三崎だぁ？　三崎がどうしたってんだ」

「三崎をぼくにつけるって話です」

「お前につける」

ぼくは匡次を揺さぶりにかかった。

今回の抗争が落ち着いたら、ぼくは一家名乗りをすることになっている。ぼくの若頭として三崎を異動させる話を、組長から直々に提案されている。次世代の布陣を考えての人事のようで、組全体を賦活させたいとの意向もあるらしい——

そんな通達はされていない。こけおどし(ブラフ)だ。急場しのぎにでっちあげた作り話だ。でまかせでもいいから動揺を誘いたかったし、それに匡次について思うところもあって、ある種のカマをかけてみた。

「俺の許可もなしに、お前ンとこの若頭(かしら)にィ？　俺から三崎(あれ)を奪おうってェのか」

「その件で直接、話をしたくて、組長はいまどこに」

「秩父にゃいねえ、遠くにいるわい」

「どこですか」

「組長(あれ)はいまごろ虻との抗争どころじゃねえ。大事な仕込みをしてるわ。それにしたって幹部会も通さねえで、ぐう、肝心なことはいつも、ひとりで決めちまいやがる」

「大事な仕込みって、海外マフィアに虻川まで大掃除して、まだなにかするつもりですか」

「三崎にしかり、俺ンとこの兵隊がいなきゃ成立しねえこった」

「抗争関係ですか。……三崎も子供が生まれるし、そろそろ危険な現場から外してやれませんか。叔父さんのところには、恐れ知らずの若衆が腐るほどいるんだし。今回の異動の話でもぼくは、三崎を抗争から遠ざけられるなら、考えてもいいかと……」

三崎のことで話が本筋を逸れた。領土意識や純血主義で怪物化した王とその周辺から、たがの外れた戦闘集団の先陣から、俠義のくびきから——それらからもしも三崎を解き放つことができれば、こちらの風通しもすこしはよくなるかもしれない。ぼくはどこかで、そんな期待を抱いているらしい。実際に言葉にしたことで、自分でもその実感を得ていた。

だけどいまは、早田征城の行方だ。

匡次に向き直って、さらに言葉をつらねた。

「とにかく組長のところに行きましょう。なんだったら叔父さんもいっしょに来てください。三人で相談しましょうよ。三崎の処遇について」

「あれは俺の子だぞ。親子の盃に横車を押すのか」

「話のつづきは、組長のところで」

「お前らときたら、お前ら親子ときたら……」

匡次がそこで、ぼくに正面からルガーの銃口を向けてきた。

残忍さと猜疑心が入り乱れた面差し。陰影の濃くなった酔眼には、目の前にいるぼくへの、そしておそらくは実兄への歪な憎悪が宿っていた。やっぱりそうかと確信が深まる。ぼくはたったいま、匡次の最深部で流れることをやめた暗い感情の淀みに浸かっているんだ。

匡次の落魄。頽廃。その理由にぼくはひとつの見当をつけていた。

偉大な兄の威光にあてられたのだ。

覆らない力関係。陰日向の軋轢。癒えることのない渇望と、越えられない巨壁——

抗争の最前線に立ちつづけて、武闘派の称号をほしいままにしても、征城には匹敵できなかった。

若いころは戦争機械の権化となってひた進めても、歳を重ねるにつれて反動がやってくる。匡次はあるときから底なしの無力感にとらわれ、腑抜けた隠遁者となってしまった。偉大なる怪物は黙っていても、自分と同等になりかけた別の怪物の存在理由を追い墜とすのだ——匡次という男を涸びさせたのは、兄の絶大な威光であり、弟としての負の感情だ。ぼくはそう考えていた。

だけどここでは、ちょっと煽りすぎたか？

匡次はかえって逆上したか、ぼくの首筋をいきなり抱き寄せてきた。ぼくの鼻面を、自分の胸元にあてがう。銃口にかわって自分の手でぼくの胸をまさぐってきた。

あまりに突然のことに慄然として、ぼくは匡次を突き飛ばすことも、身を逸らすこともできなかった。湯のなかの太腿に硬く勃起したものが当たっていた。

「男色は、あんたじゃないか」

悲鳴と変わらないぼくの声が、バスルームで反響の尾を引いた。

匡次の鼻息が荒くなる。これ以上ないほどに醜悪な修羅場だった。

「俺かぁ？　俺は男も女もこってりよ。セックスにゃ雄も雌もねえぞ、奪うか奪われるか、支配するかされるかじゃ。お前のつやは極道のもんじゃねえ、娼婦のからだしてやがる。だったら調教してやらぁ。組長の息子を俺が夜通し貫いたるわ」

グロテスク。ただグロテスクだ。頽廃の底で爛れた情欲。瘴気にまみれた猛獣。理性のかけらもない匡次の手にまさぐられ、劣情でそりたった匡次の道具が下半身にがつがつと当たってくる。銃口のほうがまだ物騒じゃなかった。

「お前にもその気はあんだろ？　四つん這いになれ」

「大概にしてくれ、組長はどこですか」

「暴れんない」

匡次の手が、ぼくの股間に滑り落ちてくる。

性器のありかを探って、湯のしぶきを散らし、せわしなく下半身をまさぐる。

そのまま、右往左往する。

「淫売の声で鳴け。薬を使うかァ、味が浸みこむ。禁断症状が出てよぉ、叔父さんが欲しくてたまらなくなる。兄貴の子に家畜の烙印（らくいん）を押してやる。奴隷の証明をくれてやる」

ぼくを無理やり反転させると、後背位の体勢でぼくの髪を掻きつかんだ。だがもう一方の手は、甥の性器を見つけられずに、ちゃぷちゃぷと湯をかき混ぜるだけだ。

「……んん、ありゃ、なんじゃ」

「離れてくれ、ぼくから」

「どこじゃ？」

密着した肌から匡次の動揺が伝わってきた。

首筋にかかる鼻息が震えて、虚を突かれたような声が聞こえた。

「ない」

ぼくは匡次を払いのけて、濃厚な湯気のなかで立ちあがった。

あるべきものが「ない」下半身を、高温の滴がほぼ垂直に滑り落ちた。

「お前、なんだ？　なんでないんじゃ、女か、男か、どっちじゃはっきりせんか」

ラディカルな永誡とはちがって、匡次にはこのからだが理解できていない。性の多様さについて説いてあげてもよかったが、ぼくはしなかった。そのかわりに匡次の首に手をかけて、頸動脈を圧した。

笑いたくなるほど滑稽で醜悪な、甥と叔父のスキンシップだ。

「ごらぁ、なにしてやがらぁ……なに……お前……」

湯面に尻から落ちて、匡次は両腕を暴れさせる。ぼくは絞める。匡次は暴れる。

ぼくは絞める。匡次の腕が湯に落ちる。ぼくは絞める。

「組長は、どこですか」

匡次がもがくのをやめる。湯のしぶきがやんだ。ぼくは絞める。

ゴリッ、と下腹部に異物を押し当てられた。ぼくは絞めるのをやめる。

匡次がバスタブのなかに落ちたルガーを探りあて、銃口を突きつけてきたのだ。

大量の湯を吐きながら、匡次は咳きこみ、呼吸を荒らげて、

「しゃらくせえ、ぐはっ、はぁっ、殺すぞ、貴様ぁ……」

形勢は逆転して、匡次はぼくを殴打した。何発も殴られた。右目が腫れてふさがり、銃傷を負った右耳がちぎれるかと思った。匡次はなぶったぼくを、血の色が溶けた湯の中で跪かせた。嗜虐の快感にのぼせて赤黒くなった表情を歪めると、ぼくの正面に仁王立ちになった。

「しゃぶれ。男だろうが女だろうが、口はあらぁな」

この男もやっぱり怪物だ。醜悪を極める頽廃の怪物。この期におよんで性欲を処理しようとするなんて。ぼくは後頭部を押えつけられ、ふしくれだった性器にゴッゴッと口元を突き荒らされる。硬い陰毛が鼻の粘膜に刺さって、空嘔が止まらなくなった。

「叔父さん、組長は」

「はよやれ」

両手で抱えこむように、匡次はその道具を、ぼくの唇の間に捩じこもうとした。

そのあたりが、限界だった。

この叔父と駆け引きなんて、どだい無理だったのだ。

ぼくは顔ごとからだを逸らすと、手を伸ばして、拾いあげたワインの瓶をバスタブのふちで叩き割

り、よろめいた匡次の首に突きたてた。最初からこうしておけばよかった。ぼくは二度、三度、四度、匡次をボトルの断面で刺し貫き、抉り、「……ぐぇ、ふごぉ」と唸りながら抵抗を鈍くする匡次を湯面に蹴りたおして、さらに刺した。首の皮膚が裂けて、脂肪の層が覗き、頸動脈がミル貝の口のように血を吹いて、ごぶっと泡を吐いた匡次が動かなくなった。茨獅子の刺青入りの死体をひとつ浴槽に浮かべてみたところで、充足感のたぐいは湧いてこない。ただ空嘔が止まらなかった。

早田征城の居場所は、聞きだせなかった。

徒労感がひどかった。

ぼくはタオルで血を拭くと、地下シェルターに備えられた救急箱で目や耳の傷を応急処置した。信じられないほど長い時間、他者の視線にさらされたからだに服をまといながら、後始末をしなくちゃなと思った。ぼくの痕跡を消して、早田と虻川が潰しあったように見せかける。これからも征城を追うことを考えれば、あとは野となれ山となれ、というわけにいかなくなった。

あれこれと思案をめぐらせながら、使い終えた救急箱を元の棚に戻したところで、隣のワインセラーから物音が聞こえた。組員がまだ残っているのか？

ぼくはグロックの残弾を確かめると、音をたてないようにワインセラーの扉を指で押した。奥まったワイン棚のはざまに、未使用のラックや容器類、冷蔵庫などがつめこまれた収納スペースがあって、生存者がそこに隠れていた。

「ああ、ご家族でいらしてたんですか」

「あなたは……」

おたがいさまかな、どうしても名前を思い出せないのは。収納スペースにうずくまり、化粧が崩れてパンダになった目でぼくを見上げている四十路の女性は、匡次の本妻だ。それからもうひとり、年中行事で顔をあわせたことのある早田瑛。十四歳になる匡次の一粒種だった。

できることなら会いたくなかったな。

瑛と、その母親か。

ぼくの従弟にあたる瑛は、病人のように血色が悪くて、起き抜けなのか髪の毛がてんでばらばらの方向に乱れている。かすかに唇が震えていて、スウェットの裾から右手を差しこんでお腹を掻いていた。早田の宴席になじめないはぐれ者同士、ぼくから声をかけたことはあったが、おしゃべりに花が咲いた例はない。コミュニケーション能力に多分に問題はあるが、iPadに入っているアプリだけは豊富な現代っ子。匡次の後釜に座るところは想像ができなかったけど、とはいえ、世襲のヤクザなら世襲してから化けるんでも間に合うわけだよね。

「あなたは桂介さんよね」と母親が言った。「組長のよその子の、そうよね？　外はどうなってるの、主人は、主人は無事なんですか」

「叔父さんは助かりませんでした」

「ああ、嘘、なんてことなの」

ありのままに事実を伝えると、瑛の母親は紋切型の嘆きの台詞を並べた。

「あたしたちはどうなってしまうの。あたしとこの子は……なにしてるの、早くここから助けだしてちょうだい。あなたひとりなの。他にも若い子はいないの」

ぼくは母親の言葉を聞き流して、瑛と目線を重ねた。匡次の面影のあるまなざしは、ぼくがやったことをすべて見透かしているようでもあった。ぼくは溜息をこぼした。匡次がいっそのこと、生殖行為におよべない完全な男色であってくれたらどんなによかったか。ぼくの目の前にいるのは、まぎれもなく「早田の男」のひとりだ。瑛のことは気に留めていたが、成長を見守ってしかるのちに、どう対処するかを決めるんでも遅くないはずだった。

「瑛くん、怖かった？」

ぼくが尋ねてみると、瑛は首を横にふって、

「寝惚けてたから、よくおぼえてない」

羽虫が飛ぶような心許ない小声で言った。

「なんにも見てないし」

「そっか」

わめきちらす母親よりもよほど、ぼくがここにいることの意味を、直感的に察しているんじゃないかと思えた。ぼくは呼吸を止めた。これまでに日本人、外国人、カタギの人間、障害者の命まで吹き消してきたが、未成年はひとりもいなかった。そんなことを考えて表情を強ばらせると、目や耳の傷が痛んでぎこちなく頰がひきつった。そんなぼくの顔が可笑しかったのか、瑛は歯列矯正をした歯を覗かせて「えへへ」と笑顔を浮かべた。

ごめんよ。早田の血族は残せない。

9ミリ弾をふたつ消費して、ぼくはひとりで地上階に上がった。

戻ってきても、風景はそんなに変わらない。無惨な亡骸がいくつも転がっていて。ためしにその数を、勘定してみる。

ひとつ。ふたつ。みっつ。

早田の組員。虻川の組員。みんな死んでいる。

日本人。外国人。大人。子供。区別はどこにもない。


よっつ。いつつ。むっつ。ななつ。

やっつ。ここのつ。とお。


亡骸を数えながら、ぼくは虐殺の現場を歩いていく。

鼻孔にふれる硝煙の臭い。つきない銃声の残響に、どこかノスタルジックな浮遊感を味わった。

自分の死体の予想形の、そのヴァリエーションの多様さに舌を巻きながら、ぼくはぼくの肉体を感じている。五感で生と死の感触を味わっている。

じゅういち。じゅうに。じゅうさん。じゅうよん。

じゅうご。じゅうろく——

廊下を抜けながら、瑛は勘定に入れなくてもよかったのかな、と少しは思った。性急に短い生を終わらせなくても、本家から遠ざけるとか、海外に放逐するとか、方法はあったかもしれない。ぼくは他の選択肢を探ろうともしなかった。抗争や殺人を快く感じたことはないが、それでも逡巡や罪悪感に、理性的な恐怖に、迂闊に足をとられることはない。一瞬の意識を研ぎ澄まして、生死の境にある修羅場を抜けてきている。安眠からは遠ざかっているけれど、裏を返せば、寝つきが悪くなる程度ですんでいる。

あんたはそういう人間なのよ——

そこでまた、誰かの声が脳裏に差しこんでくる。

ぼくを問責するような、非難がましい声が言う。

つかのま、耳を澄ませる。

これだから男は、これだから男は、がさつで無神経で、乱暴で、疑り深くて。一族の神話を絶やすなんて錦の御旗をかかげて、悪知恵を働かせて、手段を選ばずに、数えきれない死体の山を築きあげて。

おっかない戦争機械と、久米や山瀬のような異常者と、なにがちがうの？

匡次のようなおぞましい怪物と、変わりはないんじゃないの？

だって一族の神話の、ここ最近のあらたな犠牲者は——

あんたが、生みだしてる。

そうよね？

わかりきったことを難じられて、ぼくはうんざりと頭をふった。

ずっとぼくを責めていたのは、あたしの声だった。とぎれのない抗争の熱に頭が茹(う)だっているのか、眠れない数日のあげくに妄想や幻聴が生じたか。時と場合に応じた性自認のふりわけにすぎなかったはずが、ぼくの意識の外からはっきりと別の意思をもって声は聞こえた。まいったな、これじゃあエキセントリックな分裂症状じゃないか。

「あんたいま、ごにょごにょと独り言しゃべってなかったかぁ？」

転がった亡骸を踏まないように歩いて、ギトウたちと合流する。

真冬の風がカーテンを揺らして、酸鼻をきわめる屋内を這うように吹き抜ける。

抗争の残像。血のまだらな染み。赤い水玉模様。銃弾に吹き飛ばされた傷痕。むきだしになった皮膺の裏側。非対称な人間のかたち。

これ全部、あんたが生みだしたものでしょとあたしが問う。お前は黙ってろよとぼくは答える。お前はぼくの良心なのかよ、ちがうだろ。ぼくの殺人はあたしの殺人で、ぼくの最終目標はあたしの最終目標でもある。陽と陰、昼と夜、天使と悪魔、そういう二極の両端にぼくとあたしはいない。だから混乱させるな。ぼくたちは太陽と月が重なった皆既日食、このからだの表徴どおりの存在だ。

わかってるわよとあたしが答える。そんなことはわかってる、あたしだって一族は葬りたいよ。だったらどうしてあげつらうんだとぼくは問う。するとあたしは、あんたの目もおなじものを見ているからよと答える。渾沌とした泥のようなものが、ぼくとあたしの視界をぶあつく覆っている。歳月をかけて堆積してきた黒い泥土のようなものが、組員たちの死体や薬莢、破壊された家具、前後左右の風景の細部にはびこって、見渡すかぎりを濃密に侵食していた。

この渾沌としたものは、どこから来たの？

あたしに問われて、ぼくは内側（なか）からだ、と察しをつけた。

そうだよね、あたしたちが憎悪する神話は、あたしたちの内側にも棲（す）んでいる。あんただってほんとうはそれに気づいてるのよね。ぼくはそりゃまあねと答える。神話はぼくの瞳に映るものを養分にして、神話はぼくの頭蓋をねぐらに繁殖して、神話はぼくの鼓動で時間を知り、神話はぼくの背骨に火を灯（とも）して暖をとっている。鳴りつづける血の鼓動は、たえまない神話の営みの音だ。神話にぬけぬけと棲みつかれたのも、それはそれで、ぼくが空っぽだからなのか――

「これからどうする、ヤクザの息子？」

そう言ったのは、ギトウだった。

ぼくたちは早田の別荘をあとにする。

その足でヘリポートに向かった。

「今度はどこに飛ぶ」

「香港だ、戻るんだよ」

「せっかく帰ってきたのに？」

「しかたない。きついけど我慢してくれ」

往復はしんどいなあとぶうたれるあたしにも、それからギトウにも同時に言った。ハードな空の移動に耐えて香港に戻ろう。それからギトウにふたたび手首を拘束してもらって、どこかの荒地かゴミ捨て場に放りだしてもらう。最終目標に達することができなかったんだから、秩父にいた時間はあくまでも架空の時間でなくちゃならない。数日の監禁に見合った飢えや乾き、負傷や消耗をそれぞれに通過して、マフィアの拉致から逃げてきたように見せかけなきゃならない。ここからがしんどい。


空路についたぼくの眼下に、生きとし生けるものの母である海が見えた。行きと帰りとでは、目に映る海景もちがって見えた。

たえまない波の満ち干。潮の豊饒なうごめき。無数の命の連環。

ぼくは脱力して、放心状態だった。

結局はそこなのかなあとあたしが問う。あたしたちが空っぽだからなのかな。

うらぶれた心地でぼくは、そうかもな、と答える。ぼくもわたしもよくわかっている。

ぼくの精巣は精子を、あたしの卵巣は卵子を、それぞれ生産していない。

生みだせるものは、死、だけだった。

そんなことはずっと前から、もうずっと前からわかりきっていたはずだそれなのに――

ねえどうするのとあたしが問う。このまま男たちの真似をして早田の神話を育（はぐく）みつづけるのとあたしが問う。最終目標に達するまでは鈍感なふりをするしかないだろうとぼくは答える。ある種の葛藤は堂々廻（めぐ）りをつづける。消耗するのが当然じゃないとあたしが問う声に、ぼくはもう答えない。黙ってろ、もう黙ってろよ。かかずらってなんていられないんだ。どこにもたどりつかない自責の声にも、消えていく命にも——

このからだには、早田の神話が棲んでいる。
血のこだまが鳴っている。

第四章　異なる両岸のふたり

20

ぼくは溺れている。

さかさまに海に沈んで、自分のちいさな膝小僧を見上げている。

鼻や口にとぎれなく海水が入ってきて、すごく苦しかった。

かすんでぼやける視界に、海面のまだらな模様がすごく眩しかった。

揺らめく陽差しのなかに、無数の色の粒が漂って、境目もなしに溶けあっていた。

とろりとした海の中に、どくん、どくん、どくんどくん、とピッチを速める心臓の音が漏れだしていくみたいで、すごく怖かった。底なんてないような海の深みに沈みながら、ぼくはどこか遠くから響いてくる人々の声を聞いていた。


ある夏の日の記憶。ぼくの原風景。

たしかランドセルを背負ったばかりのころだ。

ぼくは盆や正月が来るたびに、母さんの生まれ故郷の小笠原に帰っていた。本土からはるかに離れた東京都小笠原村。島の名前はそのものずばり母島だ。島嶼組合のお誘いで硫黄島の皆既日食ツアーにも参加した。ある夏、島の子供たちと遊んでいて、突堤から海に転落したことがあった。

気がつくと、母さんの布団で寝かされていた。釣りをしていた地元民に助けられて、家まで運びこまれたんだ。ぼくはまず嗅覚で生きている心地を味わった。母さんの布団のにおい。白粉と花のにおい。自分のからだにも擦りこみたくなるような、とてもいいにおい。顔を枕にうずめていると、ぼくが起きたことに気がついて、母さんが寝室にやってくる。そのすがたを見たとたんに、ためこんでいたものが噴きだして、ぼくはあられもなく泣きだしてしまう。遅れて救命具を見つけたみたいに母さんの胸元にしがみつく。

ねえ、いい？

ぼくがそう訊くと、母さんは穏やかにうなずいて、薄手のブラウスのボタンを外し、ブラジャーをずらしてくれる。ぼくはおっぱいの谷間をめがけて、顔から突っこむ。鼻面と舌で探しあてた乳首を、すぼめた唇におさめる。母さんはくすくすと笑っている。

おっきくなっても、おっぱいを飲むのね。

ぼくっておかしいのかな、母さん。

いいのよ、気にしないで。

おいで。

たしか七、八歳ぐらいまで、ぼくは母さんの乳首をくわえていた。母乳は止まっていたと思うけど、ぼくとしても栄養を摂りたいわけじゃなかった。他のどこよりも、そこが安全な場所だったから。唇に母さんの感触があるだけで、つらいこともいやなことも忘れられたから、だからぼくはいつまでもそこにいたがったんだ。

言ってごらん、どうして自分から海に飛びこんだりしたの？

だって、だって、わからなくなったから。

なにを？

逃げたくなったから。

どこから？

だって、しんごくんとも、みなこちゃんとも、どっちともなかよしでいたいのに、どっちか選んでっていうから、わからなくなって。逃げたくなって。

そうだったの。簡単に選んだりできないわよね。

ぼくのこと、他の子とちがうって。

そう言われたの？　気にしちゃだめよ。

ぼくっておかしいのかな、母さん。

おかしくなんてないわ。

だけど、ぼく、ぼく……

桂介は、桂介。


ぼくの出生登録名は、尾野桂介。名前のとおりに男として育てられた。だけどぼく自身、思春期を迎える前から、自分が男の子とも女の子ともちがっていることにどこかで気がついていた。

タブー視されがちな半陰陽という存在は、リテラシーが高まった現在でも決して声高に語られるものじゃない。ぼくが生まれた時代ともなると尚更だ。自分の子が半陰陽であるとはつゆ知らず、第二次性徴期を迎えるころになって異変に大騒ぎする、という事例が多かったようだ。

母さんはどうだったのかな？　ぼくはいまでもそれを考える。気がついてなかったってことはないだろう。ぼくの性器はユニークなかたちをしていたし、ぼくが産まれた病院では染色体検査もおこなっていたようだから。半陰陽であることが判明し次第、子供のうちに形成手術をすることもあるようで、そういう場合、精巣や卵巣のあるかないかで男か女かを選択するケースが一般的のようだが、ぼくはというと、精巣と卵巣がひとつずつあった。たぶん医師は、女を選ばせようとしたんじゃないかと思う。外性器の問題が大きいからね。作業性にかんがみても、建て増しよりも掘削のほうがシンプルで確実性も高いはずだから——どのみち外面的な工事にすぎないんだ、ひとつずつの精巣も卵巣もそもそもの機能は果たしていなかったんだから——だけど母さんは、男を選んだ。施術の二択ということでいえば、二択そのものを放棄した。

男として育てたい気持ちもあったし、なによりも、健康体である我が子にメスを入れるのはためわれた。そんなところじゃないかと思う。ぼく自身の自覚的な選択にまで気を回していたかはわからない。とにかく母さんは自然に反する矯正をさせずに、他の誰にも、父さんにさえも告げずに、ぼくを「尾野桂介」として誕生させ、世界と向き合わせた。

そこが肝心なところだ。

母さんはどうして、父さんに事実を伝えなかったのか？

ただでさえ日陰の身なのに、忌み子のハンディを負わせたくなかった。

半陰陽の赤ちゃんでは、早田の王に抱っこしてもらえそうにないから——

ぼくの予想ではそんなところだ。ベビーカーに本家の敷居をまたがせることができず、それでも一縷の望みを、本家との縁をつなぐために、ぼくを「男」として育てた。わが子が早田の家名のもとにいつの日か祝福されることを祈って。そんなところじゃないかと思う。

ぼくがまだちいさなころは、母さんはよく言ってくれた。

桂介は、桂介。

ぼくは桂介。母さんの子。

ぼくの性器では立ったままのおしっこはしづらいので、個室を使わなきゃならなかった。男子と女子のどちらの輪に入っていても、どうしても違和感がつきまとった。

それらが原因で、喧嘩をしたとき、中傷されたとき、ぼくはいつも飛んで帰って、母さんのおっぱいにしがみついた。柔らかい繭に包まれているような心地で、泣きだしたくなるような静穏に揺られて、ぼくはぼくだよね、ね、そうだよね、と母さんに承認してもらいたがった。

そのころのぼくは男の子でも、女の子でもなかったんだ。ただ臆病な小動物のように乳首にすがる、母さんの子供でしかなかった。


ぼくたち母子のすべてを変えてしまったのは、不在の父だ。

父さんは不在にして、我が家の中心でもあった。

かつての父さんは、母さんをとても大事にしていたそうだ。本家に輿入れさせてやれないかわりに惜しみなく家や金を与え、暮らし向きで不自由はさせなかった。母さんのいる横浜の別邸が、父さんを安らがせていた日々はあったはずだし、組の人間がなにくれとなく世話を焼きにきては、母さんを「姐さん」と呼んだ時期もあった。激しい口喧嘩をすることはあっても、悪しざまに殴るようなことは一度もなかったし、他の愛妾はみんなわずかな期間で捨てられたという話を聞くにつけても、母さんは特別な存在だったんだろうなとは思う。

だけどそれも、ある一時期までのことだ。母さんも不貞を断罪され、結局は捨てられた。我が家に立ち寄らなくなった父さんを憎み、恨み、そして狂おしいまでの未練や執着に焼かれて、母さんは少しずつ別の人間になっていった。このころの母さんに、晴れやかな表情が宿っているのを目にした記憶はない。失意のなかで暮らす歳月がひとりの人間をどのように変えてしまうかを、ぼくは十代なかばから身をもって知ることになった。家のなかに充満していたのは、罵声や泣き言、嗚咽、そして父を見るようにぼくを見る、母さんの棘のあるまなざしだった。

母さんに隠しごとをしないで。部屋にこもらないで。

なにをしてるの、早くご飯を食べなさい。

桂介、どこにいるの！

そのころの母さんにとって、ぼくを叱るのは、つぎに叱る理由を見つけるまでの埋め草だった。ぼくが無断で外出したり、自分が関知しない予定や秘密を持つことをひどく嫌った。ひっきりなしに奥歯を噛みしめるせいか、あごや頬の肉が極度に落ちて、はっきりとわかるほどやつれた。二人分の食器なんてたかだか知れているのに、二時間も三時間も盛大に音をたてて洗い物をつづけて、手にひどいあかぎれをこしらえた。ぼくは母さんとの会話を恐れ、母さんとの時間を恐れ、自分のなかに芽生えた心情を恐れた。

桂介、桂介！　と母さんがぼくを大声で呼ぶ。

ぼくにはそれが嫌で嫌でしかたがない。

どこにいるの、桂介！

ここにいるよ。

早く来なさい。あなたに言っておかなきゃいけないことがあるんだから。

そんなに大声で呼ばなくても、聞こえてるよ。

あなたには、絶対に、忘れてほしくないの。

なんだよ。

あなたには、早田家の血が流れてるのよ。

そんなことかよ。

あなたは不当なあつかいを受けているのよ。

ぼくの親は母さんだけだよ。あの人とは関係ない。

そんなことないわ。あなたはあの人とよく似てるもの。

似てないよ。

あなたは、神話の子なのよ。

もういいってば。

ぼくはずっと母親の世界に属していた。母さんのにおいや体温は、ぼくに平穏をもたらしてくれるものだった。だけどそのころには、汲めどもつきない執着や無念に浸された我が家がたまらなく疎ましくなっていた。母さんがぼくを押さえつけ、無理に屈ませて、紙屑のようにくしゃくしゃに掌におさめて、子宮に押し戻そうとしているようにすら感じた。もういいよ、神話の子だなんて――あらぬ幻想のダシにされ、寝ても覚めても束縛されて、ぼくはいよいよ窒息しかけていた。


桂介は、桂介。

幼いころの母の口癖は、すっかり別物になって、ぼくを縛りつけた。

あなたは、早田征城の子。

あなたは、神話の子として生きるのよ――


ぼくが十七歳のころ、数年ぶりに父さんが我が家を訪れることになった。

ぼくの将来について、話し合いの席を設けるという名目だった。母さんが電話や手紙でくりかえし申し出ていたらしい。暴力団の代紋に与るつもりなんてさらさらなかったぼくは、わざわざ来ることないのに、と鼻白んだ態度をとっていた。

約束の日の、前夜のことだ。

洗面所にいる母さんを偶然、見てしまった。

鏡の前に立っていて、上半身を隠すものはブラジャーだけ。

母さんは片腕をあげて、ピンセットで腋毛を抜いていた。

なにしてんだよ、とぼくは思った。

気持ち悪い、と思った。

洗面台にはヘアーアイロンや化粧道具が置かれていて、鏡面に映る顔はつややかで血色もよかった。その場で本人に問いただせば、やぁね、ただの身だしなみじゃないの、とでも答えが返ってきたのかもしれない。だけどぼくはこう思ったんだ。腋毛まできれいに処理して、いったいいなにになにそなえてるんだよ、母さん？

ぼくはその光景に、人間の「性」に対する生理的な嫌悪をおぼえた。ある感覚、ある予感がそこではっきりと芽生えた。それは自分が一生、男と女のどちらとも相容れないだろうという絶望的な予感だ。この期におよんで女であろうとする母さんも、それを強いる父さんも、たまらなく醜悪な生き物に思えた。ぼくはトイレに駆けこみ、便器に顔を寄せてゲエゲエと喉をひきしぼった。吐きたかったが、胃液も上がってこずに、唇から唾液がだらしなく糸を引いただけだった。

あげくに、父さんは来なかった。

急用でもあったのか、それともすっぽかしたのか。

母さんの落胆ぶりは、見るに堪えなかった。厚めに化粧を盛って、おろしたての一張羅を着こんだままでリビングのソファで茫然(ぼうぜん)としているさまは、慰めようがないほどに哀しかった。ここから逃げ出さなくちゃいけない、とぼくは強く思った。そのときの母さんの背中には、ぼくが遠ざけなくちゃならないものがたしかに圧(の)しかかっていたんだ。

ぼくは季節の変わり目に、それを実行した。


母さんを殺したのは、父さんの不在。

それから、ぼくの不在だ。

数年後、ぼくは病床の母親と再会した。母さんは癌の猛威にさらされて、手術を重ねても転移がやまず、長患いのすえに精神の健康まで損ねていた。

身辺の整理や、事後の手配などをするために、松澤孝史郎とその若衆が来ていたようだが、父さんは一度も現われていなかった。ぼくだっておなじだ。長い期間を放ったらかしにして、母さんを孤独な病室に追いやったのは、ぼくたち父子(おやこ)だった。

ぼくは横浜の家に舞い戻った。母さんがいつ帰ってもいいように、掃除や洗濯を怠らず、自炊をして、母さんの着替えを病室に届けた。だけど避けがたい別れを予感してようやくかいがいしくふるまったところで、すべては後の祭りだった。ぼくが見舞っているあいだも母さんは魂が抜かれたようにうつろで、それは最期の瞬間まで変わらなかった。ぼくが帰って数ケ月とたたない晩秋に、母さんはその人生を締めくくるのにふさわしい言葉も、平穏な表情も、ささやかな奇蹟や告白もなにもなしに、コンロのつまみを弱火から消火にまわすように、静かに心臓の動きを止めた。

ぼくだけがひとりでうろたえて、横たわる母さんにすがりついた。

医師たちの目もはばからずに、乳首をくわえようとした。

母さんにもう一度だけ、言ってほしかった。

おかしくなんてないのよ、おいで。

桂介は、桂介――

言葉も涙も出なかった。ただ自分が忌まわしかった。母さんの世界で育てられて、ただ母さんの子として生きていたのに、ぼくはそれを放棄した。母さんから逃げだした。ずっと言われていたとおりだった、ぼくはそっくりだ。すべてが失われていくだけの喪失の歳月に母さんを追いやった、早田征城とそっくりだ。

ぼくは唸りつづけた。獣のように、孤独な乳児のように。

乳にありつけなくなった捨て児のように。

目を開けてくれ、いやだ。いやだ。

母さん。いやだ。いやだ。

いやだ。いやだ。

いやだ。


母さん、叶うなら。

あなたのそばを、もう離れたくない。

21

横浜の自宅のベルが鳴った。

来客の予定はなかった。独りで暮らすようになってから、配達員や公共機関の職員以外が訪ねてきたことはない。午前中のまだ早い時間だったし、ぼくは出なかった。

ところがベルが鳴りやまない。あまりにしつこいのでインターカム越しに戸外を覗いた。覗くなり仰天してしまった。

「俺だ、桂介」

なにをしにきたんだ、と喉元まで出かかった。

約束があったのはもう十数年も前だよ、と言いかけた。

ここは母さんの家だ。あなたが帰ってくる家じゃない。

吐きかけた言葉を呑みこんで、オートロックを解錠した。急いで着替えながら枕元に置いたグロックに目をやった。あからさますぎるか。思い直してキッチンに出向くと、薄いナイフつきのワインオープナーを尻のポケットにしまって、ダマスカス鋼の調理ナイフをソファの下に隠した。

「おはよう、よく眠れたか？」

ずっと消息の知れなかった早田征城が、ぼくを直々に訪ねてきた。玄関に現われた征城は、三つ揃えのダークスーツにトム・フォードのアイウェアを合わせている。室内の勝手は知っている。ローブのような黒革のロングコートを背もたれにかけると、ゆったりと寛いだ表情でリビングのソファに腰をおろした。

他の組員のようにスーツの襟に金バッジはつけていないが、そんなものがなくたって征城はそこにいるだけで、王の意匠として成立している。たとえばエイブラハム・リンカーンでも、ガンディーでもヒトラーでもいい。エルビスでもアインシュタインでも葛飾北斎でも、ダイアナ妃でもいい。ある時代の、ある世界に、恒久的なオーラを付託する存在。この国の裏通りを歩く者にとって、百年の経年にも耐えるヤクザ・アイコンだ。

「様子はどうかと思ってな、英気は養えたか」

「お見舞いなんてめずらしい」

返す言葉にどうしても皮肉が混ざる。やめておけ、ここで神経を逆撫でしてもしかたがない。

「ぼくが困ります」と型通りに敬まってみせる。「わざわざ組長にお越しいただくなんて」

「お前も松澤とおなじか、出歩くなってえのか」

「叔父さんが殺されたんですよ」

「そうだな。お前も大事な耳朶をなくしたな」

海上の襲撃、匡次の暗殺、ぼくは表と裏の立ち回りのはてに香港で保護されて、二月は病院通いの日々だった。三月になっても本家からめだった連絡はなかったので、三崎やキャン、灯とぐらいしか会わずに療養していた。そこに早田征城が、たったひとりで姿を現わしたのだ。

「ずっと、どちらにいらっしゃったんですか」

「組の事業を詰めてたんだよ、最後の仕上げになあ」

「秩父に避難されてなかったのは幸いでした。叔父さんは、あんなことになってしまったけど」

「あっちゃならんことだった。お前にもわかるな？　ただの抗争の犠牲じゃない。組にとっても、親族にとってもな。仇どもは安眠はさせない」

穏やかな口調だが、永誠のときとおなじだ。王の顔はまるで溶鉱炉の蓋のように内側から激情で熱されている。実弟であり、組のナンバー2である匡次の死は、征城に確実に揺さぶりをかけている。

「晩年はふやけていたが、匡次(あれ)は旗頭だった。組員たちが命(タマ)を張る覚悟を決めるには、実効のある親分の生の声が聞こえてこなきゃならねえからな」

　ぼくはコーヒーを淹れながら、征城の喉笛を見つめた。護衛は車で待機させているのか、この家にぼくたちはふたりきりだ。これは千載一遇のチャンスだ。ぼくの鋭敏になった神経は毛穴から這いだして、征城めがけて網状に部屋を這いひろがる。

　テーブルにカップを置いて、征城の向かいに座った。ぼくはイメージする。尻の下にあるダマスカスのナイフのひと振りで確実にしとめる。頸動脈を深く裂き、絶命を確かめる。母さんが暮らしたこの家が、征城の最期に望む風景となる。おあつらえむきだ。

「顔つきが変わったな。桂介」

「そうですか」

「これからは、お前にも出張ってもらう」

「できることなら、なんでもします」

「この家に帰る暇もなくなる」

　征城はカップの把をつまむと黒い液体を見下ろした。ぼくはクッションの底の凶器の感触を指で確かめる。最初にカップに唇をつけた瞬間、アダムの林檎を見せた瞬間だ、数秒後の未来に向かってぼくは意識を研ぎ澄ます。最小限の体重移動で動けるように、わずかに体勢を変える。

　この会話に意味はない。言葉の脈をとるな。合槌では征城を殺せない。刃物なら殺せる。ぼくは王の視線をひとつ受けとめると、クッションの下に右手を滑らせた。

「出かけるぞ、自宅療養は終いだ」

　え、もう？　来たばっかりなのに、ゆっくりしてってくださいよ。征城はカップに口をつけずに、黒革のコートをとると、ぼくに外出の準備をうながした。

　温い汗がシャツを濡らした。タイミングを外されたぼくは素直に身仕度をした。ナイフは持っていけない。ワインオープナーとともに空ぶかしの殺意を隠したまま、征城のあとにつづいてエントランスに停まった車に乗りこんだ。

護衛と運転手、同行者はふたりだけだ。

車窓の風景は、彩度の低い冬の陽光に満たされている。

静謐（せいひつ）な午前の街を抜ける車中でも、征城と対話をつづけた。

「お前には一家名乗りをさせる。永誠の地盤を引き継げ。看板をあげたら早田を名乗れ」

「ありがとうございます」

「松澤は、まだ早いなんてしぶってたがな」

「ご期待に添えるように、全力を尽くします」

「ミカジメだの企業回りだのは、他の連中に任せろ」

「フロント業務を引き継ぐんじゃ？」

「別の仕事もさせる。三崎には話してある」

「三崎と？」

「盃事（こと）がすんだら、雄昇と会え」

「雄昇、異母兄（にい）さんですか」

ぼくたちを乗せた車は青山霊園についた。車止めで降りると、モザイク状に配列された墓石のあいだを歩いて抜けた。ワインオープナーの凶器はこころもとない。狙いすまして適確に急所を突かなくては絶命は望めない。あいにく護衛がついてきていて確度は下がっている。ひと突きの精度を上げなければ中途半端に取り押さえられておしまいだ。護衛たちは銃を携行し、車のトランクから柄の長いスレッジハンマーを出してきた者もいた。

スレッジハンマー？

どうしてそんなものを。運ばせているのは征城だ。

ぼくの凶器所持を見越しての護身具なのか、スレッジハンマーが？　征城は歩いて霊園の東端へと向かった。石段を上がったところに御影石の墓が建っていた。

「ほれ、寄越しな」

征城は掌を開いてスレッジハンマーを受け取った。墓石には宗派の名号、故人の命日と俗名が刻まれている。珠江から死体で揚がった虻川会会長、高須賀玄治の墓だった。たしか出身地は東京、四十九日をすぎて先祖代々の墓に納骨されたばかりだという。不倶戴天の敵であり、実弟の仇でもある虻川会の首領を、征城はあくまで「安眠させない」つもりなのだ。

放物線を描いたハンマーが墓石に叩きつけられる。ふんッ、ふんッ、と髪を乱し、コートの裾をなびかせ、ひとふり、ひとふり、満身の力で叩きおろす。すぐに大破することはなかったが、たえまない鉄槌によって墓の破片が、石塵が弾け飛ぶ。

匡次の死後、送りこまれたヒットマンの凶弾に倒れた木屋克巳の墓は名古屋にあるが、そちらは三崎が壊しに行っているという。敵の墓前に弔意をたむける殊勝さはかけらもない。墓壊しに没頭する征城の背後で、ぼくも凶器の把に手をかけた。

ここで決められるか？　護衛の目を盗み見る。

急所を突けるか、致命傷を与えられるか。

征城は墓を基台からずらし、蹴落として、横倒しになった棹石をさらに叩いた。

できるかぎり気配を殺して、ぼくは征城に歩み寄った。

この機を逃すな。王の首に、刃を立てろ。

さらに一歩、歩み寄る。

さらに一歩――

だがそこで征城が動きを止める。ぼくはポケットから手を外した。ひと息入れるきこりのように征城はタオルで汗を拭きながら、すぐそばの石段に腰をおろした。

「この腰抜けどもは、大陸マフィアの飼い犬に落ちぶれていた。国土で眠る資格もねえわな」

「トップ2が崩れて、組織は解体に向かってるみたいです」

「うるさい虻にたかられずにすむ。あとは、総仕上げだ」

ぼくは征城の真横に立った。

頸動脈を注視する。

「組の事業のフィナーレだ」征城が声高に言った。「立案から十年、俺たちの領土(くに)にのさばる他所者(よそ)はあらかた始末がついた。チャイナや台湾やフィリピンはちょろちょろしなくなったし、ロシアやヨーロッパにも睨みがきいた、戻っちゃこねえだろう」早田組が進めてきた掃討計画をふりかえりはじめたところで、ふと言いよどんで、

「だがな、あいつらはどうした?」

征城の言葉尻が、侮蔑の響きをはらんだ。

「あいつら?」

「経済制裁だのとほざいて、よそさまの資産を凍結する居丈高なあの国だ」

「ああ、その件、根に持ってたんですね」

ぼくは失笑したが、大国を話題にあげた意図は汲めない。

「アメリカがどうかしたんですか」

「あの国のワルどもは、入ってきてないのか」

「アメリカのマフィア……ああいや、ギャングですか」

組織犯罪集団の代名詞「マフィア」は狭義にはコーサ・ノストラなどシチリア島を起源とするイタリア系ファミリーの呼称だ。スラムやハーレムの出身者もひっくるめたアメリカの暴力団という意味合いなら「ギャング」が語義を外していない。たしかにこの日本で、アメリカン・ギャングが幅を利かせているという話は聞こえてこない。

「この地球(ほし)のどこにでも首を突っこむ国民性のはずじゃねえか。アメリカ産のごろつきは日本の領土に入ってきてねえのか？」

征城はそこまで語ると、まなざしをもたげて、霊園の周辺を見回した。

ぼくもつられて、征城の視線を追いかけた。

「そんなわけねえよな、ちゃぁんといやがった」

「ギャングがですか、どこに？」

「ここから見えるか」

征城が見ているのは、民家のない東の方角、六本木トンネルの上あたりだ。

強風が塵を逆巻かせた。小型の旅客機が離陸しようとしているのが見えた。

ああ、そういうことか。ぼくにも話の道筋がわかってくる。星条旗こそ見えないが、ぼくたちの視線の方角には、都内で唯一のアメリカの占有地があるはずだ。

「あのあたりは、公式の地図に記載されない空白地帯だ。アメリカは日本の自治を認めてからも、契(ちぎ)りを守らずに、あちこちに占領の旗を立てつづけてやがる。そうだな？」

ぼくもその存在は知っていた。軍司令部や情報機関、宿舎、米新聞社などが置かれた麻布米軍ヘリ基地。通称ハーディ・バラックス。情報の開示もされず、軍用ヘリは民家のすれすれを飛び、近隣住民は泣き寝入りするしかない。軍事外交的な判断とはいえ合衆国のやりかたは「不法占拠」に等しかった。東京のどまんなかの米領土はあたかも合衆国が譲り渡さない縄張りのようだが、それで言えば、地廻りのヤクザのほうが土地の声は聞き入れるだろう。

「なあオイ、ここにもういたわ」と征城は言った。「こいつらのやってることこそヤクザじゃねえか。政府が属国根性で尻尾をふるのをいいことに、地図にも載せずに情報封鎖だ。手前らの正義を押しつけて、石油欲しさに戦争を吹っかける。あいつらが介入して、民間人が無駄死にしなかった争いがあったかよ。アメリカ軍は世界の警察じゃねえ、世界の極道者だな。俺たちゃ赤っ首のように何人も何人も幼女を強姦はしねえから、極道をひきあいに出すのも全国の同胞に礼を欠くがな」

アメリカ軍は世界のギャング。けだし名言ですね。だけど組長、ご高説がいささか妙な方向にぶっ飛びはじめちゃいませんか？　資産凍結の腹いせと、掃討計画の最後の花火に、砂漠のゲリラにならった玉砕作戦にでも出るつもりですか？

「ここまでに十年、根回しに時間をかけて、現ナマも実弾も乱費した。組を拡大して、国会にも木偶人形を送りこんだ。そこでさあどうだ、桂介。四代目のキャリアの総決算として、組が総出でぶちあげる祝祭として、俺たちの手で米軍が専横した土地を奪い返すことはできると思うか？」

話の大きさに気勢をそがれて、隠している凶器のことを忘れかけた。

ぼくは口を開きかけて、やはり閉じる。大言壮語すぎて与太話にしか聞こえない王の構想に黙って耳を傾ける。

早田征城がめざすのは、政治外交によらない領土の完全奪還——

これまでの海外マフィアに対する態度と同様に、王の意向は「根絶」ではなく「掃除」だ。すべての在日米軍を島国の外に撤退させられたら、一連の計画はフィナーレを迎える。祝祭のくす玉はそこで盛大に割られる、らしい。

途方もない構想、というか暴走、というか世迷い言だ。どこにどう批判の言葉を向けたらいいのか、ちょっと見当がつかなかった。おぅい聞いてるか？　あらゆる物事は突きつめて考えるとかならずアメリカにぶちあたる。適当なところでお茶を濁さず、信条をまげず、道理を貫こうとするなら、誰だってあの大国と対峙しなきゃならねえんだと話す征城は、長い歳月をかけて裏社会の頂点に昇りつめた一族の精華。莫大な年商を稼ぎだす大組織のトップにして、もはや一介の暴力団組長には収まらない権力を有した巨魁。国の動静さえも左右する真正の政商だ。そういう人物の発言だとしても、それでもだ。それでもこの話は決定的に理性を欠いている。

「俺たちの領土に、米軍が駐留しているのはなんのためだ」

「この極東の島国が、アジア攻めの要衝だからです」

「ベトナムしかり、湾岸やイラクしかり、こっちの基地から戦闘機を飛ばして戦争をするためだな。アジア大陸は連中のプレイグラウンドだからな」

「アメリカが軍需権益で潤っているうちは、日本の基地を手放すことはなさそうですね」

「だったら戦争のない平和な世界をめざすか？　それも無理筋だな。たったいまも合衆国は鼻面を突き入れる場所に事欠かない。国家や民族の争いだけじゃねえ、現に大陸じゃごろつき同士の喧嘩も増えてるからな」

「ごろつきの喧嘩？　それも戦争に数えるんですか」

「アジアのあちこちで、お前たちが追っ払った出戻り組と、もともとの土地の奴らとが領土や利権をめぐって小競りあいをつづけてる。とりわけ中国だ。だだっ広い国土があってもインフラの密集地帯はわずかなものだ。かぎられたパイに群がって古参や新興、人種、分派が入り乱れての大混戦だ。まずはそこから手をつける。うちからもまとめて兵隊を送りこんでな」

ぼくは征城の講釈を聞きながら、ポケットの布地越しに凶器をさわる。

意識を逸らすな、この会話に軸足をとられるな。

征城の大言壮語に気を呑まれるな。

「ごった煮の鍋が凝(こご)らないように、冷めないように、争いを過熱させる。政党を巻きこんだゲリラ戦にまで規模を拡大させる」

「たかだかマフィアの抗争を、国際規模の紛争にまで発展させろということですか」

「そうそう、在日米軍が出張りたくなるような紛争にな」

「さすがに軍事介入まではしないんじゃ？」

合槌を打ちながら、ぼくは片方の掌(て)に凶器を握りこむ。

慎重に間合いをはかった。すると征城が、

「米中冷戦の時代だってな」

はからずも牽制するように、こちらを振り向いた。

「チャイナの台頭が、アメリカにゃひたすら疎ましい。インドシナ半島の局地戦でホーチミンの陰に潜んでいた国が、いまじゃ軍事拡大、領海侵犯、核の射程にはつねにアメリカ本土を入れている。このままいけば世界の主宰(ホスト)になれるのとちがうか？　と中国はいま本気で思ってんだろうな。他国の産業に水を開けるために、外資系工場をぼんぼんおっ建てて薄利多売、人件費の削減に加えて、中国当局が固定相場制にかこつけて人民元が輸出に有利になるように仕向けてやがる。このうえ軍需産業にまで追い越されちゃアメリカの立つ瀬はねえ。アメリカにとっちゃ今の中国は、旧ソ以上の共産敵国(レッド・エネミー)だ。たとえりゃこないだのイラク戦は、ペテンにかかったＣＩＡと米官僚の勇み足、情報分析のお粗末さと、中東のパイの分捕り合戦がややこしく絡んだものだったが、ああいう誤算や矛盾をはらんだままで突き進むような戦争を、アメリカは中国でやりたがっている」

米中の対立をあおって交戦させることで付けこむ余地をつくるのか。そんな単純にいくわけがないと思った。わかりやすく二項化したテーゼには多くの致命的な誤謬(ごびゅう)が混ざってくる。早虻抗争にまぎれて真の目的を果たすのとはわけがちがう。ここにきて征城は暴力団史の上書きに飽き足らず、世界史を塗りかえるような壮図を語っている。ぼくはどうしても、精神的な間合いをつめられない。王の喉笛に食いつけない。

「アメリカは自国のほうも経済危機だからな。これは予言だが、あとすこしすりゃ太平洋の向こうでリーマン兄弟なみの倒産劇があいつぐぞ。不動産や金融や債券は焦げついて、ドルの一極支配は終わりを告げる。海外展開する米軍への物資供給はとどこおる。燃料、食料、軍事まわりの供給決済を米政府やＦＲＢが信任したアメロのような新通貨でやりくりするか。そうはいかねェさ。中国に攻め入るとなったら特需が生じる。軍人や政治家にすりゃ渡りに船だ」

「だけど大陸に進駐させて、それでこの領土から撤退させたことになるんですか。なりませんよね。米軍基地がなくなるわけじゃない」

「そりゃそうだ。だからここまでは、第一段階だな」

「次の段階があるんですか」

「お前にも仕事をさせる」

「ぼくになにを」

「雄昇がウラジオストクに入ってる。お前たちも合流しろ。そこのマーケットで第二段階から先に必要なものをそろえてこい」

　征城のまなざしが一瞬、ぼくから逸れた。

　わずかに肩が弛緩して、征城の首筋が開いた。

　ぼくは凶器を抜いて、踵を浮かせた。

　右掌に握りこんだ凶器の先端を、指の透き間から突き出して。

　征城の首に浮いた血管を注視する。飛びかかる――

「先生っ」

　そのとき、背後から声がした。

　征城があごに手を当てた。護衛の声も聞こえた。

　だめだ、突けない。ぼくは凶器を指で差し戻した。

「失礼します、先生、お、お時間をっ……頂戴できませんか」

「どうしたお前、こんなところまで」

　霊園に現われたのは、見覚えのある顔だった。

　ボディガードを従えて、石段を上がったところに立っているのは、国政の顔だ。使い古しの紙粘土のような顔色で、わさびを舐めた座敷犬のように表情を歪めている。征城と親交があるという小野寺総理だった。「こちらにいらっしゃるとうかがいまして、もっ、申し訳ありません。ご無礼は重々承知で、官房も急ぎお目通りを願っておりますので……」

　頼むよ首相、とぼくは思う。いみじくも一国の長が、暴力団の首領に遜ってちゃまずい。そもそも首相という立場の人間は、会いたい人間に会うためにわざわざ霊園まで出掛けてはこない。征城のかたわらで倒壊した墓石に気圧されながら、小野寺総理は緊張した面持ちで用件を伝えたがっている。

「例の話ですが、私どもの手には余るかと……万が一の情報漏洩を考慮しましても……」

「やれやれ、保身か。お星さまの模様の傘から出たくないか」

征城はそう言いながら、小野寺に歩み寄った。

「この国が世界の敵にならないように、お膳立てはしてやったはずだがな」

征城はひきずっていたハンマーで総理の鳩尾（みぞおち）を突いた。ぐえっ、と小野寺はよろめき、あとずさって石段を踏みはずしかけた。

「教えたはずだ、国家ってのはなんだ？」

「も、申し訳ありません。国家とは……」

「暴力を有用にコントロールするための公的機関だ。マキャベリを読め」

総理をあしらうと、征城はハンマーをお付きの者に戻した。

「永田町で待ってろ。明日の夜に会おう」

ぼくに視線でうながすと、一足先に石段を下りていく。

「予定がまだあってな、日帰りは難しい」

「できればすぐに、先生」

「俺のなりが見えねえのか、親子水入らずの法要を邪魔するな」

親子水入らず。予想外の言葉だった。征城はふりかえると、

「寄り道は終（しま）いだ。小笠原に行くぞ」

ぼくにそう言った。もうひとつ、大事な墓参りをしておこうと――

雲上でもキャビンは揺れない。軍用のＶＩＰ輸送にも採用されているリアジェット社のビジネスジェット。窓の外には広大な海と空があった。小笠原に空路で渡るのは初めてだ。早田の財力の象徴のような自家用ジェットに、こんなかたちで搭乗するとは夢にも思わなかった。

海を見渡せる丘陵の墓所。数人の若中とその組員、松澤孝史郎もしめやかな態度で待っていた。征城とぼくが来る前に、こぢんまりとした母の墓はきれいに清掃されていた。線香と花が供えられ、周辺も掃除されている。松澤は粛々と組長を迎えると、ぼくにも目で会釈をして、親子三人の邪魔をすまいと配慮してか、入口の車で待機して墓所に入ってこなかった。

幸いなことにスレッジハンマーは持ちこまれていなかった。

ぼくたちは、墓石に水をかけて、並んで掌を合わせた。

「お前とは一度、来ておきたくてな」

母さんの墓前で、征城はいつになく寡黙だった。

ぼくも一言も話さなかった。どうしたの？　と声がまた騒ぎだす。

気まぐれな墓参を怒ってるの、それとも嬉しいの？　とあたしが問う。

米軍を掃除するなんて言ったかと思えば、あたしたちの母さんを忘れてなかったり。

滅茶苦茶すぎるよ、この男だけは。このまま翻弄されっぱなしじゃたまらない。

もってこいじゃない、この母の島で絶命させるのよ、とあたしが言う。

だってこんな機会は二度とないかも。どうしたの、早く、とあたしが催促する。

だけど、どういうわけか、ぼくは動けなかった。

急きたてられても、結局、最後まで動けなかった。

「とうぶんは、来られなくなる」

征城が静かに言って――
目を瞑る。

22

三月中旬、灰色の曇天がひろがる午後のこと。

ぼくと三崎の兄弟盃の儀式が執り行なわれた。

早田征城の意向によって、直参の組の看板を掲げることになった。匡次の死後、本家の若中となっていた三崎との兄弟盃をぼくから希望した。「五分の盃」の申し出を固辞した三崎も、ぼくの再三の説得に最後は根負けした。固めの儀式も行なうことになり、吉日が選ばれた。

早田の男たちが集まってくる。

本家の若中、幹部、系列団体の組長。

黒い代紋入りの和装。黒塗りの高級車が並ぶ。

あたしはどうかと思うけど、ぼくにとってはアナクロニズムに満ちた儀式（セレモニー）の意味はあった。盃事は組の団結と統制のシンボルだ。格式作法にのっとったイニシエーションを通過することで、早田の牙城に深々と入りこめる。王とその側近にさらに近づきやすくなる。

本家にセッティングされた式場には、誓盃儀礼の掛け軸が掲出され、祭壇のまわりに奉書、神酒、三宝に載せた徳利一対、盛り塩、向鯛一対、客人衆の祝意となる百目蠟燭（ろうそく）が用意される。最上座にましますは早田征城だ。雲をつかむような構想を謳った最高の侠聖が、セレモニーの進行を静かに見守っている。

かたわらでは三崎勇治が唇を引き結び、羽織袴に威儀を正している。ヤクザの盃事をあげつらうあたしも、惚れぼれするような男っぷりだね、と三崎の居ずまいにだけは感嘆している。ぼくと三崎は神酒を注いだ盃を半分ずつ飲んで、たがいに交換して、残りのすべてを干す。からっぽになった盃を懐紙で包んでおさめて、つづけてふたつの盃を列座者に廻し、下座で交差して上座に戻ったところでこれを重ねて交盃を終える。つづけて立会人から五分の兄弟の心得を説かれる。一、絶対の信頼関係を築いて、二、嘘や欺瞞で相手を欺いてはならず、三、死が分かつまで命運を一蓮托生のものとする……云々。このセレモニーによって、ぼくと三崎は貫目において対等とされ、上下関係なしの擬制の兄弟分となった。

というか、もうすでに二を破ってるよね？　とあたしが言う。

あたしはあらためてぼくに確認する。わかってるよね、義兄弟に背いてるよね。

三崎にとって、この世界の親だった匡次。

舎弟の久米、児玉、山瀬。

匡次の妻と、息子の瑛。

その全員を葬ったのは、あたしたちだもんね。

わかってるさ、黙ってろよ。ぼくはあたしを牽制する。

すべてを告白すれば、三崎はぼくを赦しはしない――

ぐずついていた灰色の空が、驟雨を降らせはじめた。

街にこもる雨の音には、倦怠の響きがあった。

次の日の夜、三崎と会って、六本木まで足を運んだ。

外苑西通りを折れて、霊園の隣の公園に入っていった。

都心のエアポケットのような公園だ。盛り土を登っていくと、有刺鉄線つきのフェンスの向こうに麻布米軍ヘリ基地が広がっていた。

「本家が直々に陣頭指揮をとる。すべての系列団体が従うのはもちろん、客分の親分衆、対立していた九州の連中まで、早田の構想に共鳴した全国の同胞がそれぞれに準備を進め、東京にも続々と参集してる。参加人数は五万はくだらないぞ」

三崎がフェンスに指をかけて、上空の一点を睨んでいる。

遠巻きから轟音が近づいてくる。空の裾が赤い光をはらみ、上方からの強風が雨粒と塵をかき混ぜる。威圧的なフォルムの旅客機が下りてくる。

三崎のタイが、ぼくの髪が、強風にまかれて乱れ舞った。夜の景色に揺らめく街の灯が、送り火のように彼方で滲んでいた。

三崎のまなざしは、驟雨と風の向こうの、遠い空を見据えている。

匡次の死。舎弟たちの死。途方もない組の計画――

三崎を翻弄するもの。そこには、ぼくの思惑も含まれている。

「この国じゃ米軍駐留費のおよそ五十パーセントを負担してるが、小野寺内閣はこれを縮小させる方向で動いている。兵糧攻めの片棒を担がせるわけだ。米軍に軍事物資を入れている欧州系の軍産企業も先の掃討で叩いてある。日本領内での米軍の物資補給は窮している」

「大々的に中国攻めをさせて、物資を枯渇させて、そのうえで米軍基地に手をつける。そこで雄昇が出てくるわけだな」

「三年かそこらで米軍を残らず撤退させる、組長はそう言ったよ」

「あの人は右でも左でもない。世界のまんなかに自分の一族を置いてるだけだ」

「お前もその一族じゃないか、兄弟」

ぼくと三崎は、濡れた夜の街を歩いた。

歩道の赤信号で立ち止まる。どちらも無言だった。

夜の雑踏を、模糊（もこ）とした影が行き交っている。

「奥さんはどうしてる？」とぼくは訊いた。「そろそろ九ケ月になるよな」

「出産に立ち会うのは難しそうだ」

「日本を離れるあいだは？」

「郷里の新潟に帰らせる、そこで産むことになるな。数年はそっちで子育てもさせる」

「ああ、そのほうがいいよね。奥さんもそのほうが安心だ。旦那が戦争の片棒を担ごうとしてる時期だ、余計な心労からは遠ざけてあげたほうがいい」

三崎が歩みをゆるめて、硬い視線を向けてきた。

「……なにか言いたいことがありそうだな」

「兄弟分の家族だ、心配はするさ」

「はっきり言えよ」

言っちゃいなよ、言っちゃいなよと急かしていたあたしが、あんたが言えないんならあたしが言ってあげるとしゃしゃり出はじめる。ここ数週間でぼくとあたしの分裂はひどくなっていて、あたしはあいかわらず良心を気取るときがあった。三崎といるときにお前が前面に出てきちゃまずいよとぼくは言うが、あたしは聞こえないふりをして、

「本気で付き合うつもりなの？　兄弟」と声に出して言った。

「なんだと？」

「こんな世迷い言に、どうかしちゃってる計画に、本気で参加するつもり？」

「いまさらなんだ、そんなことを。まあ、お前が言いそうなことか」

「ほんと、びっくりしちゃった。日本のヤクザってあらためてとんでもないね。全国の暴力団が一丸になってよその国を戦争させるだなんて。なにもかも滅茶苦茶になるよ。日本人も、外国人も、大人も子供も見境なしに人が死ぬ」

　見境なしに人を死なせてきたのは、ぼくたちじゃないか――

　あたしはぼくの自省の声を無視する。五分の盃を裏切っているぼくたちになにを糺(ただ)せる？　と日に日に極道的思考におちいっているぼくをきっぱりと黙殺する。それは男たちのレギュレーションでしょう？　あたしには関係ないことだ。

　あたしは三崎とおりいって話をしたかった。肥大化するナワバリ意識、純血主義、歯止めのきかない誇大妄想。そういうのは早田の一族の問題であって、あなたの問題ではないよね？　そこをはっきりさせておきたかった。

「海外のマフィアをほぼ一掃したんだから」とあたしは言った。「すっごい大きな仕事をやってのけたじゃない。ここからの計画には理想も侠義もないよ。組への忠誠がどうしたとか、そんな次元の問題じゃない。式典のリボンカットでもするみたいにさ、戦争の幕を切って落とそうとしてる一族と本気で運命をともにするの？」

「それはなんだ」と三崎が答える。「俺にガキが産まれるからそんなことを言ってるのか」

「ウラジオストクは、あたし……」と言いかけてあわてて訂正する。「ぼくだけで行くよ。待っているのは、ぼくの異母兄(にい)さんなんだから」

「わかったよ、もういい。寝言はそのぐらいにしておけ」

「ねっ、ほんとに、ここからは一族の問題だから」

「代紋の親子や兄弟だって、家族じゃないか」

「ちがう。あんたの家族はひとつだけだよ」

「もうよせ、戦争はいまに始まったことじゃない」

三崎はそこで立ち止まると、あたしにからだの正面を向けた。

「俺たちはずっと、狂気のなかにいる」

ちがうのか？　と三崎は眉をひそめた。

その表情に、あたしは胸を衝かれた。

火のように精悍な容貌が、凍えるように寂しかった。

三崎はそう言うよ、とぼくが口出しする。

嵐のような早田の戦争機械たち。連綿と継がれてきた猛々しい狂気。

断ちきれない鎖、戒律と美学、鉄の侠義。

極道者の思考に染まってるなんてずいぶん心外な言い草だ、とぼくがあたしに言う。だけど抗争期を抜けてきて肌身で感じたはずだ。この男たちに脆弱な揺らぎはない。

「もうよせ、兄弟」と三崎が言った。「言葉には気をつけたほうがいい。理想も侠義もないとか、どうかしちゃってるとか、軽々しく言うなよ。俺を案じてくれてるのはよくわかったから、だから馬鹿な話はもうやめろ」

「だったら、ぼくが」とあたしは言った。「ぼくが……」

あたしは言葉を探した。できるかぎり、虚しく響かない言葉を。

「この計画を離れるか、止めるか、どちらかをするとしたら」

「止める？　だから滅多なことを言うなって」

「兄弟分のあんたは、こっちについてくれるか」

「本家に従わないつもりか」

「匡次さんはもう亡い。あんたが盃を交わしたのは、ぼくだけだ」

三崎が黙った。あたしの言葉に反逆の意思が含まれているのを気取って、戸惑いと驚き、それからわずかな敵意を、めまぐるしく表情によぎらせた。

濡れた雑踏の喧騒が遠ざかった。あたしの目の前で、三崎の気配だけがふくれあがった。三崎ほどの男がこころなしか、なにかを恐れているようにさえ見えた。それはあたしの前途に対する不安だったのかもしれないし、もしくは早田の怪物たちのくびきにつながれたひとりの男の、魂のよろめきのようなものだったかもしれない。

「どうかな、考えてくれないかな」

あたしが尋ねると、三崎は深々と息を吐いて、

「滅多なことを言うな」とくりかえした。

「できることはあるよ、ぼくたちにも」

「下手な真似をしたら破門でもすまない、たとえ血縁者でも……」

「わかってるよ、それは充分にわかってる」

「お前のような人間はともかく……俺にはいまさら、別の生き方はできない」

三崎から色よい返事は聞けなかった。驟雨が細かくなって、地表の闇が濃くなった。

霧のようにまばらな雨の粒が、月も見えない夜空を煙らせていた。

「……聞かなかったことにする。明後日にはウラジオストクだ。俺とお前で行くんだ。俺たちはやるべきことに集中する。それでいいな？」

この男を欺いている事実に、あたしは、ぼくは窒息しそうになる。

言葉が尽きて、三崎が拾ったタクシーに乗せられる。

「会いたい人間には、会っておけよ」

他にも用があるという三崎とは、そこで別れた。

過ぎゆく雑踏はどこまでも暗かった。

あたしは、ぼくは――

引き裂かれそうだ。

23

灯の唇が吐息をこぼす。ああ、と濡れた声があがる。

あたしは波打つ皮膚を見ている。そこに浮かぶ血の滴を見ている。

彼女の体温が上がるのがわかる。呼吸のたびに、長い手足やうなじが、腰まわりの皮膚が紅く上気する。ああう、あん、と痛みや快感を嚙むような声音が、彼女のからだの高揚を伝えている。

「こんな真似しちゃって、仕事にさわりが出ちゃうんじゃないの」

「フレジャ・ベハを知らないの。モデルだって無地の肌にこだわることないのよ」

「だからってどうしてあなたが。どうしてここに来てるのよ」

「すっごくいいからよ、キャンキャンが」

「すっごくいいぞ。彼女こそとんでもねえ」キャンも興奮を隠しきれていない。「こんなに墨の映える肌はそうそうないぞ。俺にとっちゃこりゃ黄金のカンヴァスだよ」

「ずっと放ったらかしにするから。キャンキャンキャンと裸の関係になっちゃったのよ」

「ね〜。ひでえ野郎だよな」

うつぶせに作業台に横たわって、背中から尻までを露出した灯に、キャンが針を立てている。腰のくぼみから尻に上がっていく曲線が、ドーナツ形の作業灯に照らされて光輝をまとっていた。針のユニットの振動にあわせて、灯のスリットのような腹斜筋がヒクッと震える。真珠のような歯先で唇を嚙むたびに、彼女の瞳がどこか自虐的な快感にあえいだ。

アトリエからの連絡で、このところ灯が通っていると聞かされて、足を運んでみたらこれだ。こっちが抗争や盃事にわずらわされているあいだに、彼女の腰に刺青が彫られ、完成の時を迎えようとしていた。だけどこのデザインは……ねえ？　どういうつもりなのかを灯自身に訊いても、かっこいいから真似しただけよ、とはぐらかされる。

あたしのそれよりも、ひとまわりかふたまわりはちいさな、焰をまとったまぁるい黒い天球——皆既日食の刺青だ。精密なあたしの和彫りとはちがう、スタイリッシュに意匠化された洋彫り。極道の刺青とは一線を画しているけれど、それでもおそろいとなったら、どうしたってそこには特別な意味が生じてきちゃうじゃない。

「騒ぎすぎよ、深い意味はないって。刺青イコール極道の女って時代じゃないんだし。佐智子さんのからだに墨は入ってなかったでしょ」

「ハイハイ、わかったよ。で、彼女はどうなの」

「え〜なに、結局、あの人がらみの報告を聞きにきたわけ？」

「それも、ある」

「あの人の相手するのも大変なんだから」

「途中から押しつけたのは悪かったってば、それで？」

「彼女ね、ほんとに病気なのよ……」


気を回したキャンが「飯でも食ってくるよ」とアトリエを出ていって、あたしは作業台に座って裸にシャツを羽織った灯と話をした。キャン、佐智子、灯、そういう人たちともしばらく会えなくなるかもしれない。あらゆる物事の進行がめまぐるしく速度を増している。

「……そっか、けっこう深刻なんだね。佐智子さんつらいだろうな」

「彼女はいま、岐路に立たされてるのよ。旦那に頼るわけにもいかないし、というか旦那がそもそも葛藤の原因だしね」

「あの男はあの男で、忙しく立ちまわってるしね」

「……ねえ、早田組はなにをしようとしてるの？」

「組の総決算になる一大事業なんだってさ」

「永誠も、匡次も死んだのに。つぎからつぎに人が死ぬよね」

「さすが、元情婦。事情通なのね」

「あなたが組に出入りするようになってから」

「やだなぁ、人を疫病みたいに言わないで」

「他の組織とか、海外マフィアのことはわかんないけど、あたしが調べただけでも、永誠に、匡次とその家族、早田の組員に、元組員……」

「あれ、おかしいな。知り合いのモデルが興信所の職員みたいなこと言いだした」

「だから放ったらかしにするからだって。大変だったのよ、調べるの。組員を逆ナンとかして」

「ハニートラップまで使って？」

「想像にまかせる。中国人に、破門者に……お抱えの医者も死んでるのね」

あたしはその言葉で、低温の震えをおぼえた。

思いもよらずに、灯が立ち入った話をしはじめた。

こちらの戸惑いを察したように、隣りあった作業台の上で、肩と肩を密着させてくる。

おいおい、ちょっと待てよ、とぼくが口を出す。彼女はいったいなんの話をしようとしてるんだ？

「腕のいい医者だったって。銃弾の摘出とかをするだけじゃなくて、体調不良を訴えた組員の精密検査とかもやってたんだって。その医者にあなたも診られてるよね。胃の患いで倒れて、運びこまれたって聞いたよ。そこで思い出したんだけど、あなたって医者嫌いだったでしょ。アイスピックでお腹を突いたときも、わざわざここに治療してもらいに来てたし。なんで嫌いなの。からだの検査をされるから？　倒れて運ばれたときはされたの？」

あたしは灯の話を黙って聞いていた。これはどうするかなとぼくが問う。あたしはどうするってなにがよと答える。嗅ぎまわられちゃたまんないだろとぼくは問う。あんたがなにかボロを出したんじゃないのとあたしは答える。そっちだって裸を見られたじゃないかとぼくは問う。だけどベッドはともにしてないよとあたしは答える。あたしとぼくの過去を、彼女はさかのぼって追跡している。知ってか知らずか、秘めた核心の周辺をうろついている。

「あたしは、あなたの人生と交錯したから」

灯の言葉が、その呼吸が、一定のリズムをなくして抑揚を大きくする。

「キャンキャンも言ってた。あなたのからだに彫ってるとき、いつもとは違う感覚があったって。それってあたしにもわかる。だって……」

灯の乳房がシャツ越しにあたしの腕でつぶれた。ブラはつけてない。あたしは密着したからだを通じて、灯の呼吸を、灯を動かしている血の循環を感じる。できることならそれを止めたくないけどなとぼくが言う。

「あたしはね、この男と寝るだろうなって直感が鋭いの。いったん勘が働いたら、それが外れたことはなかった。あなたと会うまではね」

「酔っぱらって覚えてないのかと思ってたよ」

「あの夜、思ったの。あなたは、なにか……重大な秘密を抱えてるんじゃないかって」

「うわぁ自信家、あなたの魅力に屈しなかった男は初めてだったから？」

あたしは男じゃないのとあたしは思う。だからって女でもないけどねとぼくが言う。

「お医者のこととか、このアトリエでの話とかを聞いて、ひとつにつながるような気がしたのよ。あなたは他の誰ともちがってる。あなたには秘密がある。それはたぶん、からだにまつわる秘密……」

「マンションを買えば、他言はしないってこと？」

「誤解しないで、そういう変な取引とかじゃなくって」

灯の言葉が、あたしをからめとる。

腰にまわされた長い手が、拘束具のように感じる。

肩の先に、彼女の唇がある。シロップのような呼気を吐いている。

灯はさらに寄ってきて、そのまま頬にキスされるような気がして――灯にまた生き物として屈伏させられるような気がして――自分でもぎょっとするほど過剰に反応してしまう。灯を払いのけようとして、スタンドに腕が当たって、作業灯が倒れてくる。とっさにからだを捻って、作業台の足元に置いてあった液体類の容器をひっくり返してしまった。

「あ〜あ、怒られちゃうよ」

水で溶かしたワセリンや墨液が跳ね散らかって、あたしのシャツやスラックスがまだらな墨色に濡れていた。それらのいくつかは、皮膚に染みこんだら面倒な作業用液だ。

「ごめん、片付けておくから。シャワーを浴びてきて」

アトリエの一番奥に、アコーディオンカーテンで仕切られた空間があって、ボティソープ類がそなえられた客用のシャワーボックスが置かれていた。服を脱いでそこに入った時点で、あたしは避けられない事態を受け容れていたのかもしれない。

「ちょっと待ってよ、なにしてんの、どうしてあなたまで」

施錠できないシャワーボックスに、灯まで、全裸で入ってきた。

むきだしになったあたしの背中。そこに浮かぶ日食と、灯のできかけの日食、つがいのような刺青が狭い空間で接近していた。ごまかしようのない至近距離でからだを押し当ててきた灯が、あたしの下半身を注視していた。

「桂介さん、あなたは……」

灯は絶句していた。あたしはシャワーの栓をひねった。

頭上から注がれる熱い滴が、ふたつのからだを包みこんだ。

こうなったらもうしかたがないよな、とぼくが問う。あたしは答えを失っていた。

こうなったらもうしかたがないよな、そうだろ、もう方法はひとつしかない。

あたしは密室で固まりながら、灯の喉首を見つめるぼくに返す言葉を持てない。

葛藤はそこでとぎれて、あたしは灯の事切れた顔を想像している。

24

ぼくは渡海する。一族の神話とともに極東の彼の地をめざす。
空路でウラジオストク。その先には確実に、果てのない荒野が広がっている。
あいかわらず微睡むことはできない。ぼくの世界は平衡を失っている。
ビジネスジェットは気流の乱れでひどく揺れた。
窓の外には、日本海があった。

裏社会の人間にとって、日本海はあらゆる用途をそなえる主戦場だ。
密輸業者は潮を読み、警戒のライトをかいくぐって往還する。船上で商談も交わされるし、物資を奪おうと組織間での争いも起こる。時には処刑の場にもなる。日本、韓国、北朝鮮、ロシアに囲まれて、韓国では韓国海（ハングケヘ）、北朝鮮では朝鮮東海（チョソントンヘ）、と呼称だけでも領海が争われ、生命線（ライフライン）となる洋上のイニシアティヴを握ろうと各国の組織が睨みあっている。ぼくたち日本人から見れば、青龍刀をふりまわすイメージの中国マフィアや、独特の刺青言語を彫りこんだ酷薄なロシアン・マフィアに大陸特有の恐ろしさを感じるが、向こうからしても日本人（ヤクザ）は無気味なのだ。鉄の戒律を持ち、落とし前のつけかたは徹底している。その代表格といえる首領の長男が、空港でぼくたちを待っていた。

ウラジオストクは、ピョートル大帝湾の南、日本海に突き出した半島の南端にある軍港都市だ。この街には、旧ソ連時代の社会主義体制下に種子（たね）をまかれ、ペレストロイカによって地下に根をひろげた極東最大のブラック・マーケットがあった。密輸による違法薬物や銃火器が売り買いされ、グルジア派、ウクライナ派、チェチェン派、カフカース派などおよそ十三の組織が入り乱れて市場を管理している。それぞれに旧ＫＧＢの兵士や核配備基地の元職員などが属しているためか、ウラジオストクなら「原子力潜水艦以外ならなんでも手に入る」とまで言われている。

物々しい逸話に反して、ウラジオストクはとてもきれいな街だった。彩度をおさえた建物、欧州然とした市街、港湾都市にもかかわらず風に魚臭さがない。街路で見かけるのは十人いたら七、八人はCycle.INCの即戦力になれそうなモデル級の美女ばかりだ。ちょうど欠員が出たばかりだし、鳥越社長のためにスカウトでもしていこうかな、と車窓の外を眺めて思った。

これで氷点下の寒さがなかったら言うことないんだけどな。連れてきた若衆のなかにはミンクの帽子（シャープカ）をかぶっている者もいた。陽光が差していてもどこか涼やかで暗いムードのある街並みを、ぼくたちを乗せたメルセデス・ベンツＣＬＳ５００が抜けていった。

ぼくと三崎のあいだに座っているのは、早田一族きっての知性にしてお目にかかるのがヤンバルクイナよりも難しいとされる稀少（レア）な存在、早田雄昇だ。征城の結婚式のときよりも伸びた髪がシャドーストライプの細身のロングコートの肩で波打っている。オーダーメイドの仕立屋の短縮ダイヤルをいくつも登録していそうな、洗練されたノーブルな印象を抱かせる。上背はあるが、無骨さや傲慢（ごうまん）さとは無縁の男だ。

「君たちの固めの儀、行けなくて悪かったね」

異母弟のぼくもまともに言葉を交わすのは初めてだったが、雄昇はそれを感じさせないほどフランクに語りかけてきた。

「ダスト＆シュガーの元締めを暴いて、在日マフィアの大掃除をして、この数ケ月でめざましい活躍だったってね。雰囲気にも凄味が増したな、桂介くん」

「大活躍だったのは、そっちの人ですよ」

「三崎は若手の中でも一頭地を抜いている。そんな男との五分の盃を認めたんだ。本家が君を認めた証拠だよ。俺は正直、君がそこまでやれるとは思ってなかった」

「ただのはねっ返りだったから、ぼくは」

「ふははっ、俺だってそうだったよ」

「雄昇さんが？」

「アナクロな儀式や慣習は苦手だった。海外方面のビジネスを任せてもらえたから、どうにか組の役に立ててるけどね。組長（オヤジ）とか兄貴とか呼ばれるのはいまでも御免だし、切った張ったもね。だから本家に応援を要請したんだが、三崎はともかくとして、桂介くんに助けてもらうことになるとは思いもよらなかったよ」

胸襟を開いて、疎遠だった異母兄弟の溝を埋めようとしているんだろうか。雄昇のぼくへの当たりは柔らかくて、世界を股にかける暴力団の外相と接しているとは思えない。良くも悪くもスノッブで、広告代理店の海外支社のチーフとでも話しているような適度な親密さを感じさせた。

「アトム・マフィアとの交渉が、ここにきてこじれてね」

原子（アトム）マフィア——

あらためて剣呑（けんのん）な呼称だと思う。

核物質や放射性物質の闇取引をシノギとする利権マフィアだ。

ロシア・マフィアはこの分野に巨大なシェアを築いている。極東のブラック・マーケットに入った雄昇によって、組の計画において必要不可欠なもの――核物質の取引が進められていた。雄昇の口から計画の第二段階、第三段階がつぶさに語られた。

「マーケットの調停役とのコネクションを押さえて、戦闘機や爆撃機を買うことはできた。これで中国のマフィア抗争に火を注ぎ足し、混戦をあおることはできる。政党とつるんだマフィアをブラック・メールで挑発して、共産派閥に農村を攻撃させ、在日米軍を挑発する。それでもなかなか出てこなかったら、ベオグラードのように米大使館を爆撃する。そこから先は、核が必要だ」

ぼくたちを乗せたメルセデスは、M60幹線道路を抜けてルースカヤ通りに入った。この先の埠頭地帯にテナントの全階が埋まった倉庫ビルがあって、チェチェン派のマフィアが密輸品の管理に使っているという。昼間にもかかわらず人気はまばらで、車の通行量も知れている。氷点下の街は静寂に凍てついている。

「あれをくれ、これをくれと手を広げすぎたんだな。すべての在日米基地や施設を壊滅させるとなるとかなりの量がいるからね。プルトニウムの横流し品、中距離核ミサイルSS‐20の核弾頭、原子炉から持ちだされた濃縮ウラン入りシリンダー数十本……そのあたりでとうとうアトム・マフィアのボスから待ったをかけられた。この国の最大のマフィアの年商を一ケタ上回る早田組の存在は知られてるからね。早田にそこまで武装されたらうちらまで危険になる、というんだな。金さえ積めばなんでも売るはずの連中がすっかり警戒しちゃって」

下見を終えて、ホテルに戻ってからも、雄昇の部屋で話をつづけた。

あらためて聞いても、新鮮な眩暈をおぼえるからすごい。

直参の組のひとつでありながら、雄昇とその子分衆は日本に戻らずに、ホテルからホテルを泊まりつぎ、国境から国境を越えて世界を移動していた。その軌跡には、中国が入っている。大陸の用地買収を進めているのはカジノ・チェーンの建設のため——という通説はカムフラージュにすぎなかった。山地や畑もない原野、工場が誘致されるはずだったいくつかの更地、それらおよそ二千万平方メートルの土地にはすでにブルドーザーが入っていて、水道、ガス、電気といったライフラインはもちろん、巨大な兵舎や離着陸場、工場、武器庫などを新設できるような下地を造りはじめている。すべての基地のインフラを核兵器で壊滅させられた在日米軍は、中国および日本に怒りの矛先を向けて、さまざまな報復に転じながらも、軍営(キャンプ)そのものはグアムや韓国やマカオにいったん移すしかない。そこに雄昇が用意した土地を、中国領内の日本の所有地として日本政府を通じて譲渡する。日米地位協定を保ったままで、遜りに遜った政府が、工場建設地として所有していた土地を明け渡すという名目だ。大陸攻めの前線基地を、大陸の中枢に移せるのだから、米軍としては異存もない。もちろん中国政府が黙っちゃいないが、そこで米中関係がこじれるのはこちらの関知するところではない。すぐに米軍基地の全面移管が始まって、数年ほどで日本から駐留軍がいなくなる。

　ぼくにはよくわかった。ここまでくると常軌を逸したジョークのようだが、一族の王とその従者たちはジョークならジョークのままでも実行に移すだろう。闘争行為そのものに価値を見出す戦争機械の面目躍如だ。目論見のとおりに事が運ぶわけがないとも思うが、もはや成否も、損得も、正誤だって問題にはならない。早田征城という幻視者の視(み)る未来めがけて彼らが奔(はし)り出す——計画を実行する、ということだけが焦眉の問題なんだ。

「ボリス・イヴァニコフ。こっちじゃ〈掟の番人〉と呼ばれている、アトム・マフィアの顔役だ。この男を拘束して、末端の連中とくだくだしい交戦をせずに目当てのものを手に入れる。君たちがボリスを連れてきてくれ」

ボリス・イヴァニコフ。標的の名前がくりかえし挙げられる。この要人の拉致からすべての幕は上がる、と雄昇は言った。早田の嫡男の笑みは、柔らかく親密で、心安いものだった。


ぼくたちは、凍てつく冥界のふちへと降りていく――

翌日の夜、準備や手配を整えて、深夜の埠頭に向かった。

海辺の市街は眠っている。路面がビロードのように黒光りしている。

吐く息が、ただ白かった。

三崎の唇も色をなくしていたが、寒さに震えてはいない。

完全に落ち着きはらっている、乱れのない面差し。三崎の俠気は永久凍土のように氷解しなかった。

ぼくにはどうすることもできずに、ここまで来てしまった。

数人の子分衆と連れだって、裏手の錠を破壊する。電灯の点っていない屋内に侵入する。青白い街灯の光が壁に当たって、窓枠がいくつかの十字を作っていた。

「お前が言ってることは、まあわかるさ」三崎がそこでふと言った。「これから組がふるおうとしてるのは単純な暴力じゃない。うまくは言えないが、これまでとは物の本質がちがう」

「ああ、そう思う？　だけど引き返すつもりはないんだろ」

「この先、どうなると思う？」

三崎に訊かれて、ぼくは言葉を探した。

「きっと、関わった全員が――」

ぼくの視線を三崎の瞳が受け止めた。

「破滅する。深淵を覗きこむ」

「破滅か、組長もか」

「もとい、組長以外は」

「だろうな、あの人だけは……」

三崎は王を形容する言葉を探して、だけどなにも言わずに、口を閉ざした。

早田征城だけは、破滅を見ない。巨大な渦の中心。関わったすべての人間に対して怪物化する、世界の不条理を永久に駆動させるかまどのような存在――

階上から物音が聞こえた。ボリス・イヴァニコフは来ている。建物の北側と西側と南側にあわせて三つの階段があって、三崎は組員に指示を飛ばすと、囲いこみを狙う。

「変なことを考えてやしないな？」と三崎がそこで訊いてきた。

ぼくは曖昧に頭をふった。三崎は念を押すように言葉をつらねた。

「お前には、お前の破滅が待っている」

「そうだな、きっと」

「だけどな、たとえ深淵に転げ落ちたとしても」

分散する直前に、三崎はにおいたつような独特の哀感を湛えた。

ああ、そうだ、とぼくは思う。この男のこういう顔が、ぼくを魅了する。

ぼくを逡巡させて、分裂させる――

「生きてろよ、犬死にするな」

最低でも生きろ、命を落とすな。

気をつけてな、と三崎は言うと子分衆を連れて西階段へと消えた。

一度もふりむかずに。今生の別れみたいだな、とぼくは思った。

残りの組員を南に回らせて、ぼくは北階段を上がった。二階と三階の踊り場で発砲する。被弾したのは警備のロシアン・マフィア。引き鉄を引くと、雷鳴のような衝撃があった。ぼくの内側でぼくを圧するもの。ああ、またこの時間が始まるのか。

柘榴の実のようにマフィアの頭が破裂する感触が、ぼくの指から掌に上がってきて、からだのなかに反響し、波紋を刻んだ。自分の頭が破裂したように感じる。飛び散った血や脳漿はどれもぼくのものなんじゃないかと感じる。ぼくはその場に、崩れ落ちる。前向きに倒れたそこに、床はない。ぼくは断崖絶壁から身を投げたように、どこまでもどこまでも、吹きすさぶ強風のなかを墜落していくしかない。

どこかで聞いたことある話ね、とあたしが口出しする。人を撃ったとき、そんな気分になるって誰かが言ってなかった？

あたしの声には生気が乏しい。このところずっと調子が悪そうだ。三崎のくびきを断つことができず、親密に接した女にまで手をかけて――すっかりしょげ返ってるんだな。それならそのほうがいい。ここから先は葛藤や分裂は障りになる。かりそめの死を死んだぼくの、銃のグリップを握りこんだ掌の内側で、痺れるような快い予感が大きくなった。

25

廊下に倒れた男たちの血溜まりを踏まないように、ボリス・イヴァニコフとの距離をつめた。そのまま方向転換して、と銃口のジェスチャーで命じた。ボリスは叫んでいるが、ロシア語特有の強弱がついた叫びがなにを訴えているかはわからない。

五十代なかばの男だ。梟のような灰色の瞳、灰色の髭。クリムゾン・カラーのワイシャツとタイ、ロシア正教の十字架のネックレスを首に下げて、足元はサンダル履きだ。シャツの襟元からは燻した柑橘類のような匂いがした。

左右の十本の指には、骸骨、燭台、十字架、鉄条網といったフィンガー・タトゥーが入っている。ロシアン・マフィアの刺青は、組織帰属の証というよりも、身体に刻まれる履歴書としての側面が強いそうだ。服役回数や年数、信仰、軍歴、犯罪歴などが共通の符牒として彫られるのだという。ぼくの皆既日食はさしずめ、半陰陽の履歴、凶事の符牒だ。

「ボリス、そっちの部屋に入って」

ボリス・イヴァニコフを真っ先に確保したぼくは、脱いだダウンジャケットを倉庫の棚の奥に押しこむ。こういう局面にそなえて重ね着をしておいたが、ブルゾンを着ていても震えがきた。バラクラヴァ帽をかぶると寒さはマシになったが、毛羽立った繊維が肌にからんで、頬のあたりがちくちくするのが不快だった。

三崎たちはマフィアと交戦している。はちあわせにならずに立ち去りたい。標的とともに現場から忽然といなくなれば、疑念はぼくに向くだろう。ごまかしはきかなくなるが、ここで行動を起こさなければチャンスは二度とないかもしれない。ここが分水嶺だ——

「さあ、行こう」ぼくはボリスを急きたてた。

そこでふいに、窓の外から鋭い色彩が差しこんだ。

赤色のひらめき。静かな夜を貫く複数の音の重奏。

倉庫を囲んでいるのは、警察か？　通報を受けて急行したのか。いくらなんでも早すぎる。

こちらの警察の事情には明るくないが、マフィア摘発はとうぜん至上命題のはずだ。密告があったのか、囮捜査官でも潜っていたか、警察の予定とバッティングしたのかもしれない。ボリスがロシア語で責めたててくる。こっちが連れてきたっていうのか？　あれは十中八九そっちに張りついていた警察だ。ぼくたちはアウェイの不運で、ボリスへの家宅捜査かなにかに巻きこまれたんだ。

階下から聞こえてきた銃声が、連鎖して、たちまち屋内に充満する。突入してきた警官隊が、ボリス側とも早田側とも撃ちあいを始めた。ぼくは踊り場の手摺から身を乗りだして、階下を見下ろした。武装警官が一階から駆け上がってきていた。

ボリスを急がせて、半階を戻って、廊下の窓を開けた。目の前に電信柱がある。足場は確保できそうだが、ボリスを連れては降りられない。

銃声はいや増しに増す。三崎が選った精鋭部隊も、ロシアン・マフィアのならず者たちも、どちらも退かずに警察に撃ちかえしている。

サイレンの重奏。混ざりあう雄叫び。

ラウドスピーカーの怒声。空の薬莢やマガジンが散らばる音。

高ぶる騒音が渦をなし、建物を揺さぶっている。

ボリスを急きたて、ぼくは階を上がった。廊下を反対側に走った。

窓を開けた。隣の屋根に移れそうだ。ふたつ隣のビルに非常階段も見えた。

倉庫街のビルは密集している。これなら跳べる。

「跳んで、ボリス」

ボリスはしぶったが、銃声で嚇して、先に跳ばせた。

ぼくもつづいた。ボリスを銃口で押して、南側の路地裏に下りた。

幸運にまだ見放されていない。建物の外に無傷で出られた。ぼくは拳銃の音を後目にすぐに現場を立ち去ろうとした。そのときだ、通りの向こうから声があがった。警官に取り押さえられた早田の組員が、ぼくたちを見つけて、警報のように日本語で騒ぎたてた。おかげでマフィアや警官隊にまで見つかって、それぞれが銃をかまえて走ってくる。四方の路地から湧いてくる。

銃を捨てろ、と警官隊は言っている。動くな、止まれと叫んでいる。

早田の男たちも口々に怒号を吐いている。

俺たちの獲物をさらうんかァ！　と火を吹いている。

ロシアン・マフィアも黙ってない。大事なボスを奪い返そうと、真っ赤な顔で走ってくる。

警官隊とヤクザとマフィア、三つの群れが追ってくる。続々と増える。警官隊は発砲もしてきている。ぼくはビルの間の路地に駆けこんだ。ボリスも走らせる。前方の路地からマフィアが飛びだしてきたので、きびすを返して右方の路地を抜ける。つぎの三叉路の左方からヤクザが出てくる。わらわらと湧いてくる。わずかな一瞬も立ち止まることができない。

だけどぼくだって、後戻りのきかない選択をしたんだ。そのうえでボリスを横取りした。手をこまねいて組の計画を進めさせるつもりはない。ボリスは渡せない。

警察車両が角を曲がって、追ってくる。追ってくる。つらなる足音。銃声。複数の言語。回転する赤色灯。霧をひとつかみ、もいだような白い濃密な呼気。あとからあとから増える。足し算しかされない。追いたてる足音や声が地響きのようにつらなって、右方から、左方から、後方から、数方向からぼくたちに迫ってきた。

立ち止まらずに走った。視界で揺れるすべてが真っ白な呼気で曇った。アドレナリンが大量に放たれて、ぼくのからだを熱する。バラクラヴァ帽の内側だけが汗で熱帯になっている。せわしなく踏みしめる路面は靴の裏で平衡を失っていた。

三崎は追ってきているか？　わからない。追っ手に退路をふさがれて、逃げる方向はそんなに選べない。ぼくは狭い路地から交差点を左に走りこんだ。

走りながら、プリペイド携帯を操作した。

「まだか、早く拾ってくれ！」

こちらの居場所は、電話の相手も追えているはずだ。

フィンランド製のＧＰＳ内蔵時計、誤差は五メートル、これが頼みの綱だ。

ぼくたちは走って、走って、走って、倉庫街の外れまで来たところで、左ハンドルのアウディが目の前に急停車した。ボリスを後部席に押しこむと、ギトウがアクセルを踏みこんだ。赤色灯が追ってくる。数台の追跡車両をバックミラーにとらえながら、大通りから路地、路地から大通りへと車を走らせて、タイヤを軋らせてＭ60道路を南下した。

「こりゃなんの馬鹿騒ぎだ、ヤクザの息子」

「予定が狂った、とにかく離れてくれ」

アウディは百キロ超過で走った。赤の信号は無視する。ウラジオストク警察の車が数珠つなぎで追ってくる。パトランプなしの乗用車はヤクザとマフィアの追っ手だ。深夜だけど交通量はとだえきっていない。ステアリングホイールを細かく切ったところで、他の車とぶつからずにスイスイと流麗なカーチェイスができるわけもない。たびたび車体が接触して、擦りあげて、縁石や分離帯に乗りあげそうになる。黄色や橙色の街灯が、車の赤いバックライトが、みみず腫れのような軌条を描いて網膜にジグザグの残像を焼きつけた。

「お前といると命が二十個足りないよ」ギトウは叫ぶと、かかかっ、かかかかかかかかっと狂笑して金歯を光らせた。「最高のハッシュ・ハッシュを決めるとおなじ。からだが燃える！ ロシアの親分は死にかけてるみたいだけどな」

ボリスの肺には酸素が足りていない。通常の倍の速度で呼吸を試みながら、ゼエゼエと後部座席であえいでいる。ボリス、こちらギトウ。ギトウ、こちらボリス。と国際交流を取り持てる悠長な瞬間は残念ながら皆無だった。

「うあっと、通せんぼしてるぞ」

「まずいな、封鎖か。六台、七台……」

「抜けられない、ヤクザの息子、どうするゥゥゥウウ」

五十メートルほど前方の下り車線を鈴なりの警察車両がふさいでいる。検問の表示も出さずに交通封鎖している。ギトウはクラクションを連打したが、そんなものでどいてくれるわけもない。あと三十メートル、車の陰に隠れた警官隊が発砲を返してくる。銃弾がフロントガラスにふたつ、みっつの穴を開けた。あと二十メートル、ギトウは封鎖の車群へとアクセルを踏みこんだ。あと五メートル、避けられない、ぶつかる――ピシピシッとひろがった穴の亀裂が、零(ゼロ)メートル、封鎖車両とぶつかった衝撃で数えきれないガラスの粒となって飛散した。それは幻想的な夜の粒子になって、街の光がひと粒ひと粒に照り映えた。

ギトウはぶつかりながら、ふたつのペダルを踏み分け、ステアリングホイールを小刻みに切り、車体を擦りつつも車両と車両の間のモーターサイクルが通れるかどうかの透き間をこじ開けて、封鎖線を強行突破する。恐れを知らない獣の外来種の本領発揮だ。まさか封鎖を、抜けるなんて。

「うらあっ、どうだ、抜けたぞ、抜けたっ！」

割れ残ったフロントガラスを、ギトウは殴って粉砕した。

　むきだしの強風が、ぼくたちの額や耳朶をなぶり、髪の毛をなびかせた。

「格の違いだ、ロシアの警察！　お前らの雑な銃弾(たま)は、俺たちに当たらない！」

　スリルに酔ったギトウが叫んでいる。どのくらいの応援が幹線の規制に回っているのか、ギトウの血中にとめどなく麻薬が放たれているうちに、安全なところまで逃げきりたい。そう願った矢先、前方で枝分かれした横道から、ベンツのライトバンが飛びだしてきた。

「ハンドル切れっ！」

　ぼくは叫んだが、間に合わない。ライトバンは車止めを突き破って、ぼくたちの車の横腹に激突した。タイヤが軋み鳴り、アウディは横に滑りながら緩衝帯に突っこみ、ライトバンの鼻面に押しこまれるかたちで歩道に乗りあげて、閉店したカフェのウィンドウを前部で割りながら停車した。ぼくもボリスも全身を強打する。ライトバンも停車している。大破したボンネットの向こうで、エアバッグがふくらんでいるのが見えた。

　運転席で顔をもたげた三崎と、視線が交差した。三崎の目の色が変わった。息の詰まるような数秒が、静止しそうなほど緩慢に感じられた。

　覆面で顔を隠していたが、それでも、見抜かれたと思った。

　三崎の顔が、この世でもっとも忌まわしいものを見たように、険しく歪んだ。翳りを帯びたまなざしが、雄弁な意思を載せていた。

　ほんとうにやらかしたのか、兄弟――

　早田組に弓を引くんだな。

熱された匕首のような一瞬に、胸を貫かれた。

ごまかしはきかないね、とあたしが問う。これでもう三崎とは――

叫びながらギトウが発砲して、三崎は運転席で身を伏せた。

車を出して、とぼくは言った。ところがギトウは車内を見回して、

「ロシアの親分、どこいきやがった」と怒鳴った。

後部席からボリスが消えていた。ドアが開いている。長い影をよろよろと引きずりながら、路地の向こうの石段を上がっていく背中が見えた。

「こっちの居場所、確認しといて。車を回してくれ」

ぼくはギトウを先に行かせて、逃走したボリスを追いかけた。

次々と後方に停まる車から降りてくるのは、警官隊じゃない。マフィアでもない。

早田の男たちだ。荒らぶる戦争機械たち。油揚げをさらった鳶(とんび)に、覆面で顔を隠したぼくに留保なく銃弾を撃ちこんでくる。

「逃げろ、撃ち殺されるぞ」

ボリスに追いつくと、Uターンもできずに石段を駆け上がった。上がりきったところに、緑豊かな広場があった。ぼくたちは昏(くら)い雑木林に飛びこむ。広場の反対側に下りる石段はないか？　高台を越えた車道でギトウに回収してもらうしかない。

早田の男たちが追ってくる。どこの者(モン)じゃゴラァ、といった声が尽きない無数の矢になって背中に刺さってくる。跳弾の音も響いたが、それほど多くはない。ボリスにも当たりかねないからだ。ボリスは生け捕りにしたいのだ。木々が密集した空間に飛びこめば余計に撃てない。だけどボリスはボリ

スで、走りつづけで体力が保ちそうもない。

雑木林もつづかない。高台の端でとぎれている。腰高のフェンスの向こうは、三十メートルほどの急な傾斜になっている。滑り降りられるか、微妙なところだ。石段はないのか、と周辺を見回したところで、「あんた、誰？」と英語で声が聞こえた。

「思いあたるふしがないんだけど、地元関係？」

眼下の車道から、ぼくとボリスに問いかけている。

おなじ声音が、流暢なロシア語と中国語で警告をくりかえす。

早田雄昇だ。メルセデスの扉を後ろ手に閉めて、こちらを見上げている。

白い開襟シャツに、ラクジュアリーな白いロングコートをまとって、首にストールをさげている。どれも高級なもので清潔でしわひとつない。とるものもとりあえず駆けつけた服装じゃない。ホテルで連絡を待っていて、トラブルの連絡を受けてやってきたのだ。

「荒っぽい真似からして大陸系かな。被っている覆面を脱いでくれ。夜もずいぶんと遅いし、野蛮な騒ぎはそのくらいにしてさ」

ぼくを英語で牽制すると、すぐに日本語に切り替えて、

「ボリスは逃がすなよ、捕えた人間は年俸を十倍にする」

と、組員に発破をかける。ぼくは周囲を見渡した。

一瞬でも判断を誤ったらおしまいだ。

どうする、飛び降りるか？

雄昇はさらに「こんなことを言うのはなんだけど、生け捕りにしたいのはボリスだけだから。意味はわかるよな」とぼくに英語で言って、ボリスにはロシア語で懐柔するように語りかけ、組員たちに

は「最悪、ボリスも死んでなきゃいい。多少の怪我はしかたない、ここで逃がすほうがまずいから」と日本語で忠告した。数ケ国語を使い分けて各位をさばいている。ここにいる全員と意思疎通ができるのは雄昇だけ。そのアドヴァンテージだけで言語以上のものを御されて、この場の支配権を掌握されているような感があった。

実際に、母国の言葉をかけられたボリスは過剰にわななき、ぼくの両腕をふりほどこうと暴れだした。組員たちは覚醒剤でも注射したように発砲しはじめる。これはもう迷っていられない。ボリスの襟首をつかむと、斜め左方のフェンスに足をかけた。高台を囲んだ傾斜の、下草の密生地帯をめがけてボリスを突き飛ばした。

ぼくもすぐに跳んだ。傾斜の茂みに飛びこんで、五階ほどの高さを転げ落ちる。車道に落ちた瞬間に不自然な角度で足首を捻って、たたらを踏んでよろめき、転んでしまう。それでもどうにか立ちあがって、ボリスを引き起こした。

「ぼくと一緒に来たほうがいいです。あの日本人たちに連れていかれたら、さんざん利用されたあげくにろくな死に方はできないよ」

ぼくは英語で言ったが、ボリスにはたぶん半分も通じてない。

もう走れない、とボリスは頭をふった。

「すごいな、跳ぶとは思わなかった」

こっちに歩いてくる雄昇が、英語で言った。

ロシア語に切り替えて、ボリスにも揺さぶりをかける。

こっちで保護しますよ、とか、その男といるとあなたまで危険だ、とか。耳当たりのよい甘言をつらねてまるめこもうとしているんだ。

するとボリスがロシア語で毅然と言葉を返した。息切れはしていたが、巻き舌のロシア語が激しくなる。そこはロシアン・マフィアの首魁だ、ヤクザの言いなりになるか！　と凄んでいるようだ。
ぼくはボリスに逃走を急きたてるが、こちらにも従ってはくれない。下草や灌木をなぎはらいながら組員たちも傾斜を滑り降りてくる。そこにギトウが間に合った。一方通行を無視してぼくと雄昇の間に進入してきたアウディに飛び乗ろうとしたが、ボリスに抵抗されて発車がもたついた。
車の向こうに雄昇が見えた。……なにをやってるんだ？　ロングコートを脱いで、ストールを外している。ウィングチップまで脱いで素足になった。シャツの袖をまくった前腕にひしめく墨色が覗いた。早田の紋。茨と獅子をさらした右手に日本刀を受け取ると、木製の鞘から引き抜いて、雄昇はユラッ、と一歩を踏み出す。一歩、一歩、また一歩とピッチを速めて、
奔ってくる。こちらに向かって真っ直ぐに、奔ってくる。
驚くほどの健脚で、夜の路面を裸の足で蹴りつけて、
濃密な白い呼気を、ふっふっふっと吐きながら、
月の光が滴るような日本刀をたずさえて、
雄昇が、異母兄が、迫ってくる。
ぼくを狩るために──
「車に乗れ！」
ボリスを車内に押しこんだ。
雄昇に気圧されて、背筋に痛みが差して。
語学力によるプレッシャーとは比較にならない。
即物的な場の支配力、荒ぶる戦争機械の殺気、紛れもなく早田の男の暴威だ──

好戦的にギトウが叫ぶと、ギアを後進（バック）に入れて、アクセルをめいっぱいに踏みこんだ。

猛スピードで後進（バック）してくるアウディを、雄昇はかわそうとしない。そのまま助走にまかせて、ダンッ、とトランクに跳び乗った。走る車に、駆け上がったのだ。やにわに窓の外が曲芸の練習場か、野生の王国のようにも思えてくる。言うほど易くはない、走る車に駆け上がるなんて研ぎ澄まされた運動神経と強心臓なしにできることじゃない。

ダ、ダ、ダッと屋根（ルーフ）に上がる足音に、「うおっとっと」と雄昇の声が聞こえて、バランスを保ちきれずに腹這いになるのがわかった。

次の瞬間、ぼくたちは絶句した。雄昇が体勢を崩したまま、車内に刀を突き入れてきた。ぼくもギトウも予想だにしなかったが、なにしろ車の前面はがら空きなのだ。フロントガラスの破（や）れ目から刀身が降ってきて、運転手の上腕を差し貫いた。

うがァッとギトウが叫んで、運転が大きく乱れた。

ガードレールに擦られる車が火花を噴いた。

振り落とされた雄昇は、路面に倒れこみ、だがすぐに起きあがって、前進（ドライブ）にギアチェンジした車に鬼神のごとく並走してきた。

すさまじい暴れようだった。切った張ったが苦手だなんて、口からでまかせじゃないとしたら謙遜にもほどがある。雄昇はあくまでも対外交渉役で実戦向きの人間じゃない、そんなふうに思いこんだぼくの誤算中の誤算だった。

この男にも神話が棲んでいる——まるで早田征城が乗り移ったようだ。胴体を俎板にして腕を詰めてしまう豪腕をいやでも彷彿とさせる。雄昇もやはり早田の男なのだ。ぼくは追いすがってくる異母兄の獰猛な横顔を見ながら確信を深めた。

雄昇の立ち回りは、なによりも組員たちの戦意を高揚させた。雄昇(オジキ)に後れをとるなと男たちが大気を震わせるような雄叫びをつらねて、誰も彼もが走る車に全速力で群がってくる。飢えた猛獣類しかいないサファリパークの風景だ。車の端々を殴りつけ、窓を割ろうとしてくる。本能をむきだしにした日本人(ヤクザ)の暴威に、ギトウもボリスも完全に気を呑まれていた。

「だめだ、俺の右腕、串刺しだ、串刺しだよぉ」ギトウの腕には雄昇の置き土産が残っていた。

「アクセルだけ踏んでろ、ぼくが操縦するから」

助手席から身を乗りだして、ギトウの代わりにハンドルを保持した。

「死にたくなかった。まだ夢とかあった」

「死なない。抜くな、出血するぞ」

数十メートルを突っきって、ブレーキを踏まずに路地を二度、三度と曲がる。

大通りに戻りたかったが、所在地を見失っている。組員たちの多くがバックミラーに遠ざかっていったが、十人ほどはまだ追ってきている。このままじゃ逃走をつづけられない。どこかで運転を代わらないと、ギトウも治療しなくては助からない、とそこで視界の端に閃光がまたたいた。サイドミラーが発光している。斜め後方から大型のトレーラーが加速してきて、アウディの後方側部にけたたましく追突した。

咄嗟(とっさ)にギトウがブレーキを踏んでいた。アウディは横滑りして、右前輪が浮いた。車のなかの重力が向きを変える。アウディは横転して、細かい起伏でガッガッと弾みながらいろんなものの破砕音とともに路面と頬ずりした。無数のガラスの粒が、有料道路の領収書が、ギトウの血が、ルーブル硬貨がごちゃ混ぜに舞い乱れるなかに、フロントガラスの割れ残りがギザギザの鋸(のこぎり)となって降ってくる。ぼくの目にはそのすべてが奇妙にスロウに映った。

ぶつかってきた一瞬に、サイドミラーにたしかに見えた。

トレーラーの運転席には、異母兄が乗っていた。

ああそうか、雄昇が車を強奪して——


と、思う間もなく違う方向から、別の衝撃が加わった。

横倒しに滑ったアウディが、市街の建物に叩きつけられた。

車がぺしゃんこになったと思った。


意識が一瞬、とぎれたのか？　よくわからない。

ボリスが唸っている。焦げついた異臭が、凍てつく風が吹きこんでくる。ぼくの背筋に悪寒が走った。額や首筋が痛み、腕のあちこちにガラスのみぞれが血の模様を浮かせていた。脈拍が乱れて、下腹部に重たく凝るものがあり、刺すような嘔吐感が喉を上がってきた。

「……ボリス、ギトウ、無事か」

そう言ったつもりが、うめき声にしかならず言葉の体をなさない。

地面の側になった運転席で、ギトウは首の骨を折っていた。頭部の出血がだくだくと眼球に注ぎこんでも、まばたきをしていなかった。

周辺の街路は静かだったが、喧騒が輪を縮めてくるのがわかった。路地のまんなかで停車したトレーラーが見えた。追突の影響でトレーラーのまわりでも接触や玉突き事故が起きている。ぼくたちのアウディの巻き添えを食って電柱にぶつかった配達のトラックもあった。警察のサイレンの音が近づいてきていて、雄昇もしたたか怪我をしたか、運転席からすぐに降りてこない。

ぼくはボリスをひっぱりだすと、肩で支えて、銃口でお願いしてトラックを拝借した。全身の痛みをなだめすかしながら運転席について、事故の現場を離れる。組員は追ってきていない。ボリスはもうひと言も口をきかなかった。

さよならギトウちゃん。ずっと計画を裏で支えてくれたのにね、ちゃんと弔ってあげられないなんて、置き去りにしなきゃならないなんてとあたしが泣きごとを言った。ぼくは頭をふった。あれほど凶暴な男が、たくましい顎と牙をそなえた貪欲な外来種が、早田の暴威にさらされて最期に見せた恐怖の表情を、目蓋の裏から追いはらえなかった。

満身創痍だった。ウラジオストクの夜空が白々とかすんでいた。

薄い月は病んだ膵臓（すいぞう）のような色をしていて、ぼくは本来の色彩を思い出せなかった。

橋が封鎖されていたので、金閣湾を回りこむように南下して、ピェルヴォマイスキーの埠頭にたどりついたころにプリペイド携帯が鳴った。

「どこにいるんだ」

三崎の声は抑揚を欠いていた。疑惑の対象と話すとき、殺意をそこに忍ばせるとき、彼らは凄むことなくむしろ平板な声を出す。三崎は車の衝突によって頸椎を捻挫して、救急での治療を余儀なくされていた。雄昇はどうしたのか、こちらの被害は？　それらを詳しく聞いている余裕はなかった。

「早田征城を狙うヒットマンがいるって」とぼくは会話の手綱を握られないうちに言った。

「なんだと？」

「捕えたロシア人から聞き出した。もともとこっちの組織でスタンバイはしてたらしい。今回のことで怒り狂ったボリスの組が、うちの組長の暗殺命令を発動したって」

「ヒットマンが日本に送りこまれるのか」

「ぼくは急いで本家に戻るよ」

「待て、いったん合流しろ」

「もう出航の準備をしてるんだ」

「待てよ、お前は……」

三崎の言葉を最後まで聞かずに、通話を切ると、プリペイド携帯を海に破棄した。

でたらめを言ったが、直帰するつもりなのはほんとうだ。ピェルヴォマイスキーの埠頭にはボリスが密輸や不法入国で使っている密航の設備があった。ぼくは英語とロシア語のちゃんぽんでボリスに噛んで含めた。

「余計なことはしないでね」

乗組員なしで高速艇を出航させ、夜明けの日本海を東進する。

高ぶりつづけた神経が、依然としてくすぶっている。

雄昇が見せた暴威が、ギトウの最期の表情が、そして三崎のまなざしが——

それらが頭から離れない。一族の神話の犠牲者がまた増えて、ずっとおとなしいあたしは数千数万の魂の慟哭（どうこく）のような海鳴りを聞いている。そういえば最近、めっきり来てくれなくなったね、とあたしがぼくに問う。誰が？　とぼくはあたしに答える。すこし前までは眠れない夜でもふらっと顔を見せてくれたのに、すごくおっかないけど、たまらなく懐かしい気持にもさせられて、ときどき心も安らげてくれたあの人たち、日食人たちが来てくれないのはどうしてなの？

もうぼくたちが、あの人たちの列に加われないからじゃないかな、とぼくはあたしに答える。日食人たちは名もなき暗黒の世界から呼びかけてきた。とっておきの表情を向けてくれた。真っ黒な衣をまとって荒野をさすらうみすぼらしい神々。燎原の火に焼かれたあとのような干上がった大地で、暗黒の天球が浮かびつづける世界で、永遠の旅をつづける母さんたち——すべてが終わってもぼくたちは、日食人たちの仲間入りはできないのかもしれない。

ぼくにはぼくの、破滅が待っている。ぼくがそう告げるとあたしはそんなのいやだよと答える。皆既日食の刺青は通行証じゃなかったの？　あの人たちのところに行けないなんて話がちがう。そんな終わりは、待ち遠しくもない。

およそ一昼夜をかけて、能代の港に到着した。市内のシティホテルにチェックインしてこれからのことをボリスと相談した。おたがいに拙（つたな）い意思疎通ではあったけど、時間をかけて、腹を割って話をしたかいあってボリスはこちらの意向を理解してくれた。

「あなたはしばらく行方不明になったほうがいいんです」

早田組がやろうとしていること、核を買い占めて、大陸や日本に戦火をまこうとしていること。残った組員がボリスを血眼で探しているであろうこと。ここまで来れば当面は安全のはずだが、このホテルで軟禁とするか、もっと劣悪な環境で監禁とするかはボリス次第だった。

「ほとぼりが冷めるまでは、ここにいてください」

わかった（ダー）、とボリスは肯いた。

ぼくは食料や衣類を買いこむと、再会を約束してボリスと別れた。

こっちにも猶予がない。ぼくは秋田空港から東京行きの便に乗った。

ボリスを奪ったことで組の計画は崩れた。すくなくとも当面は核の入手経路を失った。

征城はどう出る？　強硬手段を選ぶかもしれない。アトム・マフィアに全面抗争をしかけて核を強奪するかもしれない。だとしても目的を達するまでにはそれなりに時間を要するはずだ。

三崎はどう出る？　ボリスをさらったのがぼくであることは確実に見抜いている。雄昇たちに話すだろうか、手配を回すだろうか。決定的な確信を得られないうちは口を閉ざしてくれるんじゃないか、といった期待はしないほうがいい。計画を妨害したことを知られているとしたら、ぼくはどう出るべきか？　逃げまわっていてもしかたがない。ウラジオストクの混乱の余波が醒めないうちに、ぼくは本家に向かうつもりだった。

ぼくが自由に動けるのは、たぶんあとわずかだ。

あのとき一線を越えた時点で、数えるほどの選択肢はなくなった。残された時間で決着をつけるしかない。狙うべき首を狙うしかない。

ぼくは深々と息を吸いこんで、目を閉じる。

ぼくにはぼくの、破滅が待っている。

そこに、向かう。

第五章　外の世界の夢

26

地平線のもやから朝の太陽が抜け出して、数時間と過ぎていない。樹木や草のはざまで鳥が鳴いている。肌寒い冬の一日はまだどんな方向にも舵を切っておらず、様々な可能性に開かれているような手触りがあった。

　想像していたよりも本家は手薄だった。一連の計画のために組員が出払っているのもあるが、ぼくの話を三崎は鵜呑みにしなかったのか、日本にヒットマンが送られたと報された本家が厳戒態勢に入っているのは覚悟の上だったのだが――

　ぼくは正面をくぐって、様子をうかがいながら屋敷を抜けていった。ここに征城と松澤が残って、ウラジオストクのみならず全世界に散った組員や関係者への指令をたばねているはずだ。にもかかわらず、この本家の静けさは無気味だ。詰めている組員はいつになく少なかったし、姐御たちが泊まりこむフロアにも出入りはあったが、屋敷の奥の運動ホールや会合室はもぬけの殻、ガレージに停まった車の数もまばらだ。征城は留守なのか？　それとも居室に引っこんでいるのか。

「帰ったか」

　と、そこで背後から声がした。

　松澤孝史郎が廊下に立っていた。

　司令官の役割を休みなしにこなしているようだ。どんなときもぱりっとプレスのきいたスーツを身にまとっている松澤が、めずらしくネクタイもつけずに、袖をまくったシャツもこころなしかくたびれている。夜を徹して証明問題に取り組んでいた数学者といった風で、眼鏡の奥の瞳にも疲れが滲んでいた。

「三崎から連絡があったよ。君が一足先に戻ってくると」

「すみません、携帯電話が使えずに、一報が入れられなくて」

「注意したまえ。本家とつねに連絡をとれるようにしておくのは鉄則だ」

「ヒットマンの話は聞きましたか？」

　この最高幹部がどこまで知っているのか、ぼくは松澤の態度を慎重にうかがった。ウラジオストクでのあらましは聞いているようだが、すくなくともボリスを横取りしたのがぼくだとは報告されていないようだ。ぼくの人事にも否定的だった厳格な男だ。事実が判明していれば、こうして若い衆を呼びもせずに会話なんてしていないはずだ。

「ロシアの鉄砲玉など物の数でもあるまい。騒ぐほどではない」

「杞憂(きゆう)ならいいんですけど、組長はどちらに？」

「朝一番で総理と会合だ。警備は万全だ」

「今日は戻られるんですか」

「ああ。その前に、私も君に用事があってな」

「と、おっしゃいますと」

「イヌが尻尾を出したよ」

松澤が、イヌ、と言った。

こめかみに悪寒が差しこんだ。やにわに心拍数が上がった。

こわばった喉の奥に、砂鉄を飲まされたような苦味がひろがった。

松澤の温度のない視線がぼくを見据える。精緻をきわめる最高幹部の洞察力が、ぼくを骨の継ぎ目から分解して、隠した心根を穿りだそうとしているようだった。

松澤が、イヌ、と言った。どういう意味だ。密告者、間者、背反者——

すべてに概ね該当するぼくは、声が上擦らないように苦心しながら、

「ウラジオストクの一件ですか」と尋ねた。

「どこまで関与してるかは不明だ」

「イヌというと」

「我々の動向を外部に漏らしていた」

「誰がいったい、そんなことを……」

「君も知っている人間だよ」

ぼく自身、ではないのか。松澤の言葉の先が読めない。なにが露見したんだ？

「先立っての薬物の騒ぎでエージェンシーに属する日本人モデルがいたね。君は個人的に親しくしていたようだが……あの女がイヌであることが判明した」

血の気が引いた。灯のことか。彼女がイヌだって？

あたしが騒ぎだす。どうして、どうしてここで彼女の名前が出てくるのよ？

カマをかけているのか、とぼくは思った。なにかしらの理由でぼくを疑って、間接的に詮索しているのか。そうでもなかったら、松澤の口の端にのぼる名前じゃない。

どういうつもりだ、松澤の思惑が読めない。

灯がイヌだって。

灯が——

「君にも聞きたいことがある。たったいま女は、屋敷に留め置いている」

松澤は平然と、出廷を命じる官吏のように言った。

本家のどこかに、灯がいるの？　どうして灯が。

あのときぼくが、引導を渡せなかった灯が――

立ち眩みをおぼえながら、ぼくは松澤を見返した。

そして思い出す。灯と別れた最後の日のことを。熱く濡れた裸体を、彼女の言葉を、ふたりの息遣いがこもったシャワー室の一幕を――

27

　こうなってしまったら、しかたがないよな。

　こうなってしまったら、もう方法はひとつしかない。そうだよな？

異を唱えなくなったあたしにとってかわって、ぼくは灯の喉首を見つめて、彼女の肩に両手を載せる。灯は勘違いしたのか、さらに一歩、ぼくに身を寄せてきた。

「あなたは……」

降り注ぐシャワーのなかで、ぼくと灯は抱きあった。彼女の火のように熱い呼気が耳元にからみついてくる。しばらくは彼女のなすがままにまかせた。灯の指先は陰毛の茂みをわけて、ぼくの性器のありかを探っていた。

　ぼくが寂しくないように、ぼくが恥ずかしくないように、灯はこちらの手をとると、裸の下半身に誘った。彼女の手に導かれた指が、膣（ちつ）の前庭とそばに埋まった陰核（さね）をなぞって、潤いを帯びたひだのなかに滑りこんだ。

　膣の収縮と湿度に、指先だけでも欲情しそうだ。というのは嘘で、ぼくにとってはただの筋肉性の蠕動と、体液の分泌にすぎない。だけどこうして彼女と抱き合えるのは嬉しいんでしょとあたしが問う。嬉しいよとぼくは答える。匡次と裸で密着するのに比べたら天国にいるみたいだ。ほんとうはずっとこうしてたいんでしょとあたしが問う。そりゃまあね、だけどそうもいかない。

「あなたは、男でも、女でもない」

　灯が口を開いた。他人にそれを言われるのは初めてだった。

「あなたは、どっちでもない。第三の存在。そういうことなのね」

　身をもって真実を理解した灯が、唇をかすかに震わせた。

　驚いているのかな、憐れんでいるのかな、とあたしが問う。

　怖がっているんじゃないか、とぼくが答える。

「だからかぁ……納得がいくわ、いろいろと」

「理解が早くて助かったよ」

「こういう人、モデル界にもひとりかふたり、いたと思う」

「ああ、いるね。たいがいは性適合手術をしてるけど」

「これがあなたの秘密なのね」

「そうだよ」

「誰も知らないあなたの秘密。ううん、お医者とか永誠は知ってたのかな」

「そうだよ」

　もうちょっとだけこうしていたいと心の底から思った。

このまま灯と抱き合っていたい、とぼくもあたしも感じていた。

だけどぼくの両掌は、灯の首に伸びていた。

ひゅう、と灯が細い息を漏らした。言葉を封じられて、あ、た、し、も、殺、す、の、？　と視線で問いかけてくる。彼女の淡褐色（ヘーゼル）の瞳に、表情の死んだぼくが映っていた。十本の指で頸部を押しこむと、灯の顔はたちまち鬱血した。

ぼくは指先に灯の皮膚を感じて、皮膚の下を走っている大事な気管（くだ）を感じて、気管（くだ）のなかをめぐっている酸素を感じる。ぼくの指先がそれを堰（せ）き止めている。彼女の唇がうごめいて音のともなわない声が漏れた。なにか言おうとしてるじゃない、とあたしが出しゃばってくる。黙ってろよとぼくは答える。最後の言葉ぐらい聞いてあげて、とあたしは声を荒らげる。

「誤解、しないで。あたしは、あなたの秘密を、暴いたり、しない、あたしたちは、運命、ひとつでしょ、聞いてあたしも、あたしにも、あるから……」

ただの命乞いじゃないよ、彼女はなにかを言いたがってる、とあたしがしつこい。

睫毛が震えて、彼女の唇ではねた湯のしぶきが、ぼくの唇に入ってくる。

ぼくは頭をふって、両掌で細い首を圧した。爪を皮膚に食いこませた。

痛みと見分けがつかないような高揚感が、十本の指を上擦らせた。

「あたしにも、あるから」

あるってなにが？　とあたしが問う。知らないよとぼくは答える。

灯とは近づきすぎた。からだを重ねて、幾度となく隙を見せてきた。

だからこそ、やらなくちゃならない。こうなってしまったら、彼女にこの世からいなくなってもらわなきゃどうにもならないとぼくは問う。わかってるよとあたしも答える。わかってるからさっさとやったらいいじゃない。これまでに日本人も外国人も、大人も子供も、無数の命を見境なく奪ってきた掌だもんね。誰よりも密接に付き合ってきて、誰よりも執着を感じた女を手にかけるのだって、なんでもないことなんだもんね？

「あたしにも、秘密があるから」

絞めつけがゆるんでいたのか、灯がはっきりと言葉を継いだ。

ぼくは気管を押しつぶすことができずに、言葉の先にも気をとられた。

「あたしには、子供がいるの」

灯が子持ち。そうなのか、それなりに驚きはしたけど、彼女にとっては職業や処世の面で命取りになる秘密でも、ぼくにとっては態度を改めるほどの重大な告白とはいえなかった。だけどそれって裏を返せば、半陰陽の秘密だって灯にとってはそんなものってことじゃないの、とあたしがうるさい。灯がしきりにせがむので、ぼくは彼女の首をいったん解放して、シャワーの栓を閉じた。灯は個室の前に落ちていたポーチから、革製のパスケースを取り出した。

「……おぼえてるかな、あなたがいつだったか、おなじ情婦でも子持ちと独り身はちがうって言ったの。そのときは嘘をついたけど、ほんとうはあたしも……」

濡れた髪や顔も拭わずに、だけど指先の滴だけは、扉のフックにかかったタオルで拭き取って、灯はパスケースから一枚の写真を抜きとった。

五歳か六歳ぐらいの男の子が、赤ちゃん返りしたみたいに親指をしゃぶっている。陽の光に映える栗色の髪。薔薇色の唇。頰っぺたがハート形にふっくらした、きれいな子供だった。どうして写真なんか撮るの、と言いたそうに小首を傾げている。

灯に似てるのかな？　このまま成長したら、ティーンの女の子たちを狂わせるような美青年に育つんじゃないかなと思った。彼女たちをくらくらさせて、心臓を止めてしまうような。

こんなときなのに、写真にしばらく見入ってしまった。どうしてだろう、特に子供好きってわけでもないのに。その子のまなざしがフレームの外にいる母親を連想させ、おなじぐらいの歳の頃のぼくを連想させ、ぼくの母さんを連想させたからかもしれない。


「おじいちゃんのところに預けてあるの。あたしの滋賀の実家にいる。この子が産まれて、ひとりで育てるなんて絶対ムリって思って。ほとんど押しつけるみたいにして預けた。一年に何回かしか会いに帰れてない」

「これが、君の秘密」

「そう。あなたのと比べたらかすむけど」

「うらやましいよ。ぼくは妊娠できないからな」

「……あたしはね、東京での稼ぎの半分は仕送りしていて、だけどあるとき永誠と知り合ってね。あ、た、し、が永誠に近づいたのは、この子のパパの仇をとれないかな〜って思ったからなのよ。あ、た、し、は永誠を殺したかったの」

灯の言葉尻が震えた。嘘をついている様子はなかった。

灯は灯なりに、最後のカードを切っているんだ。

「この子の父親は、聞くまでもないかな」

「そう、ヤクザ。早田組に吸収されたちっぽけな地方の組のね」

だったら旧知の仲かもね、とあたしがぼくに言う。早田の神話の犠牲者ならあたしたちも眠れない夜に何度か会ってるもんね。

「ただじゃ死ねなかった、最後まで対立してたから」と灯がつづける。「手足を切られて高速道路に放り出されたんだって。葬式でも棺に入れるものがなかった」

「ああ、そんな話、聞いたことがあるかも……それで永誡に報復を。君なら考えかねないな」

「ずっと考えてた、ひとりでも多くの幹部に償わせられないかって。だけど無理だね、映画やドラマのようにはいかない。隣でいびきをかいてる永誡にさえ、あたしはなんにもできなかった。あの人は根っからの悪人じゃなかったし……喉をひと裂き、なんて普通の人間にはできないもんだね。組が関与してない薬物を出回らせて、ひと泡吹かせてやるのが精いっぱい」

それだって普通じゃできないよ、とその件ではさんざん苦労させられたあたしがぼくに言う。ぼくもふりかえってみる。たしかに灯には、ヤクザに対する独特の距離感があった。批判や執着、哀れみがないまぜになった表情や言動をうかがわせていた。危ない橋を渡って薬物の流通まで手引きしてぼくの懐深くに入りこんできたんだから、灯もやっぱり普通じゃない。

「だけどね、もう、やめようかなって……」

灯が顔を拭いた。頬の震えを隠そうとしているらしかった。

「この子のおばあちゃんが、一年前に脳梗塞で亡くなって」

「今はじゃあ、おじいちゃんが」

「そのおじいちゃんも、ずっと具合が悪くて」

灯の表情が脆くも崩れかけ、わななきが頬や目蓋をとらえた。

「もしも、おじいちゃんがいなくなったら、この子ってどこかの施設に送られちゃうの？　それはさあ……さすがにないじゃない。あんまりじゃない。だって母親のあたしは存命なのに。だからもうこっちのことはぜんぶ放りだして、この子といっしょに暮らそうかなって」

「この子が好きなんだね。もっと早くそうすればよかったんだ」

「ね。バカみたい。産んでから何年もたって気がつくなんて」

「この子は、お母さんのことは？」

「あたしが顔を出すのを、いつも、なによりも、待ってくれてる――」

「だろうな」

それはそうだよな。母と子のことなら、ぼくにも想像ができる。

震える表情のなかで潤んだふたつの瞳が、脆くも決壊した。

「だから、あとは、あなたに託してもいい？」

涙を拭きながら、ぼくにすがるように言った。

「ずっと、あなたのことが、知りたいと思ってた」

「ぼくのことを。このからだのことを？」

「他の男たちとはちがうのに、どうして組の仕事にこだわるのかなって。あなたがその秘密を隠しつづけたのは、男の世界に食いこむためじゃない？　あなたが出入りするようになってから、匡次も永誠も死んで、ギトウにも仕事を頼んでたし……あなたもきっと、お母さんのために、早田の男に償いをさせてるんじゃない？」

言葉もなかった。満点をあげてもいい。ぼくの秘密や真意を読み解いてあざやかな帰結に達したのは、彼女が初めてだった。あらましを察したうえで、あらたな取引や契約を持ちかけるでもなく「あとは託したい」と灯は言った。

「あなたは特別だわ。あたしたちのような人間の、唯一の希望のように思えるの」

「唯一の希望か、買い被られたなあ」

「あたしにはできなかったことを、あなたに託したい。早田の男たちを、早田征城を殺して」

早田組が政界にも手を回していること。この先に計画しているのが国内マフィアの大掃除の延長線にある巨大な謀略であること。たくさんの命を蔑し、犠牲者を量産するものであること――批判と執念に裏打ちされた灯の洞察は、わずかな情報やぼくの言外のニュアンスをひとつにたばねて、早田組の動向をつぶさにトレースしていた。ちょっと勘がよすぎるんじゃないかというくらいに――そしてその先に待っている、不幸の連鎖を憂えていた。

「桂介さん、あなたは」と灯はくりかえし言った。「しなやかで優しくて、繊細で、だけどおっかないほど行動的で、疑り深くて、意思が強くて……男でも女でもないって言ったけど、男でも女でもあるみたい。あなたのなかに男女のあなたがいるみたい」

それはそれで大変なんだよ、とぼくとあたしが同時に感じる。ぼくとあたしは倒錯の世界で溺れている。引き裂かれて、葛藤して、ほとんど統合失調症だ。灯と出会わなかったら自分の両側を知ることはなかったかもしれないが、おたがいに非難し、疎み、難じ、激しく否定しあって、ときに苦痛は耐えがたいものになる。混乱で眩暈がする。

灯の目から一筋の涙が流れた。ぼくとあたしを哀れみ、謝罪するような涙にも思えた。

「あなたのそういうところに、あたしは惹かれたんだと思う。男とも女ともちがうけど、男でも女でもある、そういうとってもも人間らしいところに」

ちょっと待って、人間らしい？　そう言ったのか――

ぼくとあたしのどちらも、空っぽの肉体をもてあましているのに。あたしの子宮は永遠に満ちることがなく、ぼくの精巣にも子種は宿らない。そんな人間が人間らしい？　あげくに男と女の両側に引き裂かれて、分裂気味に混乱して自分を見失いそうだ。そんな人間が人間らしい？　ぼくもあたしも同時に異を唱えた。この期におよんで灯の言葉は、滑稽で空虚な響きしか持たなかった。

「あなたのこと好きだったよ」と灯が崩れた表情をもっと崩した。「この刺青を彫ったのは、ただ単純にあなたとのつながりを、なにか絆を残しておきたくて」

灯は無理に微笑むと、ぼくの背中の日食に手を回して、それから自分の腰で最後の墨を待っているちいさな日食を愛おしげに撫ぜた。

「あなたなら、信じられる。もしもすべてに決着がついたら……」

そこまで言って、灯は言葉を飲みこんだ。ぼくもあたしも黙っていた。

灯もその先は言わなかった。

そこで密室の外から、「お～い、いつまで乳繰りあってんだ。俺のアトリエだぜェ」とキャンの揶揄の声が聞こえた。ぼくは灯と約束をした。すぐに子供を迎えに行って、東京に戻ってこないこと。できるだけ遠いところで母子（おやこ）で暮らすこと。それから落ち着いたら、消印つきでこのアトリエに葉書を寄越すこと。もしも遠くない未来に目的を達することができたら、すべてに決着がつくようなことがあったら、灯にそれを、報せたくなるかもしれないから――

彼女とそれらの約束を交わして、ぼくはこの日、半陰陽の秘密を知られた人間と初めて生きたままで別れていた。

28

あの日、灯は嘘をついてなかった。

だけど、すべてを打ち明けたわけでもなかった。隠していることはまだあった。

早田本家の屋敷は、静かな緊張に満ちている。遠くから鴉の鳴き声が聞こえる。ぼくをいざなって檜張りの廊下を歩きながら、松澤孝史郎はのべつ幕なしかかってくる電話をさばいている。ボリス・イヴァニコフの拉致に失敗したことで、計画の立て直しに追われている。多忙をきわめているはずの参謀役とこうして屋敷をゆったり歩いているのは奇妙な心地だった。

「君たちは、どういう関係だったんだね」

松澤の言葉数は少なかった。からだのどこかに悪性の腫瘍が見つかって、薬で散らすか、外科手術に踏みきるか悩んでいる初老の紳士といった風情だ。密告や裏切りの気配を嗅ぎつけて、暗い光を瞳に集約させている。

灯はイヌだと松澤は言った。どういう嫌疑かは知れないが、ぼくにもその矛先は向けられている。松澤はみずからの執務室を通り過ぎると、屋敷の奥の資材倉庫のような部屋に連れていった。ちょうどそこで、扉を開けて室内から出てくる組員がいた。シャツのボタンはすべて外していて、大胸筋にかかる刺青が覗いている。ぼくはその顔を見て、息を呑んだ。

「無事だったのか」

早蛇抗争で亡き数に入った、三崎の舎弟分たち。

そのなかでも、極悪の部類に属する男だ。

「お～す、助からんと思ったかぁ」

「思った。なに、元遠泳の選手とか？」

「お前さぁ、あんとき、俺を突き飛ばしたよな」

「まさか」

「この山瀬が、女の間諜を見破った」と松澤は言った。「山瀬は帰国してから、思うところあって君を尾けていたそうだ。刺青屋で女と会ったね。彼の嗅覚はきな臭いものを嗅ぎつけた。彼は刺青屋を出てきた君を追わずに、女を追っていった、そうだね」

「そうっす。そしたらその女、誰と会ってたかぁ？」

わからない、とぼくは言った。

山瀬が舌を見せて、おどけ顔で嗤笑した。

「マル暴のおっちゃんだ」

「都築警部だよ。桜田門における対早田の指揮官だ」

間を置かずに、松澤が言葉を補足する。

「都築と、彼女が？」

「我々の事業についても当然、各方面で嗅ぎまわっている男だ。あの女がまさか潜入捜査官ということはないだろうが、なんらかの情報を流していたのは明々白々だ」

「それでぼくにも、聞きたいことがあると」

「そういうことだ。女は連絡係、ということも考えられる」

因果ってめぐるものだな、とぼくは他人事のように思っている。これまでに諜報や密会や尾行を積みかさねて目的を達してきたぼくが、おなじような影の動きにからめとられている――

ぼくや三崎の帰国から数日後、香港のタグボートが刺青つきの水難者を救助した。ぼくにとっては不測のビーンボールのようなものだ。海難事故のあとのオフのつもりか、代紋なしの自由を満喫したかったのか、山瀬は銃創がふさがってもすぐに帰国せずに、異邦の酒と女を漁っていた。数ケ月ぶりに戻ってきて早田組の動静を見聞きした山瀬は、三崎と五分の盃を交わしていたぼくを訝しみ、敵視したんだと思う。あの野郎、俺を海に落としたくせに出世たぁな！　と歯軋りしたんだと思う——事実、ぼくはあのとき、混乱に乗じて厄介者を水葬しようとしたのだ——確信的な疑念を抱いていたのか、ただ粗探しをしようとしたのかは知らないが、山瀬はぼくを尾行して、執念深い鼻面を灯に移し、彼女と都築警部の密会にたどりついたのだ。

灯と都築。このふたりが通じているなんて。上司と部下ではないだろう。九頭身のスタイルと美貌は偽装できない。たぶん灯は、匿名の情報提供者として、ぼくから知ったことを都築に教えていたんだ。みずから仇を討てないなら、せめて早田組の幹部たちの検挙や摘発に役立つことができればと。ぼくや永誠に近づいて、あげくに警察にまで通じて、彼女はどんな手段を使ってでも早田組を追いこみたかったのだ。

灯との関係は、都築のほうでもにおわせなかったが、思いあたるふしはゼロじゃない。ぼくの動向に通じていたのは、灯からリアルタイムで情報を得ていたからじゃないか。征城の居場所を知りたくて灯と奔走していた時期に、ふらっと現われて知りたいことを教えてくれたのは誰だった？

松澤と山瀬。猜疑心の化身となったふたりの男が、ぼくを睨めつけている。

知らなかったと関与を否定しても、証のない言葉でしのげるはずもない。

「彼女にも質問を重ねているんだが、あまり協力的ではないね」

この扉の先には、山瀬に拉致されてきた灯がいる。

ぼくの脳裏に、最悪の想像がいくつもめぐった。

扉を開ければ、そこは奈落だ——

灯が落ちた奈落。ぼくもその淵に立っている。

他にもイヌがいる、と疑った彼らがやることといったら、ひとつしかない。

灯の洞察は、ぼくの真の計画も察知していたし、なによりも彼女は、ぼくの性の秘密を握っている。

暴力団の本拠に連行されて、腕をふるった口頭試問にさらされた女が、赦しを乞いたくて、帰らせてほしくて、あらいざらい白状する話題には事欠かない。こんなときに保身なんて最低ねとあたしが問う。うるさい黙ってろとぼくは答える。自分、自分、自分のことばかり。よりにもよって最悪の男に目をつけられて、暴力団のヤサにさらわれてきた灯の身を真っ先に心配できないなら、あんたこそ見下げはてた下種野郎よ。

「どうした？　入りたまえ」

松澤にうながされて、倉庫に足を踏み入れた。退路を断つように、山瀬がすぐうしろについて入ってくる。調度品や資材が積まれた殺風景な部屋だ。防音室のように壁にマットが敷かれている。右手のテーブルの上には、短刀や槌や工具類、歯医者のような器具類まであった。三人の組員がつめていて、一服している男、携帯をいじっている男、退屈そうに拳銃をもてあそぶ男がそろって最高幹部にお疲れさまです、と一礼した。男たちの汗や体臭、それからもっと別のものも混ざった異臭がこもっていて、ぼくは呼吸をしばらく止めたくなった。

灯もそこにいた。

ああ、灯、灯、ひどい目に遭ったんだね。

ゴツリ、と鈍器で殴られたような音が頭蓋に響いて足元がふらついた。胃の底から嘔吐感が上がってきた。悪寒がうなじから腰骨へと抜けていった。

ああ、灯、灯、ごめん。ごめん。こんなことになるなんて――

眠っているのか、気絶しているのか、意識はあっても身じろぎできないのか。灯の顔はラベンダー色に腫れて、乾きかけた血糊で汚れている。衣類は引き裂かれ、ブラの肩紐がちぎれ、露出した陰毛が黒い炎のように立ちあがっている。鼻孔のまわりが赤黒く凝っていて、おでこと右頬の裂傷がゾッとするほど深かった。

早田組が培ってきた伝統風習のひとつだ。彼らの口頭試問は、肝の据わった侠客でも屈するほどのものだ。そこにきてどうぞめしあがれと美肴をさしだされた山瀬たちは雀躍りして諸肌を脱いだことだろう。灯の顔や手足には血が飛散し、肩や太腿で本来の用をなさなくなった下着がわだかまり、全身のあちこちに咬み痕が見てとれた。肌はふやけた湿り気を帯びて、絞ればぬるい精液が染み出してきそうだった。ぼくの内臓のすべてに鳥肌が立っていた。

「さっきから口数が減っているようだが」と松澤が舐るような口調で言った。

「言葉もありません。これはひどすぎる」ぼくは率直な感想を口にした。

「彼女は君の恋人だったようだね。君をかばっているのか、こちらの質問に答えてくれない」

「警察との関与は知らなかったけど、だからといってぼくは、組の仕事のことで重要なことは話していない。リークできる情報なんて知れているはずだ」

「君には問題がある、とは思っていたが……ほんとうにわからないな。ここで君の言葉をどこまで信じるべきだろうね」

「このバシタ、強情っぱりでよォ」

山瀬がゴスッと灯を蹴飛ばした。

やめろ、外道——

あたしが反射的に跳びかかりそうになって、ぼくはかろうじて両足を踏みとどめた。

だって答えてないなんて、なにも答えてないなんて、とあたしが取り乱す。あたしたちをかばって永誠や匡次のことも、半陰陽のことも話さなかったから、こんなになるまで責められたのよ。ひとおもいに殺してと願ってもおかしくないこんな状況でなにひとつ暴露してないなんて。あの日、彼女が言ったことは本心だったのよ。あたしたちに唯一の希望を託してるのよ――

「よっしゃ、んじゃま、再開すっか」

山瀬の号令で、若衆がバケツの水を灯に浴びせた。

「再開って、まだつづけるつもりですか」

「君からなにか言うことは？　それ次第だが」

「だからぼくは……さっき言ったとおりです」

「だったらもう一度、彼女に尋ねるか。それとも君が質問してみるかね」

「……彼女を責めて、無関係を証明しろということですか」

「試しにやってみるといい。充分な証になるかは疑問だが」

「松澤さん、こんなのあなたらしくもない」

「そうかね？」

「あなたのような人が、女ひとりをいたぶらせるなんて。組の事業のプレッシャーは、理性的な弁護士にまでこんな憂さ晴らしを強いるんですか」

「この女自体は取るに足らないが、獅子身中の虫がいるとなったら看過はできん。ウラジオストクでの不慮の事態もあって、すべてを立て直すべく組長も奔走なさっている。身内に不安要素を残しておける時期ではない。つまり君のことだがね」

最高幹部のなかではもっとも良識的であるはずの松澤ですらこれなのだ。四世紀半を超えて早田の神話とオブセッションに浸かってきた従者だ。顧問弁護士という肩書きも、理性の側に立っていることを約束してはいなかった。

「もう二晩だ。私も早く終わらせたい。これでもあっさりと事切れてしまわないように、匙加減に気をつけさせてきたんだが、そうも言ってられないな」

びしょ濡れになった灯が、そこで顔をもたげた。

あぁふう、と悪い夢に足を取られているようなざらついた吐息をこぼした。

焦点を結ばない視線を漂わせて、自分が置かれた状況を見渡すと、悪夢に戻ろうとするように目を閉じ直して、赤黒いものが混ざった胃液を吐いた。

「わかりました、ぼくがやります」

ぼくが言うのと同時に、松澤の手にした電話が鳴った。重要な報告のようで、松澤はからだを半分だけ逸らすと、あごをしゃくって、灯への責めをぼくにうながした。

ぼくは灯の前に屈みこんだ。こちらを見返すまなざしに、かつての獰猛な輝きはなかった。怒りや憎しみといったものを残滓も感じない。呼吸をしようとして歯の震えに邪魔され、むせかえり、下腹部のほうからギュウウッと奇妙な音を鳴らした。彼女のなかで行き場をなくした感情の亡霊が、彼女の体内を漂いながらラップ現象を起こしているみたいだった。

お願いだからもう楽にして、と視線で語っているような気がした。

このまま、ぼくの手で――

終わらせてやれ。

ちょっと待ってよとあたしが答える。だって誰のせいだとぼくは問う。灯がこんな目に遭ったのはぼくと関わったからだ。警察との密通になんてまるで気づかず、危険な綱渡りをやめさせられず、鎖の外れた猛獣をけしかけてしまったのは、このぼくだ。だったらこの手で始末をつけてやれ、松澤や山瀬にどう思われてもかまわない。責めさいなむふりをして、命の火を吹き消してやれ。それだけがこの絶望と嘆きの部屋から灯を出してやれる唯一の方法だ。

　と、灯のまなざしが揺れて、傷ついたからだをぼくに向けると、赤黒いあざのついた首を静かに振った。真情を伝えようとしているのか、なんにも言ってないよと訴えているのか――

　そうじゃないよ、とあたしが答える。こっちの怖い顔から内心を見透かして、「そんなことしないで、終わらせないで」って言ってるのよ。もう楽にしてなんて言ってない。あたしを殺さないでって言ってるのよ。虐げられて、辱められて、それでも執着や未練を捨ててない。

　だったらいっそ、永誠や匡次殺しでも半陰陽のことでも、なんでもいいから話しちゃえばよかったんだ。こんな暗い部屋で、嫌なにおいのする部屋で、正気や尊厳を焼きつくされるような仕打ちに耐えてまで、隠しとおさなきゃならない秘密なんてない。あらいざらいぶちまけて、自分を待っている人のもとに帰ればよかったんだ。

　あの写真がまた見たいな。あの美しい子供の顔が無性に見たい。

　あたしでさえそうなんだから、灯なんてもっとだよ。だけど彼女は、あたしたちが目的を果たせなくなることをよしとせずに、男たちの責めに耐えつづけた。そういうことみたいだなとぼくは答える。強いな。それに気高い。そんな命の火を吹き消そうなんて、最悪の行為だとは思わないのとあたしが問う。だけど他になにができるんだ、とぼくは答える。ここでぼくにできることは、他になにかできることは。あなたが役立たずのせんずり男じゃないんなら、選択肢はまだあるじゃない。目の前の気高い女を救ってみなさいよ、臆病者。

「……なんだよ、ぼくがやりますって言わなかったか？」

痺れを切らした山瀬が、やんねえならすっこんでろ、と非難してくる。

松澤は疲弊と猜疑心が混ざった視線で睨んでいた。

「どうした、手が出ないようだが。無実の証明はできないかね」

「……いや、やりますよ」

ぼくは神経質に室内を歩きまわった。

「組長の裁量をあおぐことになりそうだな」

「ああ、いえ、その前にやります」

「もういい。すぐに戻られる」

「これからですか」

「幹部、若中を集めて緊急の会合だ」

「おおー」とか「はい」とか組員たちが口々に言った。

「戻る前に終えるぞ、俺が訊いたらぁ。お前ら股開かせろ」

ぼくはそこで、組員のひとりがテーブルに置いたトカレフを奪って、山瀬の頭を撃った。薬莢が飛ぶ。山瀬が倒れる。生きるか死ぬかの賭けだ、確率は五分じゃない。組員たちが声をあげた。

松澤の顔と心臓に、二発を撃つ。松澤の鼻が銃弾で破裂した。崩れ落ちた松澤は、驚愕の表情で固まっていた。たぶんこの屋敷の内部で、背信の銃弾を放つのは、ぼくが最初だったからだ。

それから死体に目をやらずに、銃口を残りの組員に向けた。

29

硝煙の漂う密室には、死体が五つ。無謀な賭けが吉と出たか、こちらは無傷で立っていた。

もとい、凶なのかもな。立っている場所の意味は三十秒前とは反転してしまった。ここはもう安全な要塞の内部ではなくなった。かぎりなく逃走の困難な敵地の中心部だ。ごまかしはきかない。すぐに行動を起こさなくちゃならない。

「寒いよ」

と、灯が言うので、破れ目だらけの服の上からシャツとジャケットを羽織らせた。ふたりきりになってようやく、彼女の瞳に微弱な光が差していた。

「お買い物もしたいし」

「なに？」

「温かいところに行きたいなぁ」

「あ、いいね。旅行は好き？」

「ハワイで買物しようよ」

「ハワイか、行ったことない」

「ワイキキの店で、子供用のかわいいシープスキンブーツが出たのよ」

二晩におよんだ本家での記憶をふりはらおうとしているのか、灯はここではないどこかの、たわいもない話をしたがった。彼女の目の前には、タンクトップだけをまとった刺青入りのからだがあった。彼女を責めさいなんだ男たちとも似ているはずなのに、かまわずに身を寄せてきて、自分の腰の刺青が血や傷で汚れてないかを心配した。

「これがあったから、大丈夫だと思った。あたしは耐えられると思った」

「ごめんね。厄除けにならなかったな」

「あなたのこと、なにも言わなかったよ」

「うん、わかってる」

　これからどうしたらいいのか。早田の城砦のまっただなかで松澤孝史郎を含める組員数名を弾いたのだ。隠蔽工作や証拠湮滅をはかっている時間のゆとりはない。とるものもとりあえず、二挺のトカレフを部屋から持ちだして、灯を支えながら廊下を抜けた。靴下を履いていない灯の足裏が檜の床材でひたひたと冷たい音をたてた。

　すみやかに打開策を講じなきゃいけない。それはわかっているのに、灯とのハワイ旅行に思いをはせてしまう。ビキニを着た桂介さんとビーチを歩きたいなあと微笑する灯につられて、直視できないほどの温かい光に満ちた浜辺を想像した。

　できることなら行ってみたい。灯といっしょに、そういうところに。性別にとらわれないパートナーとして、世界にまだ名前をつけられていない特別な間柄のふたりで——口づけや歌が、屈託のない温もりが、砕かれていないまっさらな朝が、奔放な生があふれるところに。そういうところにたどりついてみたかった。

「すべてに決着がついたら……」

　そこまで言いかけて、吐きかけた言葉を呑みこんだ。

　現実が迫っている。頭をふって、灯に言った。

「ねえ、携帯電話はある？」

ここにいるふたりはいまや、ＳＯＳを出すべき遭難者のようなものだ。大人数が戻ってくる前に、屋敷からの逃走を算段しなきゃいけない。

わかるかぎりに、屋敷の見取り図を脳裏にめぐらせた。北側と南側に車で通過できる門があるけど大使館なみの警備。二十四時間、門衛が立っている。このふたりでは素通りできない。他にも通用口が三ケ所ほどあるけど、監視カメラが配されているし、屋敷の外には若衆が詰めるビルもある。見咎められずに出ていくのはまず無理だ。北東側の屋敷の中心部に、運動用のホールがあって、廊下を挟んだ向かい側には、銃火器がどっさりと収められた武器庫がある。東側の二階から三階までが、幹部も許しなしには立ち入れない組長の居住スペースになっている。他にも視聴覚ルームに、地下の避難シェルターに、高級車が停まったガレージに、幹部や若中の姐さんが泊まる北西の二階フロア。忘れちゃならないのが、松澤孝史郎のオフィスルームだ。

マホガニー製のデスクとＰＣのモニター、緑色の笠のライトが数基ずつセットになっていて、ダークブルーのカーペットが敷かれている。四方の壁の書架は、早田のこれまでのビジネスや事業計画を収蔵するアーカイブだ。中二階への階段を上がると、松澤の執務机があった。積みあげられた資料ファイルに強壮ドリンクが載っていて、数粒の錠剤がピルケースからあふれていて、予想外にごちゃごちゃしていた。デスクの抽斗（ひきだし）を開けて、ファイルの山をよけて、目当てのものを探した。

「松澤だったら管理用の鍵把（キーホール）を持ってるはずなんだ。それさえあれば、屋敷のどこにでも自由に立ち入れる」

すぐに組員が回ってくるはずだ。長居はしてられなかったけど、鍵把はなかなか見つからない。気持ちの半分は、四方のアーカイブに気を取られてしまう。早田の記憶の中枢部に来てるんだ。ここには四代目のキャリアの総決算となる掃討計画の資料も含まれている。資金や人の流れ、政治家や有力者との関与を記録したもの。ブラックマーケットでの購入リスト。暴力団の暴力の域を脱して、世界に渾沌をもたらす計画書――

莫大な量の暗号の海を泳ぐみたいに、それらをすくい集めてつなげれば、米中戦争のプロモートや米軍基地の移管といった計画を暴きたてる証拠になるかも。いやいやそれはないか。ほんとうに重要なことがペンで書き残されることはない。歴史を左右するような重大な決定であればあるほど、彼らはそれを口頭示達やささやかな目配せで処理するんだ。ここから資料を持ちだすことができても、襲撃や取引のいくつかを立証することぐらいしかできないだろうな。

あれこれと思いめぐらせていたところで、ある資料に見入っていた灯が、こっちにそれを手渡してきた。ライトグリーンのバインダーに収められたぶあつい資料類。灯の瞳がどういうわけか、なにかにおびえるように揺らいでいた。

「ねえ、これって……」

「どうしたの、なにか見つけた？」

灯が発見した資料の、最初の数ページを捲(めく)ってみて、

突然、背筋に震えがきた。

喉がつまって言葉が出なくなった。

「この資料、ここにあったの、この部屋にあったの？」

「ね、そうだよね、それってやっぱり……」

「どうしてここに、松澤のところに」

「あなたのこと？」

それは、そこにあっちゃいけない記録だった。

松澤孝史郎のオフィスに、早田の記憶の中枢部に、決してあっちゃならない資料だった。

松澤孝史郎の最期の顔を思い出した。両目は見開かれて、きわめて個人的な宙の一点を見つめていた。葬ったばかりの死者の手に心臓をわしづかみにされたような気分だった。オフィスの鏡面に映る自分と視線がぶつかった。ひどい顔。目の下のくまが蝙蝠（こうもり）の翼のような曲線を描いて、自分でも見たことがない隠微な表情が浮かんでいた。これが死相というやつかもしれない。


灯が発見したのは、半陰陽の資料だった。

たくさんの臨床例とともに、46ＸＸ／46ＸＹモザイク核型の真性半陰陽のデータが集中してリファレンスされている。


他にも医学的な研究、学説、ホルモン剤による調整や、性別適合手術にまつわるデータ。プラトンや聖グレゴリオの時代から伝わる民間伝承、半陰陽をもって聖母マリアの処女懐胎（かいたい）を説明する異端の仮説。多方面にわたって関連情報に当たり、網羅的なリサーチのもとにファイルされている。そこには半陰陽という性にまつわる不変の真実を、片眼鏡を嵌めた時計職人のような手つきでバラバラに分解し、精緻に解き明かそうとした痕跡があった。


「松澤孝史郎が、知っていた？」

立ち眩みがした。壁にもたれかからずにいられなかった。

真性半陰陽。46ＸＸ／46ＸＹモザイク核型はまぎれもなく、早田桂介の症例だ。

「知っていたの、あなたが男でも女でもないって」

「昨日や今日、調べはじめたものじゃない」

「知られてたら、あなたは」

「うん、すごく、まずい」

「だったら、証拠を消さないと、松澤は殺すとか」

灯まで混乱してるみたいだ。こちらの動揺が伝染しちゃっている。

「思いあたるのは、永誠だけだな……」

「永誠が」

「検査の直後に、話してたのか」

だってそれしかないじゃない。口封じをする前に永誠が松澤に打ち明けたんだよ。そんなことってあるだろうか？　永誠は保身に抜け目のない男だ。時間をかけて細心の根回しをしてから手札は切るはずだ。絶対的な王にかしずいて「天秤を狂わせる存在」を許さない純血主義に浸かりきっている松澤に、もっとも厳格な高官においそれと話すとは思えない。こうなっちゃったら事実は藪の中だ。永誠にも、松澤にも、二度と問いただすことはできないんだから。

「このことを、組長は……」

それがもっとも気になるところだ。松澤が突き止めた事実を、組長に上げずに自分のところで止めることがあるか？　先代の頃から涵養された忠誠心に富み、補佐の役割を最大限に果たしてきた松澤が。だけどもしも組長の耳に入っていたら、疑惑に対してなんの審議も咎めもなしに一家名乗りを許したり、早田姓を名乗らせたりはしないんじゃない？

「わからないよ、どういうつもりだったんだ」

どんなに考えても堂々廻りだ。忠誠心と猜疑心の鎧をまとってデータだけを信用する参謀役。高みから潮目を読み、ぼくに対しても最後まで疑り深いまなざしを絶やさなかった本家の賢者。そういう男がどうして――

「だめだ。とにかくいまは忘れよう」

「だけど、いいの？」

「時間がないんだよ、早くここから出ないと」

数分後にやっと探し当てた鍵把（キーホール）をつかんで、早田桂介の性の真実さえも網羅する膨大なアーカイブをあとにする。屋敷の北西部に向かう廊下を抜けた。幸いなことに組員は騒ぎだしていない。松澤や山瀬の死体が見つかってないんだ。いまのうちに急がなきゃ。

屋内の連絡通路の鍵を開けると、突きあたりの階段を上がった。ホテルのように洒落（しゃれ）たゲストルームが並んだ二階のフロアにたどりついた。部屋の鍵をつぎつぎに開けて、灯といっしょに衣類や化粧道具をかき集めた。若中の正妻や情婦たちにも出くわしたけど、乱暴はしないから騒がないで、と言葉と銃口で説きふせた。

「彼女たちも連れてこうか、この屋敷から出るまで」

若中たちの姐御衆だ。門衛たちも粗雑な対応はできない。

灯に着替えを急がせる。日焼け防止の薄絹のベールで顔の傷を隠した。

こっちも着替える。メイクや服装をともなってあたしになるのはひさしぶりだ。クレープジョーゼットの上下に手足を通して、つばひろ帽をかぶった。細身の姐さんの着替えだったけど、まったく問題なし。お腹を無理にへっこませなくても着ることができた。

灯にも、トカレフを持たせる。

あたしも、バッグで隠した銃口を下げない。

おびえや虚勢で歩みが進まない姐御三人を急きたてる。

「屋敷を離れたら解放します。言うとおりにして」

距離を測りつつ、固まって廊下を歩みだす。

「ちょっとそこまでランチに出るつもりで、ね、お願いします」

「うまくいくのかな」

「大丈夫よ、出られるってば」

「あなたって大胆よね」

「心配ないって。たかがヤクザのお屋敷じゃない」

フロアの端の階段を下りて、厨房の前の廊下を抜ける。

数人の組員とすれちがう。どうも、と軽く会釈する。

誰も気づいてない、あたしたちを疑っている人間はいない。

屋敷の勝手口から出て、灯籠や池のある庭園を歩いた。

ガレージの前の車回しに、組員たちがたむろしているのが見えた。

数メートル間隔で置かれた監視カメラが、屋敷の内部にもレンズを向けている。

あたしと灯はうつむいて、顔や手元をさらさないように、慎重に歩みを進めた。

あとちょっとだ。木々の枝葉の向こうに、屋敷の塀が見えてくる。

あたしは、灯に微笑みかける。ほぅらね、なんてことなかったじゃない。

東側の通用口に、若い衆はふたり。警備は薄かった。

あとちょっとだ。あとちょっとで、灯をここから出してあげられる。

「ここからなら、ひとりで行けるかな」

「ひとりって、あなたは？」

「残る」

灯がその言葉で立ち止まった。

止まらないで、歩いて、とあたしは急かす。

姐衆を銃で威嚇しつつ、灯も小声で言う。

「残ってどうするの、いっしょに行けないの」

「遅かれ早かれ、ぜんぶわかっちゃうからね」

あたしも声を殺して、ヴェールの向こうの彼女の顔を覗きこんだ。

「たぶんこれが、最後のチャンスだから」

そうだよねとあたしは問う。だろうなとぼくが答える。

このまま屋敷の中に身を潜めて、最終目標に達する。灯を逃がすことができたら、女装はこのあとの潜伏にも活かせる。松澤の鍵把（キーホール）があれば、王の居室にも侵入できる。

「だから行って、あなたは残せない」

「だけど……」

「ぐずぐずしないで。行った行った」

「だけど……桂介さん……」

灯が瞳を潤ませ、睫毛を震わせる。こころもとなく頭をふる。

こちらの決断を理解して、なにも言えなくなっている。

あたしは顔を近づけて、灯の耳元で囁いた。

「すべてに決着がついたら、また会おうよ」

たぶん再会はできない。これが最後だろうな。

灯にもそれは、きっとわかっていた。

愁嘆場は三十秒が限界だ。涙を落とす灯を回れ右させて、行って、とその背中を押した。

何度かふりかえりながら、姐衆にトカレフを向けて、灯が五メートル、十メートルと遠ざかってい
く。屋敷の外の世界に向かう。あたしは門衛のもとを通過するまで見送る。彼女の目の前で扉が開い
て、斜めに外光が差しつけた、その瞬間だった。

「オイ、そこの女たちを出すな」

たったひと声で、屋敷の空気が変わった。

敷地の外に出かかった灯を、呼び止める声が響いた。

あたしの右のほうから、ガレージのほうから聞こえた。

ずっと重要ななにかが欠落していたような屋敷の静けさが、変質していた。声がしたほうを見なく
ても自然と察することができた。ああ、あとすこしのところで間に合わなかった。

「お前、桂介じゃねえのか。その恰好はなんだよ」

最悪のタイミングで、王が帰還したのだ。

あたしは目を瞑った。

30

ぼくはふりかえった。

王との謁見にふさわしくない異装で、まなざしをひるがえす。

早田一族の王は、ぼくにはとても身近に感じられるし、はるかに遠い存在にも感じられる。彫りの深い眼窩に嵌まった双眸は、雄大で、冷厳で、無慈悲な宇宙の真空部分のようだ。いつになくラフな洋装で、ケーブル編みのベージュのタートルニットがたくましい上半身のラインを浮き彫りにしている。数万の犠牲者の上に立っている極道者は、いっさいの乱れがなく、疲れを感じさせず、鷹揚な柔らかさをまなざしに湛えていて、完成された一個の芸術品のように見えた。

雄昇もいた。ウラジオストクから帰国してすぐに組長と合流したようで、あの夜とおなじホワイトのロングコートをまとっている。こころなしか目元に疲れがよぎっていて、気怠そうに首の関節を鳴らしながら、ぼくの女装に顔をしかめている。

三崎もいた。征城と雄昇から一歩退いて、――バカ野郎、なにをやってるんだ、とぼくを視線でなじっている。これまでに本家を訪れたときよりも息苦しそうに見えるのは、頸椎に嵌めたギプスだけが原因じゃなさそうだった。

早田の男たちがそろって帰還していた。征城は灯を連れ戻させると、ぼくにも帽子を脱ぐように命じた。松澤が弾かれたぞ、と征城は言った。

「あらましは聞いてるぞ。そのネエちゃんは警察と通じてたんだろ？　そういう女を逃がしちゃまずいじゃねえか、オカマちゃん」

凄むことも、嘆くこともない。どこまでも平板な口調だった。

なにがあったか、事実をそのまま伝えろ、と征城の視線は語っていた。

「帰ってきてみりゃ、松澤と若衆数人がオダブツだ。女がやったとは思えねえな」

静かに寄ってきた若中や組員に囲まれて、ぼくはトカレフを取りあげられた。

連れ戻された灯も、組員に腕をつかまれて、組長のもとにひったてられる。

「ウラジオストクの立ち回りも、覆面かぶった泥棒猿もお前なのか？」

三崎が進言したのか、いや、そんなものなくたって、ぼくは襲撃のさなかに姿を消したんだ。疑われて当然だ。松澤を葬ったことも発覚したとなったら、言い逃れの余地は残っていない。築いてきたものすべてが土崩瓦解する音は、快い響きではなかった。

「イカれちまったのか、この女に」

征城のまなざしが灯を値踏みする。ぼくは王の言葉を吟味する。征城が言うところのあ、、、らましに半陰陽のことも含まれているのなら、こちらの出方も変わってくる。

「そういや、お前の女がらみの話は、まるで聞こえてきてなかったな。惚れたはれたの麻疹(はしか)熱で前後の見境がつかなくなる馬鹿な男はたまにいるが、それともなんだ……お前の母さんのことで、端(はな)っから俺の寝首を掻くつもりだったか」

そのとおりです、と明答はしない。半陰陽のことにはふれてこない。征城は知らないのだ。松澤はやはり詳細を伝えていない。ぼくは慎重に言葉を選んだ。

「ウラジオストクのことも、彼女のことも、無駄な血を流したくなかったんです」

「だったらその恰好で、お茶汲みのＯＬにでも就いたらよかったな」

「今回の計画だけは、理性を欠いてます」

「お花屋さんでもオカマバーのママでも、好きな稼業にな」

「お気づきじゃないようなら言いますが、このままいったら早田組は有史上最悪のクリミナル・シンジケートですよ。領土意識に誇大妄想、純血主義をこじらせた極右のテロリストだ。青臭いことを言うつもりはありませんが、早田組が築いてきた戒律や美学は、組員を無駄死にさせたり、よそさまの国でカタギも子供も核の餌食にするのを良しとするんですか」

「お前の反抗期は長えな、桂介。組長のやりかたに反発してえなら、減らねえその口で最初からそう言えよ。そしたら俺だって、ウブなひよこを前線に送るような恥をかかずにすんだ。お前がいつだったか、こんなの彫っちゃったエへへなんて得意気に見せびらかしてた刺青は、血の一滴まで組の方針に従いますって証なんだがな。なぁ三崎よ？」

「……はい。国内のシノギにとどめておくべきでした」

三崎が重苦しげな声で答える。ぼくとは視線をあわせない。

「ここでお前と、理念をやりあってもしかたねえんだ」

ぼくに近づいてくると、征城はぼくの肩をつかんで、

「ロシア人をかっさらって、牝犬とつるんで、松澤を殺した」

あらためてぼくに罪状認否を求めた。ぼくは否定も肯定もしない。

「そこまでやらかした奴は記憶にねえな。お前の落とし前は、破門でも絶縁でも、指詰めでも手足でも足りん。どうすっかな、雄昇？」

組長の気配を察して、気の回る側近がそそくさと日本刀を差しだしてきたが、征城はすぐに受け取らない。ぼくのからだの端々をつかんで、頸部をパシパシと掌で鳴らした。白刃を添えられているようなまなざしが、ここしかねえな、と物語っていた。

「で、ロシア人はどこだ？」と征城が訊いてきた。

「首を詰められたら」とぼくは答えた。「話せなくなっちゃいますね」

「切り札があるから」と雄昇が言った。「平然としてるのか。なるほど、頭の回転が速い」

「アトム・マフィアとの交渉はさせたくないんだ」

「桂介くん、そんな恰好で凄まれてもなあ」

「お前らは、能書きが多いな」

征城が、ぼくと雄昇の会話をさえぎった。

「俺は〈どこだ〉と訊いた。お前のくだらん駆け引きに付き合う時間はない。ロシア人がいるかいないかで、これからの計画も編成も変わってくる」

「人質ありきの交渉か、全面抗争か、ということですか。計画は続行ですか」

「当たり前だ。桂介、お前はもう勘定に入ってないがな」

するとそこで、雄昇が灯の手首をつかんだ。敬するような表情とは裏腹に、力まかせに上方に捻りあげる。震えるあごをつかんで、傷まみれの灯の顔を覗きこんだ。

「美人が台無しだな」

灯が低い声で唸りだす。

「さっきまでいた部屋に、戻ってもらうしかないです」

雄昇はそう宣告すると、同情するようなまなざしになって、

「そういうことになるよね、桂介くん。ひきつづき質問大会になっちゃうけどしかたない。彼女が帰れるかどうかは、桂介くんの正直さ如何だね」

あの部屋に戻される――そう知った灯がとっさに暴れだす。髪をふり乱し、雄昇の手を逃れようとして若中たちに殴られ、その場に崩れる。雄昇は灯の片腕だけを持ちあげてふたたび立たせると、彼女の震える頰に指を添えた。

むきだしの神経に電極を当てられているように、灯は痙攣していた。ふたつの目はゆるく眼窩に塡まったおはじきのように、今にもこぼれそうに震えている。雄昇はいつくしむように灯の頰を撫ぜま

わし、裂傷の入った唇にふれるなり、その端を毟(むし)りちぎった。血まみれの口元を押さえて、灯が膝から落ちた。悲鳴もあげられずに、オオオ、オオと獣の喚(おめ)きのような声をあげた。果肉のような唇の端ぎれを雄昇はポイと庭先に捨てた。

「チッ。戻せ」

征城も、雄昇の提案を突っぱねなかった。

連れていけ、と若中たちに命じる。

だめだよ、それはやめて。灯を連れていかないで。

できることを探すが、見つからない。この視界に映る風景に、救いはなにひとつない。

こんなことがいつまでつづくの、もうやめて。灯だけは、灯だけは逃がしたかったのに。

灯が暴れたはずみに、バッグから彼女の携帯電話と、肌身離さず持ち歩いているパスケースが庭園の芝の上にこぼれ落ちていた。

あの子の写真が見たい、もう一度、あの子の顔が見たい。

と、パスケースを拾う手があった。事態を黙って見守っていた三崎の硬い無表情が、ケースの透明な前面に挿さっていた写真を見つめた。

三崎がためこんでいた呼気を、そこで一息に抜くのがわかった。

無言で灯に目を向けて、ぼくにも視線を投げた。

三崎の目が語っている。――この女の？

そうだよ。ぼくは肯きを返した。

「お上がり」

庭園に面した縁側に上がって、征城が言う。

ぼくは三崎と交わした言葉を思い出す。

征城だけは、破滅を見ない。

王はぼくたちを居城に招き入れた。組員たちに前後左右を固められて、廊下を歩かされた。松澤たちの死体は片付いたのか、と征城が組員に訊いている。身内から裏切りが出ても、最高の部下が倒れても、王は微塵も揺らいでいない。もうやめて、もう赦して、と懇願したところで情けなんてかけはしない。十全たる結果を得るまでは、苛烈な暴力を辞さないし、組や一族にとって無価値と断ずれば、迷いなく首を刎ねる。

征城だけは、破滅を見ない。

歯牙にもかけない。

「――ん、なんだ」

雄昇がふと、視線をもたげた。

ごくかすかに変化した屋敷の空気に、気がつく者と、気がつかない者がいる。

世田谷の閑静な一画だ。周辺にあるはずの静寂が、小石を投じたように音の波紋を広げている。

番犬が吠えた。風が立ち、家鳴りのように板張りの床がわずかに軋んでいる。

若衆のひとりが征城に電話の子機を渡した。塀の外からなにか物音が聞こえた。

内線電話らしい。組員や若中が「表に、表に来てます」と口から口に伝播させる。屋敷の外周にただならない喧騒が生じている。

廊下を走ってきた門衛たちが、征城や雄昇に外の現況を伝えた。

五十、六十、いやもっといます、とめいめいが告げる。

警察か検察か、捜査官どもに囲まれてます。

「強気だな、ガサ入れか」

征城が呟いた。令状はあんのかァ！　と若中たちは殺気立っている。

だけど屋敷の主は、大きな魚が水面で跳ねたほどにしか驚いていなかった。

「なんでまた急に、これまでおっかなびっくり手ェつけてこなかった連中が、この真っ昼間から家宅捜索かよ」

「ああそうか、この女がいるからですよ」

雄昇が顔をしかめて、征城に言った。

「人質がいるから、令状なしでも」

「ほお、するとシットだのサットだのも来てるのか？　初めて見るな」

黒ずくめの突入部隊が、屋敷の塀を越えようとしている。喧騒の塵が屋敷に吹きこむ。正門のほうでも騒然とした声があがった。留保なしに強攻をしかけてきた突入部隊の靴音のはざまに、ラウドスピーカーで武装解除を求める声が響いた。

灯を逃がすために、打てる手はすべて打ちたかった。だから都築警部に連絡を取ったんだ。

松澤のオフィスに侵入する前に、灯の携帯の履歴から、都築警部とのホットラインをつないだ。

「あなたの情報屋が半死の目に遭っている」「あなたが危険な橋を渡らせたから、早田の屋敷で命の危険にさらされてるんだ」――そうだ、灯のことでは確実に都築にも責任がある。都築本人もそれを自覚して、ぼくの非難に言葉を失っていた。

「できるかぎりのことをする。桂介さん、持ちこたえられるか？」

と、都築は言った。ぼくは電話越しに「こっちはこっちで逃走経路を探ります」と答えた。都築を待たずに彼女を逃がしたかったのは、どんな手配がされるか見越せなかったからだが、これまでは検察に家宅捜査を踏み切らせられなかった都築も、建物内に市民が捕らわれているとあって人質立てこもり事件として応援を要請し、突入部隊とともに急行したんだ。

なんといってもここは、日本最大の暴力団の本拠だから。彼らはいわゆる極秘潜入（ステルス・エントリー）の段階を踏まずに、のっけから実力行使（ダイナミック・エントリー）に打って出ていた。防弾チョッキやヘルメット、ポリカーボネート製の小型の楯、自動小銃やさすまたを装備した武装警官が、庭園に散らばって、重量級の犬を蹴散らし、手入れされた植樹をなぎ倒して、弾幕を縮めるように建物に迫ってくる。

当然ながら、早田の戦争機械たちも尻尾を巻かない。組員たちが突入警官に発砲する。征城と、雄昇、三崎、数人の若中は、銃声を背に廊下を抜けていった。ぼくと灯もそのまま連行される。シェルターに退避するのか、いや、そんなつもりはないらしい。征城たちは移動しながら包囲網の布陣をつぶさに確認している。建物南の縁側から、屋敷を囲んでいる警官隊を観察する。南側の門の向こうに、旋回するパトランプの封鎖線が見えた。

スピーカーを通して、都築警部の声も聞こえた。

「……征城ォォォ、……撃ち返すな、戦争（こと）をかまえるつもりかァァァァ」

「ご近所さんに聞こえんだろうが。こっちは正当防衛だってのによ」

「……人質を解放しろ、武器を捨てて、投降しろォォォォォォ……」

「厄介なことになったな、オイ」

征城は若中たちと対策を練りながら、若衆たちに持ってこさせた銃火器を選りはじめる。ウージー、トカレフ、ヘッケラー&コッホＭＰ5、64式小銃、ＡＫ47カラシニコフ。持てるだけ持ってこられた銃火器から選んだのはＲＰＧ－7。菱形の弾頭が刺さった砲身をよっこらせと肩に担いだ征城が、縁側から庭先に下りた。

RPGの砲身が、火焔を噴いた。

ぼくたちは反射的に身を伏せた。

腹に響くような重たい音がすぐそばで破裂していた。

顔をもたげると、南門のパトカーが被弾して黒煙を噴き上げている。バグダッドでもイスラエルでもないこの日本で、RPGがぶっ放されるのを見るのは初めてだった。顕ち現われた早田のオブセッションが、世田谷の閑静な風景をまるで一変させていた。

「熱ぃな、この筒ぁなんだ、耐熱性じゃねえのか」

発砲のときの後方噴射で、組員のひとりが火傷を負っていた。

「雄昇、そっちのは按配はどうだ」

「使いやすいですよ」

雄昇はAKを撃っていた。征城がまばゆい光とともに二発目の榴弾を放つ。斜めに地面に刺さるように命中して、タイヤからすくわれたパトカーが炎上する。武装警官たちも退避、退避、と叫びながら大きく後退している。戦車を破壊する兵器を濫用されて、南門の封鎖も崩れていた。

三崎や若中たちも応戦している。早田の男たちは、実力行使におよんだ警官隊をまるで寄せつけない。警察を呼びこんでも、それでも脱出できないのか。ぼくは恐々と縮こまる灯を抱きすくめて、廊下の片隅にうずくまった。

「征城、そんなものをぼんぼん撃つなァァァァ……」

「あれはどこの奴だ」

都築警部の声は響いていたが、征城はかまわずに再装塡した榴弾を撃ち放つ。南門の都築たちから逸れた榴弾が、屋敷の塀を内側から破壊した。ぼくたちがいる一画の外壁のそこかしこに銃弾で穴が開き、多くの組員たちが被弾していたが、銃弾のすべては征城にかすりもしない。そこで「組長(オヤジ)、伏せてくださいっ」と組員の声が響いて、急接近してきた武装警官が自動小銃を掃射したが、数十発と放たれた銃弾は、若中や組員を貫くことはあっても、あらかじめ約束されていたように一族の王には傷ひとつ負わせることができない。

ほとんど幻想的な光景だった。

銃弾は、征城を殺せない。

そんな馬鹿な、という思いが超現実的な光景に吹き消される。すべての弾道が王の威光を畏(おそ)れるように、王を避(よ)けて通っている。改訂を許さない一族の歴史そのものであるような最高の俠聖は、激戦のただなかでも泰然自若と揺らがずに屹立(きつりつ)していた。

「どこに、ああもう、どこいったの……」

腕のなかで、灯が声を震わせた。

「危ないから、頭を下げて」

「警察でもだめなら、もう帰れないね」

「じっとしてろ。流れ弾に当たるぞ」

「だって、ないんだもん」

嵐をやり過ごす幼い兄妹のように、ぼくは身を屈めて、混乱の渦のなかで灯の声だけを聞き取ろうとした。灯の手はバッグの中身をかきまぜ、周辺の床を探っていた。

「最後に見たいのに、もう一度、なのにどこかに――」

ぼくは灯の言葉を最後まで聞けない。唐突に腕をつかまれ、からだを引き上げられた。力まかせに立たせられて、そのまま押しやられるように、灯とともに喧騒のさなかを歩かされた。えっなに、なに？　と灯がパニックになった。彼女とぼくを急に移動させたのは、ひとりの若中だった。あわただしく組員が往き来する廊下を抜けて、三崎はぼくたちを屋敷のガレージに連れこんだ。

ここでも局地戦が展開されている。シャッターが開けられ、車両を楯にして、組員たちが発砲している。三崎は右端に停まっていたＳＵＶにぼくと灯を押しこみ、運転席に飛び乗って、挿しっぱなしのイグニッションキーを回した。わけもわからず茫然としている灯の膝の上に、三崎は血の滴が散ったパスケースを投げて戻した。

「出すぞ、伏せてろ」

アクセルを踏みこむと、ガレージを飛びだした。車回しを縦断して、庭園の段差で跳ねながら、迂回をせずに一直線に南門へと直進する。

正面突破するつもりか？　征城の榴弾を食らった南門の封鎖線は、大きく後退し、透き間が空いていた。三崎が運転するＳＵＶは、フロントグリルで木製の車止めを突き破り、破片を散らしながら、ストップ、ストオォッップ！　と非常灯をふりたてる警官の制止にも止まらずに、南門を飛びだすと屋敷の前の路地を急右折して、坂道をブレーキなしで降下した。

三崎が逃がしてくれたの、あたしたちを――驚愕し、困惑し、そして喜びで上擦っているあたしに、薬が遅れて効いたかなとぼくは答えた。ずっと、ずっと――びくともしなかった鉄の鎖が音をたてて外れたのだ。ぼくが知るかぎり、もっとも強固で揺らぎのない侠客が、自身の存在意義にも等しい侠義を手放して、ぼくたちを壊滅的な修羅場から救い出していた。

グローブボックスにはグロックが二挺。それから紙の買物袋にこそ入っているが、じゃがいもや林檎ほどの愛嬌はないＭＫ３手榴弾が二ケ。わずかな装備だった。これでどこまで保つかな、とぼやきながら三崎がぼくにマガジンの弾数を確認させる。後部席から身を乗りだした灯が、運転手の肩に静かに手を載せた。

「……ありがとう」

三崎はバックミラー越しに、ぼくと灯に視線を返してきた。

「お前との兄弟盃は、貧乏くじだったな」

「ぼくたちを逃がしてから、そっちは？」

「俺も造反者だ、戻れない。このまま離れる」

「そうか……なら、彼女を頼みたい。ぼくだけ降ろしてくれないか」

「降ろすだと」

「大事な用が残ってる。彼女は、警察署で降ろして」

「この期におよんでなにかできると思うのか？　こうなったらなにをどう謀っても本家には潜れない。これからのことを考えろ。お前の場合は、留置所や刑務所も安全じゃない。逃げるしかない。積み残しがあるなら、態勢を整えてからにしろ」

「ぼくはまだ離れられない。兄弟、どうしてもやらなきゃならないんだ」

「お前がボリスを信念でさらったように、俺はお前をさらった。お前の目にはそれが、捨て身には映らなかったか」

「……いいや、命を拾われた」

「だったら、それを大事にしろ」

灯がそこで、拳銃と手榴弾に手を伸ばした。

「ねえ、拳銃、二挺しかないの？」

「……この女は、なにを言ってるんだ」

「降ろされるのはイヤ、ふたりと行きたい」

「追われたいのか、バカ、あんたは警察だ」

「君には、行くところがあるだろ」

車のなかで喧々としたが、三人の意見はまるで嚙みあわなかった。ぼくは戻らせろと言い、三崎はとにかくSUVを走らせつづけ、灯は警察署に近づいても、もうすこし乗ってたい、もうすこしいっしょにいたいと震えてわめいて車を降りない。本家での仕打ちが尾を引いているんだろう、恐ろしいことばかりの世界で溺れたくないとでもいうように、ぼくの首筋にしがみついてくる。もうすこし落ち着くまでは、同行させないことには埒が明かなそうだ。

三崎が運転する車は国道を北進した。本家が警察に攻めこまれているうちは、すぐに追っ手はこないはずだ。深夜、座席で灯が寝入ってから、ぼくは三崎に尋ねた。

「どうして、心変わりを？」

「……俺がまちがってたよ、兄弟、とでも言ってほしいか？」

「あ〜それ、いいね。もっと感情を込めて言ってくれないかな」

「余計なことをくどくど語らせるな」

三崎自身にも整理がつかないのかもしれない。過ぎゆく夜のなかでぼくは想像をめぐらせた。早田征城がもたらす惨劇、歯止めのきかないキャリアの総決算が向かうさきの渾沌。それらのひたすら超現実的な展望がこの男を土壇場で急変させた。ある種の暴力は一定のポイントを超えてしまえば、永遠に薪をくべられる溶鉱炉のようになって、人間には手がつけられなくなる。それは延々と、死と傷痕を量産する。ぼくとおなじく三崎もそれを本家で体感したんだと思う。そしてその背中を最後にひと押ししたのは、ひと組の母子(おやこ)だった。

そうだよね？

31

ここからは逃避行だ、と三崎は言った。検問が敷かれている可能性が高かったので、高速道路を使わずに一般道を迂回しながら進んだ。北に向かうにつれて窓の外の気温は下がりはじめ、空気がアルミ箔(はく)のように張りつめた。雪になるかもしれない。

カーラジオがときおり、警視庁に踏みこまれた早田組のニュースを報じていた。驚くことに突入から一日が過ぎても屋敷を制圧することができず、組長ほか主要な組員を捕えられずに、睨みあいの膠着(こうちゃく)状態となっているらしい。他にも全国いたるところで暴力団関係者のからんだ事件が多発していて、俄然、活発になった日本の暴力団の動きに世界中のメディアも騒ぎだし、小野寺総理が会見を迫られる事態になっているという。

「昔、世話をした男がいてな」三崎がラジオの音量を落とした。「もとからカタギだったんだが、組と揉めて標的(まと)にかけられたところを、俺が逃がした。台北(タイペイ)で日本料理屋をやっていてな。奴のところなら安全だ。問題は……」

三崎は煙草の煙を窓の隙間から逃がした。

「あれは、船旅が苦手だ」

深夜の一時を回っていたが、苑子さんは起きてきた。三崎の自宅で頬っぺたが落ちるようなごちそうを食べさせてくれた奥さん。あれから数ケ月が過ぎて、大きくお腹はふくらんでいる。グロックだのＭＫ３だのを懐に収めて臨月の妊婦と向きあうのは、さすがに人としてまちがっているような、致命的な過ちを犯しているような背徳感があった。

夜風に葉を揺らす木々が静かに呼吸をしている。田園地帯に鎮守の森があって、そのすぐ隣に古い農家があった。ぼくと灯の怪我にぎょっとして、苑子さんは救急箱を出してきた。灯の傷を応急手当して、ぼくにも着替えを持ってきてくれた。急なんだもの、ありあわせになっちゃうわ、と言いながら台所に行きかけて、三崎に止められた。

「ここの住所は、本家に知られてなかったよな」

「ええ、実家からはお歳暮もお中元も送ってないし……」

「ならいいが、万全を期したほうがいい。すぐに身支度するんだ」

「だけど、お母さんは寝てるわ」

「義母さんの歳じゃ無理だ……俺たちだけで行く」

「だけど、だけど一週間もないのよ。船の上で陣痛が来たら」

「それはなんとかする」

「こんなときに無理よ」

「だったら置いていくぞ！」

三崎はいきなり、苑子さんの頰に平手打ちを浴びせた。

ぼくと灯は「やめろ」「最低」と一斉にブーイングした。

「お前らは黙ってろ。夫婦の問題だ、話をするからちょっと出ててくれないか」

愁嘆場を恥じているのか、三崎は苑子さんを抱き起こしながら、ぼくと灯に言いはなった。

ごめんね、苑子さん。三崎を危険のない場所に導けているとは、とても言いがたい。彼女との約束は守れていない。たとえ一瞬、俠義のくびきから解き放つことができても、結局はこうして追われる立場を強いてしまっているんだから。しかも夫婦そろって――

連れていく、と決めたらしい。苑子さんのピックアップについて三崎は、ぼくの意見を求めなかった。ぼくはサッシ窓を開けて、つっかけサンダルを借りて庭に下りた。施肥された丸太で椎茸が栽培されている。隣接した鎮守の森で風が騒いでいた。一足先に出ていた灯が、長い脚を折り畳んで芝生にしゃがみこみ、ＭＫ３の筒をじっと眺めていた。

「なんで持ってるの、こっちに渡して」ぼくは灯に言った。「駅まで送るから、ここから滋賀ならそう遠くないでしょ」

「わかった」

「みんな一緒ってわけにもいかない」

本家の屋敷から脱け出して、しばらく行動をともにして、灯の精神状態もようやく落ち着いてきていた。本家も灯まで追跡はしないだろうし、すぐに遠い街に移るようにも言ってある。いまなら大丈夫、灯を送りだしても問題はなさそうだった。

「ねえ、お腹の子、男の子、女の子？」

灯は窓越しに三崎夫妻を見つめた。ぼくは肩をすくめた。

そういえば、聞いたことがなかったな。

「予定日が近いのに、別の土地に行くなんて、そりゃつらいよね」

「だけど三崎は、あの人を、置いていけない」

「きれいな人」

「うん、しかも料理も上手い」

「佐智子さんも美人だったけどね」

「ああ、佐智子さん、どうしてるかね」

「あたしもね、子供を産んだあと……」

　産後の影響で体型が崩れるのを心配したけど、すぐに復帰できたと灯は過去をふりかえった。

「むしろ子供を産んでから一年ぐらいが、あたしのからだは最高（ベスト）だった。実際に母乳を飲ませてないのに、おっぱいは張って、いろいろと不安で体重は落ちるからウェストは締まってるのに、骨盤が開いてるからメリハリがあって。すごかったよ、あなたにも見せたかった」

「……ふうん、そうなんだ」

「あのころのからだが、あたしの完成形というか、人生のピークだったのかもなあ」

　うらやましいのかとぼくは問う。まあそれなりにねとあたしが答える。あたしには妊娠も出産もできないから。母親のボディの偉大さをみずから体感することはできないからね。そんなことでいちいち鬱（ふさ）ぐのはよせよとぼくは問う。答えはない。

「三崎さんの奥さんも、きっと、今以上にきれいになるよ」

　灯のまなざしは、屋内の苑子さんに注がれている。

　三崎はもう怒鳴っていない。苑子さんはギプスに固定された首を避けて、夫の背中に手を回していた。三崎がなにかを話していて、苑子さんがこくり、こくりと頷いている。三崎の右の掌（て）が、苑子さんに導かれて、ふくらんだお腹に添えられた。

　胎内に息づいている、遠い海の満ち干のような音を、羊水の内なる響きを、ぼくもあたしも永遠に聞くことはない。自分の外側にも、内側にも。これまでに何度となくもてあましてきた感情がぶりかえす。ぼくも、あたしも、死のほかになにも生めない。尾を食らいあう蛇のように憧憬と嫉妬とからみつかせて、堂々廻りして、どこにもたどりつけない。

と、そこで庭先からの視線に気がついた三崎が、鬼瓦のように顔を凄ませて窓際によってきて、カーテンをシャッと引いて野次馬の目を遮断した。ぼくと灯は、夫婦の時間から締め出される。それでも勢いまかせに引かれたカーテンは、はずみで五十センチ幅の透き間が空いている。その向こうで、苑子さんの前で屈みこむ三崎の姿をまだ覗くことができた。

「ふふっ、見えてるよね」

灯が笑った。耳をくすぐるような笑い声が、そこで急に、ヒッと息を呑む音にさえぎられた。見れば灯が顔を強ばらせている。彼女の視線をたどってすぐに理由がわかった。血塗りの蛍のような光点が、閉まったカーテンの表面に揺らめいている。

アサルトライフルの照準点(レッド・ドッド)だ、追っ手がきたのか――

「アサルトだ、兄弟、伏せて!」

ぼくは灯を突き飛ばすと、鎮守の森にグロックを発砲した。

カーテンで揺らめく赤い光点を、自分の胸に移した。家屋と森の間に割って入った。撃たせない。鎮守の森のほうに数歩を歩み出しながら、グロックを連射する。

次の瞬間、窓ガラスが割れる音が夜を裂いた。

アサルトライフルの発砲か――

どうして。

ぼくは被弾してない。それなのに、背後の窓が割れている。

別の方向から、家の前の農道から、ひそひそと囁き声が聞こえた。

アサルトライフルの発砲は、赤い光点は、ひとつじゃなかった。

包囲されて、鎮守の森とは別の方向から狙撃されたんだ。

灯の悲鳴で、ぼくは息を呑んだ。

屋内を覗きこんで、すべてが凍りついた。

三崎が撃たれていた。

「三崎」

ぼくは呟いた。

「兄弟、三崎さん」

ぼくは呟いた。灯が叫んでいる。

膝が震えだす。伏せてろ、と灯に言う声も震えている。

三崎と、苑子さんが、折り重なるように倒れている。

呼びかけても、どちらも返事をしない。

庭先から屋内に上がった。視界がグラッと傾いだ。

灯の悲鳴。庭に入ってきた数人の男に腕をつかまれている。

一瞬、なにもわからなくなった。ぼくもあたしもなにも考えられなくなった。

ふらふらと膝から落ちた。そこで玄関から「お邪魔します」と入ってきたのは、征城だった。

起きてきた老母にシーッと人差し指を立てて、お供の若衆に床の間に連れていかせた。

三崎夫妻をその目で確認すると、庭から回ってきた雄昇の頭を叩(はた)きあげた。

雄昇の手には、アサルトライフル。暗い光沢が銃身を覆っている。

「このバカ野郎、誰が撃てと言った。三崎とは話の余地はあると言ったろうが」

「すみません、ちょっとした威嚇のつもりで」

「当ててんじゃねえか」

「急にカーテンを閉めるから、照準を見失ったんですよ」

「ちょっと玩具を与えたら、調子に乗りやがって。こういうことをやらせっとてんで巧くねえ」

「だけど、これは……スーパーショットですよ」

「まぐれだろうが」

雄昇は眉尻を上げて、一発の銃弾があげた成果に驚いていた。

征城は長男をこきおろすと、ぼくに向き直った。

「桂介、これはお前の責任だぞ」

ぼくは起とうとして、だけど起てずに、四つん這いのように三崎夫妻のもとに這い寄った。その向こうに立ちつくしている征城に、撃たれた三崎を挟んで、平身低頭で謝罪しているような構図になっていた。雄昇がさらに言うには、

「ああいう性格だから、松澤さんは。組員本人が申告してなくても、経歴とか出身地とか組の家族全員のデータを持ってたよ。ここの住所もね」

三崎は即死だった。耳の上の側頭部を撃ち抜かれ、濡れた生の傷痕が、赤黒い頭の中身をさらしている。さらには苑子さんまで、お腹を血に染めていた。

折り重なった夫妻を見れば、なにが起きたかは一目瞭然だった。ぼくもあたしも戦慄していた。腰がガクガクと勝手に上下するのを止められない。神話のこだまが鳴っている。どこか哭いているようでもある。征城たちはたった一発の銃弾で、家族三人を餌食にしたんだ——

雄昇の放った凶弾は、苑子さんのお腹に耳を当てた三崎を撃ち抜いた。

銃弾は夫の頭蓋を貫通し、妻の腹部の深みにまで達した。

あるいは、子の眠る子宮にまで――

こんなのない。こんなのないよとあたしが問う。ぼくはなにも答えらない。だってここは柔らかくて、無防備で、血や抗争なんかとはずっと遠く離れてなきゃならない領域なのに、そういうものをこの男たちは一瞬で粉砕した。わかちがたくて、ひそやかで、ひとつの紐帯（ちゅうたい）でしっかりとつながれた家族の時間を、この男たちは破壊した。それはいちばん古い人類が洞窟で身を寄せあうようになってから、いまのいままで脈々と継がれてきた魂の織物に――荒っぽく指を突っこんで、牙を立てて嚙み破り、流血のうちに終止符を打つような制裁だった。

こんなのない。こんなのないよ。戦争のプロモートなんてしなくたって、これで早田の神話は究極の一線を越えたとあたしが断ずる。珍しくぼくと意見が一致していた。

あとにつづくのは、死と傷痕だけだ。


「あまりに惜しい、この男は」

「あなたは……」

「最後に血迷わなけりゃ、ほとんど完璧な男だった」

三崎は動かなかった。こんなのないよ。あんなに強かったのに。あんなに猛々しくて、においたつような生気をまとっていたのに。全身にひろがる慄（ふる）えと乱れる呼吸を静められない。眼球を熾（おこ）らせるような熱が顔の内側で燃えて、頭の芯がふやけて崩れそうだ。

「あまりに大きな損失だ。お前がなにをしたところで取り戻せない」

三崎の前で屈みこんだ征城は、殊勝な言葉に反して、芥子粒ほども動揺していなかった。

「……ん、女房のほうは息があるか」

血だまりに横たわった苑子さんの首筋に、征城が指を添えた。

「あるな。脈がある。女房のほうは助かるかもしれん」

「奥さん、苑子さん、しっかりして」

ぼくは咄嗟に、苑子さんにすがった。

「ねえ、だったら早く、早く運ばなきゃ」

灯も這い寄ってきて、ぼくの横で声をつらねた。

すぐにふたりとも、若衆の手で引き離される。

「女房は病院に運ばせよう」と征城は言った。

「……わかりました」

「お前が聞き分けをよくするならな」

「ボリスのところに連れていけばいいんですか」

「これ以上、わずらわせるな。俺が直々に来てるんだぞ」

「彼女も連れていきますか、桂介くんも言うことを聞きやすくなる」

「ぼくだけで行きます。彼女はここまでで、お願いだ、お願いします」

雄昇は灯を指していた。三崎は俺たちが弔う、征城はそう告げると、侠客の遺体をものものしく死体袋に収容させた。ぼくは最後まですがった。言葉にならない言葉をつらねて灯も遺体にふれようとしたが、無理矢理に立たされて、

「モデルの姉ちゃんも、最後まで付き合え」

征城に厳命される。灯はもはや抵抗しなかった。
フーッと溜息を吐いて、暗い光を瞳に湛えて、
狂笑していた。
ぼくと灯と、三崎の亡骸は、征城たちの乗ってきたバンに同乗する。危篤の苑子さんだけが別の車に担ぎこまれた。三崎を伴った帰路が、野辺の送りとなったことを悼むように、征城はもうひとりの不肖の息子を叩きあげると、重たい呼気を鼻から抜いた。

32

ぼくは恐ろしい夢を見ていた。

毎晩のようにそれは、ぼくの眠りを害げて、朝の光を遠ざけた。

死んだ人々が、恐ろしくも懐かしい表情を浮かべて、ぼくを見つめている夢だ。

一族の歴史の養分となった人々は、ひとり、またひとりと名もなき暗黒の世界にたどりついた。後年では、ぼく自身が、現在進行形でつらなる神話体系の一部となって、彼らの肉体を殺し、精神を殺してきた。これといった覚悟や訓練は要らなかった。ただ自分の目的のためだけに、人の頭を後ろから銃弾で撃ち抜くことができた。大人も、子供も、日本人も、外国人も、区別もなく淡々と、無感動に――このからだは、物言わぬ死者と似通っていた。引き鉄を引く指はたしかに、神話のこだまによって衝き動かされていた。

暴力の鎖に接がれた物語が、どのように端を発して、どのように人々を支配していったか、悪しき連鎖を止めることはできるのか、それらの答えを見つけたかったが、目算がどこかで狂ってしまった。

無数の罪や負債や因習、その原因と結果に――そんなものがあるなら、という留保つきだが――たどりつこうとしたはずなのに。結局のところは自分に戻っただけだった。すべての答えが自分の内側で完全に閉ざされているのだと、そう気づかされただけだった。


あたしは自分を救いたかった。

眠りや微睡みに嫌われて、錆びた剃刀(かみそり)が内臓をこそぐような痛みから、自分を救いたかった。

男の世界にしがみついて、女の世界でまごついて、そのどちらでも疎外感をおぼえて、馴れ親しんだ寝床に入っても休息をとることができない。渾沌とした泥に視界を覆われながら、独り善がりの虚勢を張って、孤独感や葛藤になんておぼえのないふりをして、ひたすら這い進みつづけるのは苦痛だった。ほんとうはわかっているのに、自分の力だけで達成したことも、これから獲得できるものもなにひとつないとわかっているのに――だからあたしは、この性が、空っぽの子宮と精巣がすべてに決着をつける凶器なんだという強い観念の囲いこみから、別の世界に出てみたかった。黙って眺めていられずに、あたしなりにヒントをたぐり寄せて、それに執着して、居場所を変えるために自分とたえず問答をくりかえしてきた。それなのに――


ふわり、ふわりと、浮かんでいた。

ふわり、ふわりと、浮かんでいた。

その子は、浮かんでいた。温かい羊水のなかで、漂うように。

その子がいるのは、秘密の海であり、寝室であり、世界のすべてでもあった。

その子はまだ、肺で呼吸をしていない。まだする必要がないから。寝室そのものとひとすじの緒でつながっているから。

だけど、ちっちゃな自前の心臓で鼓動を打っていたし、手の指もそろっていたし、ふたつの目もあったし、寝室の壁を蹴っとばす足もあった。見るものはまだなくても、感じることはできる。目蓋を瞬かせて、屈曲した手足を伸ばして、ちゃぷちゃぷと運動もする。たいていは眠っていて、うるわしい微睡みのなかで夢を見る。


それは、壁の向こうの世界の夢だ。


外の世界があるのを、その子は、ちゃんと知っている。

外の世界から聞こえてきて、寝室に響きわたる声があったから。

だから、身じろぎをして、壁を蹴って、返事をするときもある。

あのときその子は蹴ったんだろうか。

母のからだの向こう側の、父の耳に、自分の存在を伝えたんだろうか。

優しくてやわらかな母の声も、強くてたくましい父の声も、ちゃんと響いていたはずだ。

あとちょっとだね、と声が言う。

ああ、もうすこしだ、と声が言う。

なんの心配もいらないからね。

早く出てこいよ。

ふたつの声がそう言うから、その子は、壁の向こうに出ていく準備を始める。

ウォームアップに手足の指を動かして、身じろぎをして、もしかしたら壁の向こうにキックを返して、もうすぐ出るよ、と返事をして、その子にあわせて海は満ちて、壁もやわらかくひろがって――きっとそんなときだった。凶弾の音が空間を貫いたのは――


男の子か、女の子か、足のあいだにはどちらの性器があったのかな。

母子健診のエコー写真で、おちんちんは見てとれたのかな。

わからないな。三崎や苑子さんにどうして聞いておかなかったのよ。

ぼくだけのせいにするなよ。あの子はどうなったのかな。お父さんとお母さんの血に濡れた弾丸はあの子を逸れてくれたかな。わからないようるさいな。もう確認するすべなんてないじゃないか。

生きとし生けるものが呼吸を止めているような時間帯だった。窓の外では膿んだように雲が赤らんでいる。はるかな眼下には、陸地を縦断する奥羽山脈の連峰を望むことができた。ビジネスジェットのフライト・デッキについているのは、免許を持っているという雄昇だ。民間の離着陸場から離陸して、乱気流を避け、山脈の上を低空で飛行していた。

自家用ジェットは二十人乗りで、ぼくと灯と、早田の男たちが乗りこんでもまだ空席があった。キャビンの最後尾に、三崎の亡骸を収めた死体袋が安置されている。

ビジネスジェットには、チキンとビーフの機内食まであって、エアコンディショナーが残飯の臭いを掻き消している。たえまないエンジンの音は不思議とぼくを瞑想的な心地にさせたが、疲れにまかせて眠りに落ちることはできなかった。操縦桿を握っている雄昇はもちろん、三人の若中たちも、五人の子分衆もみんな目を開けている。ここ数日、いや、数ケ月も数年もひとつづきになっているような修羅場のなかで居眠りなんてできるのは、きっと征城ぐらいのものだ。

向かいあわせの座席についた征城が、ふと目蓋を瞬かせ、顔をもたげた。

あくびをすると、寛いだ仕草でウーンと伸びをして、

「眠っちまったか」

微笑みながら言った。

「どのくらい寝てた？」

「二十分くらいだと思います」

「さすがにくたびれたなあ、お前は、そうでもなさそうだが」

「このところ眠れなくて。安眠のコツがあったら教えてくださいよ」

「んー、そうだな。目を閉じると暗闇があるだろ。その奥の奥の、ずーっと奥にある黒い一点を睨みつづけろ。すると、糸屑のようなものがふわっと流れてくる。そいつは眠気の波だ。そいつを逃がさずにガバッとつかまえりゃばたんきゅうだよ。寝酒もいらねえ」

征城は朗々と語ると、鷹揚な微笑みを見せた。こちらの不安を掻き消してしまうような、親密で豊かな表情だ。世界をまるまる自分の顔の裏側に追いやって、俺だけはお前の味方だと約束してくれるような面差しが、ぼくのふやけた時間に染みわたった。

「あぁん、モデルの姉ちゃんはどうした」

「うしろです」

ぼくはキャビンの最後尾を指差した。本家での凌辱に、負傷や疲弊、情緒の乱高下。それらが重なったせいか、灯はジェットに乗りこむ直前から糸が切れた人形のようになっていた。長い手足をそわそわと揺らし、うわ言を吐きながら、三崎の死体袋(ボディバッグ)のそばで自分まで屈葬されたようにからだを縮め、肩を左右に蠢(うごめ)かせている。

「壊れちまったか。ままあることだ。オイ、ちょろちょろさせるな」

「壊れもしますよ、これだけ長い時間、組の人間といるんだから」

「座席に座らせとけ、目障りだ。三崎（ホトケ）にさわらせるな」

「いまさら言っても、詮無いことかもしれませんが」

「あぁん、なんだ？」

「三崎を亡くしたら、組の計画は成就しないと思う」

「お前がそう思うのは勝手だがな」

　征城はがきごきと首の関節を鳴らすと、どーれ、到着までの時間つぶしに、この青臭い論客と意見を戦わせてやるかなというふうに顔をもたげた。

「たしかに一騎当千の男だ。穴を埋めるには千騎を注ぎこまなきゃならんが、よそじゃ無理でも、うちには命を惜しまねえ組員がごまんといる。おい雄昇、有能な男を弾いたペナルティだ。お前にもこれからは前線に出張ってもらうぞ」

「あ～はい、わかってますよ」

　フライト・デッキから雄昇の返事が聞こえた。

　他の組員たちが、控え目な笑いを漏らした。

　地平線をふちどる光の帯が強まって、機内にも明るく差しつける。ぼくは左掌で光をさえぎりながら、真向かいの父と向き合った。

「断言してもいい、組の計画は破綻する」

「お前は予言者か。みっともねえから遠吠えはやめておきな」

「おとなしく裁きを受けろと？　こうして呼吸（いき）をして、からだを動かせるうちは、できるかぎりのことをします。あなたの権勢が尽きるまでは、早田組に弓を引きつづけます」

「のっぴきならねえ宣言だな。とどのつまりお前は、母さんのことで俺を恨んでるんだな。あの披露宴の黒ネクタイで、とっくに宣言はすんでたわけだ」

「これまでのように、これからもやらせてもらう」

「お前、解放されると思ってるの」

「かならず脱け出します」

「フーディーニも真っ青だな」

「これまでのように自由に動きます」

「そりゃ無理だな」

「無理じゃない。彼女が捕えられるまでは、ぼくの動きは組長も、幹部も、本家の誰も捕捉できてなかった。ぼくはもうずっと以前から、組に損害を与えてきた」

「雲の上で懺悔(ざんげ)かよ。こそこそと策動してたのか、誰に似たんだか」

「あなたにとって、ほんとうに替えのきかないものを奪ってきた」

「ふーん、松澤だけじゃねえのか」

「はい」

「匡次も永誠も、お前か」

「ここにいる以外の早田の人間はみんな」

「お前、それを言ってどうなると思う？」

激昂や動揺はしていないが、さしもの征城もあごの筋肉を、ごろっ、と蠢かせた。

ぼくは声に出さずに言う。父さん、あなたの血縁者たちは、ぼくがひとりずつ葬った。

組員のひとりに腕をつかまれて、灯がキャビンの前部に連れてこられる。ぼくと征城の話が聞こえていたのか、灯もあははと笑い声を転がしている。

　ビジネスジェットが気流の乱れで揺れた。

「どのみち極刑だ。腹いせに余罪を告白か」

「捨て鉢になってるわけじゃありません」

「たしかに替えはきかんな。三崎やボリスとは違う。埋められる損害じゃない。お前がみるみる貫目を上げていったのは、死人の衣をまとってたからか。見下げはてた野郎だ」

「あともうすこしです。残りはわずかだ、片手で数えるほどだ」

「ほう、俺や雄昇も数えてるのか」

「あともうすこしです、もうすこし……」

「お前が初めてだ。俺の前でそんなことを言うのは」

「そうですか？」

「厄介者を抱えこんじまったな」

「すみません。だけど、あなたが思い描いているような世界はやってこないし、失敗を教訓として語り継いでくれる末裔（まつえい）も残らない」

　もう終わらせてください、とぼくは声に出さずに言う。

　あなたを葬らせてください。父さん――

「早田の血は尽きる」

　ぼくは王に言った。征城が目を細めた。

　ビジネスジェットが気流の乱れで揺れる。

　ぼくの横を通過する灯が、そのとき、通路でよろめいた。

長い手足を伸ばして、征城に抱きつくかたちになった。ジェットの揺れは止まずに、膝の上にまたがるかっこうで灯は征城に密着した。

灯の右掌には、ＭＫ３。

円筒状の手榴弾が握られている。

彼女が仕掛けるなんてな、とぼくは思う。三崎の死体袋（ボディバッグ）に隠して持ちこんだものだ。雲上で仕掛けるきっかけがつかめなかったし、なによりも灯が乗っている。目的地に着陸してからにするか、思案していたところで目論見を見透かしたように、灯がすすんで無謀な賭けに出ていた。

「誰も、誰もよ、動かないで」

寸法（サイズ）ちがいの指輪のように、灯の指にプルリングが嵌まっていた。ピンを抜いて、安全バーを押さえている。ぼくは教えてない。三崎にでも聞いていたのか、正しい使用法だ。安全バーを上げたら数秒で爆破する。もちろん狭い機内では、灯自身も無傷じゃすまない。こうなることを見越してたんじゃないの。灯だけは助けたいなんて言って、どこかで彼女が決死の行動に出るのを期待してたんじゃないの。そうかもしれないな、とにかくこの場を制するんだ。ぼくは席で立ち上がった。

このバシタ、組長から離れろ！　全員死ぬぞコラァ！　と組員たちが怒張する。そこにいるすべての男たちの生命が火をつけたように強烈に充満した。

「マガジンを抜いた拳銃をまとめて最後尾に捨てて」とぼくは言った。征城を牽制しながら、フライト・デッキに向かって言った。「異母兄（にい）さんは操縦桿を握っていて。コンソールに置いてある拳銃を床に滑らせてください」

このままビジネスジェットを爆破、墜落させて早田親子を亡きものにもできる。このうすのろ、雑なプランはやめてよ、それじゃあ灯まで巻き添えじゃない。うんざりするから出しゃばってくるなよ。

うるさい早くこの場のイニシアティヴを奪って、男どもに要求を呑みこませるのよ。

「すぐにどこかに着陸して、あたしたちを解放して」と灯もかさねて言ったので、ボニー＆クライド風のロマンを味わった。もしくはボニー＆ボニーかな。ふたりでハイジャックとはね。

「こっちに来るな、全員、座席に戻って」ぼくは組員に着席を強いた。

「着陸させて、操縦席にそう言ってよ」灯が征城に言った。

「目的地に着いてねえからな」

「手を離すよ」

「おい桂介、この女、ちゃんと使い方わかってんのか」

「わかってるんじゃないですか、保証はできないけど」

「着陸させてってば」

「姉ちゃん、俺のせがれに、柔(や)っこい股が当たってる」

「余裕をかましてるつもり？　言うとおりにして」

「この機は頑丈じゃない、墜ちるぞ」

「ああ、もう、握力が保たない」

「組長はそのまま座っててください。灯、君はゆっくりでいいから、握ってるものを渡して。ぼくが交代するから」

「あ〜ったく、この期におよんでじゃじゃ馬どもが。桂介、お前が座ってろぉっ！」

　征城がそこで一喝した。こめかみを衝かれるような怒号だった。またがった灯にかまわずに憤然と立ちあがる。灯はとっさに首に手を回してしがみつく。征城はためらいなく彼女の横腹にこぶしを突きこみ、髪をわしづかみにして、左側頭部に掌底を叩きつけた。ぼくと灯と征城で、揉みくちゃの乱戦になった。ぼくは征城の膝を蹴り折ろうとしたが、浅い。鼻にこぶしを入れたが、鼻血も出ない。凶器のかわりになるフォークやペンのたぐいはない。

「桂介さんっ、この男を殺して、いまここで」

「離すな、それを握ってろ」

「早田征城を殺して」

「離すな、離したら、君まで」

征城は膂力(りょりょく)だけで灯を半回転させると、からだをへし折ろうとするように彼女の横腹を座席の角に打ちつけた。組員たちが殺到して、灯を引き離しにかかる。奪ったらすぐに押さえろ！　と声が聞こえる。ぼくは征城の頸部に手をかけたが、アダムの林檎を潰すにはいたらない。組員たちの手が、ぼくのからだにも伸びてくる。さわらないでよ、さわらないで！　と叫びだしたくなる。組員の誰かのこぶしが、灯のあごをダイレクトにとらえた。灯の目が揺れた。脳震盪(しんとう)でも起こしたみたいに、彼女が全身を弛緩させた。

灯の黒髪が、ぼくの目前で雨のように降った。

手榴弾が、落ちた――

瞬時に手を伸ばした。彼女が落としたＭＫ3を、キャッチ、できない。

ぼくの空振りを誘って、肘かけに当たったＭＫ3が、通路に落ちた。拾え拾えっ、と殺気走った声がつらなる。だけど真っ先に手を届かせたのは、落下させた灯自身だ。

朦朧(もうろう)とするなかでの反射的な行動なのか、それともはっきりと意図してのことか、灯は組員に圧(の)しかかられながら、拾った筒をキャビンの前部に投げた。フライト・デッキの扉にコンッ、と跳ねたＭＫ3が、まばゆい閃光を放った。

ぼくも、灯も、組員も、座席や床に叩きつけられた。爆発音が機内に響きわたり、衝撃でジェットの片翼が傾ぐのがわかった。とっさに手榴弾を追っていった組員はひとたまりもなかったし、それは操縦席についていた雄昇も同様だった。

凄まじい轟音とともに、霧のように濃密な気体が流れこんできた。ＭＫ３の破壊力は想像以上だった。フライト・デッキの前面の窓が割れて、急な減圧によって雄昇は頭から機外に吸い出され、だけど安全ベルトが引っかかり、腰の一部と太腿から下だけは座席に残して、前衛アートのようにちぎれた肉の塊（かたまり）になっていた。

吹き飛ばされたデッキの扉が、破片が、計器類のディスプレイをあとかたもなく粉砕して、緊急警報が鳴り響いていた。

おそらくエンジンや油圧系統が、ナビゲーション・システムが連鎖的に効かなくなっている。組員たちが命がけでデッキに飛びこんで操舵を試したが、巡航高度を戻すことはできない。操縦不能となったジェットは、四千メートルの高さから急降下を始めていた。

ああ、そのとき、ぼくは見たんだ。

酸素濃度が薄くなって、不思議と間延びした、静止したような時間のなかで。

傾いだ窓の向こうで、燃える真円の太陽だけが微動だにせずに――

まばゆい焔をまとった、黒い天球となっているのを。

皆既日食だ。

これは幻覚か。手榴弾の爆発に見舞われて、頭や網膜がポシャッたのか。

そうじゃないと思った。待ち望んだ天変地異がついに起こったんだと思った。

すべての生命の営みを静止させる、黙示の到来。凶事の象徴。

世界に死を刻印する、半陰陽の象徴。

ついにこの瞬間が来たんだ、とぼくは思った。

早田の男たちは、裁かれるんだ。

ぼくも含めて――


ジェットが下降する。両翼もエンジンも正常に機能せずに墜落する。軍用の旅客機じゃないので酸素マスクや救命道具はあっても、乗組員が脱出するためのパラシュート類はそなえられていない。もはやどんな約束もそこにはない。死の前に投げだされたぼくたちは丸裸になるしかない。組員の多くは極限状況でも侠義を貫いて、数人で圧しかかるように組長を座らせ、酸素マスクをかぶせて、できるかぎり屈曲させて安全な体勢をとらせている。

吹きすさぶ強風の音が耳を劈く。視界が流線形にすぼまる。ぼくは通路を這っていって、意識を失っていた灯を座席につかせてベルトで固定した。ああ、灯だけは、灯だけは生かしたかったのにとあたしが問う。あたしたちはこれでよくても、灯だけは。さすがにきびしいかもなとぼくは答える。皆既日食を見たろ？　とぼくは問う。そりゃ見たよとあたしは答える。あれが出ちゃえばそれまでなのね。早田の男たちは、自分たちが犠牲にした魂のぶんの高さを、底なんてないような深い深いところまで落とされるのね。これってまるで灯が、身をもって裁きをくだしたみたい――

酸素が薄くて、頭がくらくらする。ぼくもマスクをかぶって、灯の隣に座ってベルトを締めた。墜落の速度が増すにつれて、主翼のそばの外壁が吹き飛ばされる。ジェットの機体は墜ちながら、ジッパーを開けるように崩壊していく。壊れかけの溶鉱炉のなかにいるように五感が蹂躙された。巨大な怪物が哭いているような風音が止まなかった。ジェットは山岳地帯の上空へと急角度で滑空した。

原生林の斜面に、機首を下げて、右主翼から激突した。広範囲にわたって木々をなぎ倒しながら乗客を座席ごと周囲にまきちらす。接触のはずみで、水切り石のように一度は上昇したが、すぐに二度目の激突。ごつりと重たい音に頭蓋を叩かれて、暗闇が急速に意識を呑みくだし、今度はぼくの意識が落下する。落ちないためにぼくができることはなにも、もうなにもなかった。


おめでとう。これで終わりだね。

誰かの声が言った。複数の囁き声が這いまわった。

声がする。遠くから。死者の声か、生者の声か――


……ここは暗すぎないかな？

おかしいな。待ち望んだ世界なのに、真っ暗だ。なにも見えない。

おかしいな。どうなってるのかな。想像とちがっていてもいいけど、なにも見えないってのはないんじゃないかな。浅瀬で子供がしぶきとたわむれるように、ぼくは朦朧とする意識のなかで頓珍漢な錯覚をもてあそんでいた。死者の世界に来たと思っていたんだ。

……これって終わってないの？

どうやらそうらしいと気づいたとたんに、ぼくは悲鳴をあげた。脳の真下でキャンプファイヤーでもされているような灼熱の痛みが、皮膚や神経や臓器のすべてを絞りあげた。暗闇が圧しかかる。真っ暗でなにも見えない。アアアアア、なにも、見えない。

ぼくは生きている。墜落しても生きている。幸運を拾ったとはとても思えない。両目にジェットの破片か、ガラスの尖端か、そういうものが突き刺さっている。真っ暗な膜の向こうに、ただの幻影か、無色の残像のようなものがよぎるが、痛みがふくらむだけで実像は結ばない。ぼくの網膜や視神経は、跡形もなく損傷している。

皆既日食を直視した報いみたいじゃないか。子供のころのツアーで教わった。日食は肉眼で視ちゃだめよ。視たら網膜が火傷しちゃうのよ。ひどいときには失明することだってあるんだから――あはは、なんて理不尽な仕打ちだ。

おかげで目を凝らせない。痛みに耐えながら、他の器官で感じるしかない。

ここは墜落の現場だ。森の気配を感じる。どろどろに溶けている樹木の気配を感じる。シュウシュウと煙が噴きあがる音、植物が燃える臭い。聴覚と嗅覚につづいて、からだの感触を探ってみる。屈曲した体勢のままで座席ごと横倒しになっているらしい。からだの上にはミニバーの瓶やら、チキンやビーフの残飯、ジェットの破片が積もっていた。たぶん人間の断片もあったんじゃないかと思うがそこは考えないようにした。

「……灯は、灯、灯っ」

隣に座っていたはずの女の名前を呼んでも、応答はなかった。

周辺にそれらしき遺体もない。墜落のときに投げ出されてしまったのか。

ぼくはベルトを外してそろそろと這いだした。眼球の痛みがとぎれずに燃えていたし、他にも端々が痛んでいたが、際限がないので全身の傷をつぶさに点検するのはやめる。てんでばらばらで連結しないからだをなだめすかしながら、どうにか歩いてみると歩けた。

原生林の斜面に衝突したジェットがどんな有様になっているかはわからない。手でふれてみようとすると火傷するのでふれられない。たぶんキャビンのいたるところの外壁が崩壊して、主翼や尾翼も原形をとどめていないだろう。

高度の低さが幸いしたか、繁茂する原生林が緩衝材になったか。ここは奥羽山脈のどこかだ。

高地に墜落したはずなのに、世界の底の底を流れる暗渠(あんきょ)に落ちてきたみたいだった。

安息の地に着くはずが、理不尽な手違いで、見当外れの場所に着陸したような心地だった。世界が終わったのに自分だけが残されたような恐怖と心細さを感じた。どうして終わってないんだ、どうして生きてるんだ。ぼくだけがこんな有様で――

「灯、灯、灯……」

彼女の返事はなかった。数時間は捜索したが、灯は発見できなかった。

三崎を収めた死体袋(ボディバッグ)らしきものも、探り当てられなかった。

他に生存者は？　組員がふたりほど、わずかに息があるようだった。

ぼくは残骸のはざまで、足の爪先にぶつかった拳銃を拾いあげると、「熱っ」と掌(て)に火傷をしながら最後の引導を渡した。

破片に目を貫かれて、盲(めし)いたままで這いずりまわって。

灯の名前を呼んでも、返事はなくて、途方に暮れてうろついて。

墜落の現場でまともに立っていたのは、早田征城だけだった。

「桂介、生きてたか。ああ、目がだめか。血の涙がひどいぞ」

ジェットから少し離れた斜面で、ぼくは突然、征城の声に呼び止められた。

息遣いだけで傷を負っていないとわかった。深い森のなかで周辺の様子を探っていたらしい。

ぼくが生きているということは、父も生きている。墜落でも死ななかった。

真っ暗な膜の向こうに、王の気配が、ぼんやりとした輪郭が見てとれる気がした。

盲いた視界にそれは、燐光(りんこう)を放っているようにも感じられた。

「救助はあやしいな。このままそろって凍死か、餓死か……」

濃い深い底なしの緑のなかで、神域のような原生林で。

ぼくは征城と、話のつづきをしようと思った。


雪が降りはじめる。幻想の気配が濃くなる。

大気の死骸のような雪だ。四方に野蛮さが満ちる。

吐く息は白いだろう。純粋な野蛮さ。掌に載るどの粒も柔らかくはない。

背中を慄えが走る。強烈な不安をおぼえる。雪降る森に征城といることに。

降雪の音がしんしんと被さってくる。

親と子の対話に――

「……なにか言いたそうだな」

「……ぼくはまだ、隠していることがあります」

「ここまできたら、なんでも聞いてやるよ」

「染色体検査をしたことは？」

「あぁん、なんだと」

「性染色体というのがあって」

「頭を墜落でどうかしたんじゃないよな」

「組長の性染色体は47XYY核型。普通の男よりもYの染色体が多い」

染色体の話をしよう。早田征城がＸＹＹ型であることは永誠も万代医師も知っていた、周知の事実だ。ＸＹＹ型の男は高身長で、代謝が高く、筋肉質で、きわめて男性的な成長を遂げる。通常の男性がことごとく引け目をおぼえるほどの激烈な男となって、攻撃的で、甘さのない性格となりやすい。だけど染色体の型は遺伝性じゃないんだ。

「ぼくの性染色体は、46ＸＸ／46ＸＹモザイク核型。男と女の両方の体細胞が入り混ざっています。性腺は右側が停留精巣、左側が卵巣に分化していて小型の子宮もありますが、そこでは精子も卵子も製造されていません」

「なんだそりゃ、お前、なんの話をしてるんだ？」

「たぶんこのことは、母さんは知っていた。だけど手術で男か女に矯正することはしなかった。無理に性別を固定したところで、どのみち子を宿すことも宿させることもできないので、付け焼き刃にしかならないから」

「つまり、お前はなんだ」

「つまり、ぼくは、ぼくのからだは……」

「半陰陽というやつか」

理解の早さが嬉しくて、ぼくはベルトに手をかけた。

実際に見せてあげたらいいのよ、とあたしが提案したからだ。

降雪のなかで、征城の目の前で、衣類のすべてを脱ぎはらう。

むきだしの肌に冷気が刺さって、指や乳首の先っちょがきりきりと痛んだ。

からだの力を抜いて、死者のように脱力して、寒さそのものと同化する。目の痛みも消える。

凍りついた夢のような世界で、父との時間は静止する。自分に死化粧をほどこしているみたいだ。

このからだには、茨獅子の刺青。日食の刺青。それから征城の日本刀や、抗争や、墜落事故によって刻まれた無数の傷痕。そんな自分の裸に雪の化粧をほどこす。呼気を吐いてはいるけれど、人間の形をとどめてはいるけれど、他の人々のように泣いて、笑って、誰かの愛に育まれ、つながりによって守り守られ、精妙に編みあげられた三崎や灯のような温かい魂の織物とはちがう。あたしはこのからだを哀しい雪像のように感じ、ぼくはもってこいの氷の墓標だと捉えている。

「残ってるのは、ここにいるふたりだけです」

話すたびに、唇はひび割れて、裂けてしまう。硝子細工のように壊れていっちゃいそう。だけど震えてはいない。痛みもない。ぼくは寒さで研ぎ澄まされる。

「雄昇は死んだ、ここでぼくたちが救助されなければ、早田の血は途絶える」

「お前の望みはそれか」

「そうです」

「きれいすぎるな。極道にそのからだは。母さんにどこか似ている」

「母さんはもっとグラマーでしたよ」

「美しい彫像を気取って、すすんで凍死するつもりかよ」

「彫刻じゃない、一族の墓標ですよ、父さん」

一面の雪の世界に、気配を感じる。あの人たちも来てるみたいだね。

ひそやかな気配が充満している。あとちょっとだからね、と四方の影に語りかける。

ずっと親しくしてきた、眠れない夜のおなじみの顔ぶれ。一族の犠牲となった無数の魂の群れ。

日食人たちが来ている。最後の父との対話を見守っている。それぞれに嗤い、唸り、呻(うめ)き、罵り、悶えながら、すべてに決着がつく瞬間の立会人になってくれているんだ。

「やっぱりどこか、おかしくなってるみてえだな」

征城の声がした。どこかいたわるような声色だ。

「父さん、と言ったな。そう呼んだのは初めてじゃないか」

「気分を害しましたか」

「父親を殺せば、お前はそれで満足なのか」

そこで征城がなにか、ひどく気がかりな苦笑をこぼした。

感じとれる態度は、凍りついてもいないし、動揺を滲ませてもいない。

驚きも怒りも失望もいずれの気配も伝わってこない。

「だったらとっくに目的を果たしてるぞ」

「どういう意味ですか」

「俺もひとつ、告白してやるか」

対話のターンが変わる。征城がザクッと雪を踏んだ。

「俺とお前は似ているか？」

静かな神域に足音を響かせながら、ザクッ、ザクッ、ザクッと雪を踏みながら、征城が近づいてくる。すぐ目の前まで来ると、ぼくが脱いだ服を拾いあげて、軽く雪を払った。「もういいから、着ろ」と哀れむように言う。そんなものを見る必要はねえ、凍えちまうぞ。

「お前は、松澤のせがれだ」

降りしきる雪。雪。雪。雪。雪。

しんしんと、しんしんしんと……

……ねえ、いまこのヤクザ、なんて言ったの。

ちょっと待って。わからない。征城はなんて言ったの。

松澤のせがれって誰が、わからない。胸の底に沈んでいた感情が、凍っていた動揺が波立った。ぼくもあたしも言葉を探せない。征城になにも切り返せない。見えない雪景色の片隅で日食人たちもどよめき、身じろいでいる。

「お前は、母さんと松澤のせがれだ」と征城が言った。「母さんの姦通の相手は松澤だ。お前が産まれて数年たってからわかった。俺が抗争つづきの時期に、母さんは寂しさに負けた。松澤は顧問弁護士だからな、海外出張や抗争や商談に出張ることはない。あれこれと世話をさせていたんだが、そこで密通ちまった」

……あっ、これってなんだろ？　ぼくは味わったことがない種類の震えをおぼえる。

大昔から吹きつけてくる真実の突風が、底なしの恐怖の波となって足元をからめとっている。秘められた過去を、征城はいかにも煩わしそうに語った。自分にとっても屈辱的な過去だからなのか、好きこのんで委細は語ろうとしない。

……こんな話、聞いちゃだめよ。あたしは本能的に危険を察する。こんな話を聞きつづけていたら、い、い、い、い、い、い、い、い、あたしたちのなにかが破壊されちゃう。

「あれは血縁はなくても、先代のころから一、二を争う有能な男だった。ここまで組が盤石になったのは松澤の貢献に負うところが大きい。そんな男と、情婦の子だからな。だからお前は生かした」

もう耳をふさいで、聞いちゃだめよ。なんだか吸いこまれそうだ。どこに？　ここじゃないどこかに。自分のなかに。過去と現在がそろって渾然となって、このからだの空っぽの精巣や卵巣のなかにちいさくちいさく縮まっていくようだ。

「オイ、錯乱しちゃいねぇか。しかしまあ、それが事実だ」

晩年の母の病院にたびたび顔を出していた松澤孝史郎。半陰陽の事実も知っていた松澤孝史郎。母さんに聞いていたのか。知りながら組長に上げなかったのは、そういう事情があったからか。

永誠の死の前後で、ぼくが組の仕事をできるように尽力したのも、松澤孝史郎だったという。

早田桂介を名乗る段階でも――

それが許されたのは、征城が過去を隠すためか、もしくは松澤に対する報恩か。

松澤にとってもそれは、自身が血族として認められる重要な契機となるはずだった。

ぼくはあの最高幹部の陰の支援で、心を砕いた配慮で、早田組に居場所を得ていた。そういうことだったんだな。

「身内であっても、幹部であっても、どんな理由があろうとも、裏切り者や異物や不穏分子はかならず罰してきた。そういう早田(うち)の歴史に唯一の例外をつけちまった瞬間から、お前って綻びが生まれちまったんだな、半陰陽のオイディプスがよ」

次の瞬間、征城が前触れもなしに、ぼくの膝蓋骨(しつがいこつ)を蹴り割った。猛然と潰しにかかってくる。幻覚と区別のつかなくなった王の像は、黄金の炎のような蒸気を放ち、その体温は焼けつくほどに熱かった。たぶんこれも征城にとっては対話なんだ。ぼくを雪の上に転がすと、裸の横腹を蹴りつける。むきだしになったぼくの刺青を、征城はどんな目で見ているのか。ぼくは手出しできなかったが、征城は手をゆるめない。容赦はない、同情もない。だけどそのぶん、ぼくを孤独にもさせない。膝頭が顔に入って、熱い鼻血が噴きだした。

ぼくを責めながら征城は息巻いた。俺の予想を超えてお前は貫目を上げた。三崎に次いで評価はしていたが、あくまで三崎とおなじ系統の評価だ。だからお前にちんぽこがあろうとなかろうと、子を産めようと産めまいと、早田（うち）にゃ関係ねえ。お前に血をつなぐ役割は負わされちゃいねえ。お前の生死にこだわる必要なんざぁもとからありはしねぇんだよ。わかったか、小僧？

だったら、だったら、ぼくがしてきたことはなんだったんだよ、壊れちゃだめよ、持ちこたえて。教えてくれよ。こんな話をどう捉えろっていうんだよ。ぼくはからだを折ったまま込みあげる暴発的な笑いをこらえることができない。

うゎははっ、おはぁ、わっはっ、うわはははははははははははっ……おっほほほほほほほほほほほほほほほほほ……

このからだが凶器や墓標になるだなんてバカじゃないか、ひとりで血迷ってただけだ。ぼくはほんとうの意味でなにも見えなくなった世界で笑い声にまみれる。しっかりしてよ、とあたしの声が遠ざかっては近づいてくる。血のつながりがなかったんなら喜ぶべきじゃない。一族の血統にいないならあたしたちは解放されるじゃない。だったらこの音はどうなるんだ、神話のこだまは？　ぼくはこの血さえ絶やせば、苦痛からも、負債や因習からも、きれいさっぱり解放されると思ってた。早田の男たちを自分も含めて、死者の世界に送りこめれば——

「お前はここで共倒れになりてえんだろ」と征城が言った。「俺を殺すか、救助をさせずに。だったらやってみろ、どうした、向かってこい」

血縁は関係なかった。それなのに、ぼくは神話に棲みつかれて、たくさんの犠牲者を量産した。外国人も、障害者も、母と子も、夫婦も、まだ生まれてない子供まで——これではっきりしたじゃない、もとから血に原因と結果はなかった。うるさい黙ってろよ、お前の声にはうんざりなんだ、ぼくは、男の思考で物を考えているだけで、いつもいつもぼくのほうがなにかをまちがえていることにうんざりなんだ。だから永遠に黙ってろよ、黙らないよ。血は関係ない。あたしたちが囚われていたのは、この世界の、すべての人間の神話だったのよ。ヤクザもカタギも、男も女も、関係ない。その両方がひとりの人間のなかにいる。個人の天秤の問題なのよ。お前なんていなきゃよかった、現われなきゃよかった、もともとここはぼくひとりだったのに。めそめそしてないで、灯がいつか言っていたのを思い出してよ。あなたは人間らしいって、そう言ってたじゃない。だからいいかげんに気がついてよ馬鹿、あたしたちは特別なんかじゃない。

「お前だけだ、死ぬのは」

殴打の手をゆるめずに、征城は冷厳と告げる。

雪にまみれてぼくは、全裸で打ちのめされる。

独り善がりのめそめそ坊主で終わっていいの。征城をこの森から出しちゃいけないことに変わりはない、この凍りついた世界に征城を永久に閉じこめるのよ。そんなこと言ったって、もうなにも見えない。向かっていけるわけがない。この化物の暴威にあらがう余力は残っちゃいない。

極道の思考にはまらないでよ。どんなに筋肉を鍛えて、抗争の場数を踏んできても、あたしたちの最大の武器は暴力じゃなかったでしょう。あなたは疑り深くて、悪辣で、手段を選ばずに、周到に駆け引きをしてきたじゃない。最後に残した手札を忘れたの。三崎と灯につないでもらった光明を無駄にするなよ、しゃきっとしろよ、腑抜け野郎！

「わかったよ。組長、あなたは死なない」

雪の上でうつぶせになっても、覆いかぶさる征城の顔は見えない。

征城の膝が腹に入った。巨大な奔流に呑まれているみたいだ。ぼくは暴威にさらされて、コントロール不能の荒波に揉みくちゃにされ、息ができなくなって、襲ってくる衝撃にただ耐える。

「だからこそ、あなたが恐れるのは、血が絶えることだけだと思ってた」

「心配してくれてありがとうよ」

「残るのは、自分ひとりだけだ」

「男でも女でもねえ殺人マシーンが、全員、殺してくれたからな」

「それなのにどうして、そんなに悠然としていられるんですか。保険でもあるんですか？　新婚の奥さんとの性生活がうまくいってるから？」

「……どうしてここで、女房の話が出てくるんだ」

「佐智子さんに電話はしてますか」

「女房になにかしたのか」

　征城の殺気がそこで瞬間的に際立った。ぼくの側頭部に膝を突き入れてくる。だけど致死傷は与えない。ぼくが切り札を切り終えていないからだ。

「佐智子さんとはウマが合いました。彼女とはジムで親しくなって、ぼくたちに心を開いてくれましたよ。亭主の秘密とか、女同士ならけっこう話すんですよ」

　あたしの切り札、と言ったほうが正確かもな。ぼくがそれを使うだけだ。

　灯とあたしでつないだ。切り札は、女の絆だ。

　灯とあたしは、佐智子さんと、とても親しかった。

「あなたは衰えを知らないけれど、さすがに六十も間近。精子が不調を来していた。乏精子症ではないけど、顕微鏡を覗くと運動率が落ちてたり、クルクル回ってたり、動かなかったり、そこであなたは顕微授精を受けることにした」

「たまげたね。他人様(ひとさま)の睾丸を盗み見かよ」

「あなたは、最高峰の技術が担保されたサンディエゴの専門医に委ねることにした。早虻抗争の前後で姿を消してたのは、渡米してたからですね。万全を期した検査入院をして、健康な精子をスタンバイさせるためだった。国内で施術をしてあらぬ風評が出回るのを避ける意図もあったのかな」

　ぼくは手札を切りながら、そうよその調子、その調子となだめてくるあたしの声を聞いている。つとめて冷静に、慎重に、征城を揺さぶる言葉を手繰り寄せる。実子のひとりである永誠の死も危機感をあおったんじゃないかと思う。組の一大事業、キャリアの総決算に乗りだす前に、征城は保険を打とうとした。虻川会や海外マフィアが跋扈する国内ではなく米国の施設を選んで、わざわざ夫妻での渡米時期もずらして、隠密行動を徹底させた。

　だけど佐智子さんが、サンディエゴに出発することはない。

「佐智子さんは渡米しない。このところ本家にも戻ってないでしょう」

「他人の女房に、なにをしやがった？」

「彼女は、あなたを恐れていた」

「女の気持ちもわかるってか、半陰陽だから」

　左右の頬を、七度ずつ、渾身の力で殴られた。

　ぼくはまた窒息しかけて、それでも反撃は言葉に託す。

　目からも口からも、血を流しながら笑う。

「最初にジムで会ったとき、彼女は一週間後に病院で再検査を受けることになっていました。健診のレントゲン写真で疑わしい影が発見されたそうです。そして結果は、クロだった。豊胸手術が乳癌の発生率を上げるってデータもあるみたいですが、これはどうなのかな、眉唾なんじゃないかな？　とにかく進行が速くなっているので、急いで右側の乳房を切除しなきゃならなかった。それでもうまく転移を防げるかはわからない。化学療法にもなったら髪の毛が抜け落ちたりするし、女性にとって乳房をひとつ失うのはかなりきついことですよ。それでも佐智子さんは、どうしても、どうしてもあなたに打ち明けられなかった」

顔色の変化は追えない。征城の重い沈黙が圧しかかってくる。

ぼくは、切れぎれに言葉を吐きだす。

「ぼくの母さんも癌でした。あなたは病名すら知らなかったんじゃないですか？　ウラジオストクに発つ前に、ぼくは佐智子さんに連絡を入れて、長電話をしました。佐智子さん自身の願いとか本心とか、それからあなたのことも話しました」

ぼくは征城の息遣いで感情を読むしかない。ぼくの頬に添えられていた指が、首筋に移動する。

「あなたがやろうとしていることも彼女は理解していて、だからぼくは、言葉を尽くして説得して渡米を永遠にキャンセルしてもらった。彼女はあなたの子供を産みたくない、と言いました。あなたに黙って乳癌の治療も受けます。病院の場所は教えないで、とも言ってました」

征城はぼくの喉元に親指を突きこんで、頸部を圧しながら、自分の懐をあさりだした。呼吸がまったくできなくなって、意識が遠ざかる。手足を動かせず、血が凍りつき、もやのような暗闇の奥に自分の気配が追えなくなった。

「もういい、これで終わりだ」

ぼくの眉間で王の声が反響した。

「お前は、償え」

たぶんそこで、意識の断絶があった。起きてと声がする。木の枝から雪の滴が落ちてきた。征城は上に乗ってない。ぼくの完全な絶命を確認しないで、すこし離れたところで携帯電話を使って、佐智子さんに連絡を取ろうとしている。視力を喪くして、全裸で凍死寸前の半陰陽者には、たとえ絶命していなくたって抵抗の余地はないと踏んでいる。

だけどそうかな？　ぼくは試してみる。

征城の発する蒸気を感じる。体温を感じる。

皆既日食の幻影を追うように、すでに損なわれたはずの網膜に揺れる影を追って。

征城の背後に忍び寄った。落ちていた革のベルトで征城の首を絞める。「……手前（てめえ）」と征城が呻いた。戦争では感傷や恐怖や、効果判断の欠如が命取りになる。ぼくは両腕を首に回すと、渾身の力で征城の頸椎を折った。ゴキャッと物騒な音がして、征城が前に倒れる。それで終わる。


ついにやった、とあたしが言う。最終目標を達したんだ——

早田征城を葬ったのに、あたしの声は浮かない。祝福の黄色い声を浴びせてくれてもいいのに。

ぼくにも高揚感のたぐいはない。むしろ惜別の情が湧いてきて、哀しくなっただけだ。

さようなら、父さん——

あなたはもう眠ってください。

あなたさえ、永遠に眠ってくれたら——


それでなにか、終わりを迎えたことになるのか？

たぶんならない。何事にも終わりなんてない。だけどここが、救いのない悲惨な到達点ってことはないんじゃない？　ぼくにできることはやった。そろそろ限界みたいだね。目も見えないし、足も動かない。これじゃあ救助を呼びにも行けない。だからわめかずに最後くらい静かに逝（い）かせてくれよ。

ぼくたちは極寒の闇のなかに、埋葬されるんだ。

だけどあたしは自粛しなかったし、そうでなくても静寂は保たれない。

ジェットの機関部が爆発炎上する音が聞こえて、ああそういえば、墜落事故に遭ったんだったなと思い出す。三崎と灯はそこで喪われて——墜落の衝撃でほんとうは、あたしもぼくも死んでたのかもね。最後の王との対峙は、執念や未練が見せた幻覚だったのかもしれない。ああ、その可能性はなきにしもあらずだな。だけどそれももう、どっちでもいいや。

この目が盲いてなかったら、視界には燃えあがる機体の破片が揺らめいていて、それはまるで、かがり火みたいにきれいだろうねとあたしはメロウなことを言う。ぼくが思うのはもっと現実的なことだ。ここで氷の墓標になって、雪解けを迎えるころに獣や微生物に食われて、生き物たちの養分になって、分解されて、風や土に還っていく。この星の循環の輪に加えてもらって、巨大な生態系のなかに融けていく。日食の時は過ぎて、無数の命が呼吸を再開して、そこで果てしない数の塵と生物に分裂するんだ。それも素敵、とあたしが言う。

できることなら、母さんのいるところに、行きたかったけどな。

できることなら、そこで、永遠を分かちあいたかったけどな。

あのかがり火に、迎えにきてもらって。

ぼくとあたしは、すこしずつ時間と場所を失っていく。ぼくとあたしはあらゆる拘束や境界にとらわれなくなって、渾然と溶けあい、筋道のない断片となって、夢と現実の境目をとりのける。どこにたどりつくんでもおなじことだ。ぼくとあたしはそこで生きるために必要だったオブセッションや価値観や因習をすべて捨てさって、もっとも純粋だったころに戻るんだ。ほどなくしてうるわしいほどの眠気がやってきて、ぼくとあたしは、待ちわびていた温もりに潜りこんだ。

終章　しるしなきもの

四月の暮れのことだ。昼間から住宅街を往き来しているふたり連れがいる。このところ一週間ほどおなじ界隈（かいわい）をうろついている。そのうちのひとりは年齢不詳、職業不明の掛け値なしの不審者だったが、霧のなかの亡霊のように気配を殺すのに長けているので、地元住民たちの視線や記憶にはとどまっていない。通りに面したマンションの玄関はオートロック式で、エントランスのブザーを押したが住人は留守だった。世帯主である父親は勤め先にいる時間帯だ。中学三年生の息子は学校、母親は週三回のピラティスで贅肉（ぜいにく）を落としているころだった。

高くない塀を乗り越えると、一階のベランダが施錠されていなかったので、シリンダー錠をいじる手間もガラスを割る必要もなかった。ふたり連れは住居に侵入すると、3LDKの屋内でひとしきり家探しをしてまわった。

ただの空き巣狙いじゃない。父親が使っているPCに、五歳のある女の子の裸の画像が保管してあるのを発見して、ふたり連れのひとりが「うっげぇ、クソ変態趣味。ヤクザよりもたち悪（わり）ぃ」ともうひとりの目になりかわって画像の様子を説明した。

「言葉づかい。言い直しなさい」

「は〜い。とっても趣味が悪いです」

「そうかぁ……」

サングラスをかけているのは三十代の後半で、もうひとりは十歳の少年だ。ふたりが表に出るとそこにちょうど五歳の女の子が駆けてきた。託児所や保育園には預けられていない。ぱんぱんに中身のつまった買物袋を提げて戻ってきた。野生動物のようにすばしっこい子供だ。眉毛が凛々しくて、だけど目の光は弱々しい。ふたり連れに気がつくと、困惑と焦りを顔に浮かべて、慌てて玄関に駆けこもうとした。「話したらだめだって」と女の子は言った。「知らない人についてったり遊んだりしちゃだめだって」。なるほど、危険にさらされる現代の子供たちの金科玉条だ。

「何度も遊んでんじゃん」と少年が言い返した。「知らない人じゃないじゃん」

「だけど、怒られる」

「怒られたの、ぶたれた？」

「ううん」

「だったら今日は公園に行かずに、ベランダの横っちょにいようよ」

こちらはたしかに不審人物だからね。他に遊び相手もいないみたいだし、ほんとうは公園にも行きたそうだけど、なにしろこの歳でメイドのように買物や掃除をさせられて、ひどい仕打ちにもあってきて、水面から顔を出してあっぷあっぷと息継ぎするので精一杯なのだ。「知らない人」の差しだす手をつかんで、養親の怒りを買ってしまうことにおびえている。

だから養父母が帰るまでの時間、建物の裏手の空き地で、蟻の行列を見たり、縁石のふもとに咲いたたんぽぽの綿毛を吹いたりして、地味にさりげなく過ごした。

「おーほれ、見てみ、飛んだ、飛んだ」少年はわりと楽しんでいる。

「あたしのふわふわ、ぜんぶ飛んだ」女の子は唇をへにゃっと曲げる。

「綿毛はどこまでも飛ぶから、世界中に広がるぞ」

「あたしが吹いたのが？」

「そうそう、君が種子をまいたんだ――」

ただ吹いてくる風と、誰かが吹かせた風はちがう。

翼のある種が、空に飛んでいった。


ある暴力団組長の死から五年――

墜落の現場から救助されたひとりの暴力団関係者は、昏睡と覚醒のはざまで一進一退の攻防をつづけたすえに入院数ケ月目で自分が残されたことを知った。

最初の一年はひどかった。機体の破片が刺さった両目に光は戻らず、背中や腕を中心とした皮膚の三分の一は凍傷で壊死(えし)を起こしていた。二足歩行もままならなくなっていて、爛れた皮膚を包帯の透き間にさらし、松葉杖を突いて病院内を歩きまわりながら、我が身と対話するように独り言をくりかえすさまを多くの病院職員に目撃された。

だってこれはないだろう、どうしてこんなことになってるんだ？

生きちゃってどうするんだ。こんなのおかしいだろう。これまでにいったいどれほどの人数を死に導いてきたと思ってるんだ。永誠、雄昇、匡次、久米、児玉、山瀬、早田の組員たち、高須賀、木屋、虻川会と海外マフィアの連中、ギトウ、汪長雲、イサオ、万代、瑛と母親、松澤孝史郎、早田征城。

それから、苑子さんと三崎と、灯――

数えるのもひと苦労の人々を死なせてきたのに、自分だけ残されるなんてありえない。これはなにかのまちがいだ。ふりはらうことのできない記憶の重さに耐えかねて、起きていても幻覚と幻聴にさいなまれ、夜は眠ることができずに途方に暮れた。昏迷と狂騒の季節が去らずに、絶望の冷たい波に揉みくちゃにされながら、絶対になにかの手違いだとわめきつづけた。誰かとともに過ごせる展望もなく救えなかった人々のことを延々と思い覚ましながら人生が進んでいくなんて、そんなものを抱えて生きていくなんて無理だと知人に訴えた。

「ずいぶんと自棄になっているようですなぁ」

「これは手違いなんですよ、警部さん」

「あの途轍もない騒乱期を生き延びたんだから、もっと自分を大事にしなきゃいけませんよ」

「誰もいなくなったし、とどまって苦しむだけの目的もありません」

「本家に戻らないんですか？」

浮浪者同然の暮らしにおちぶれて、夜の公園で数人の酔っぱらいに乱暴をされかけたところで、たまたま通りすがった都築警部に助けられた。あいかわらず忘れたころに現われる警部は、なにくれとなく世話を焼いてきて、早田組のその後についてもかいつまんで語ってくれた。

早田征城とその幹部がひとり残らず死亡して、完全世襲制が事実上不可能になっても、国内最大の暴力団がそのまま空中分解することはなかった。残った若中の合議によってあらたな有力者が組長に据えられて、組のどの稼業も縮小することなく維持されているようだ。だが征城によってもたらされていた政財界への影響は失われ、盟約を交わしていた親分衆のなかには離反する者も現われて、米軍の掃討をめざした一大事業は立ち消えになったらしかった。入院している時期に、本家からはたびたび連絡が入っていて、幹部に推す声もあがっていたが、首を縦にはふらなかった。退院してからも本家には近づいていなかった。

「私はてっきり、あなたが組長に就任するものかと思ってたんですがね。あなたという人は、ほんとうに読めませんね」

「もうヤクザなんてできません。目も見えないし、足も不自由ですから」

「私はねえ、桂介さん。生きるのに目的だの意味だのを求めすぎるのはどうかと思う性質ですが。そんな私にでさえ、あなたが生き延びたのは、あなたが自分の価値を証明したようなもんじゃないかと思えるんですがねぇ」

「買い被りですよ。こんな有様になって……」

「本家に戻らないというなら、もう会うこともなさそうですが……最後に言っておくと、この騒乱期で残った忘れ形見は、あなたひとりじゃありませんよ」

「え、それって……」

　二年目も三年目も、ずっと正気を失っていた。昏い暗流の底を這いながら、都築がふと口にした言葉をきっかけに、ある子供たちのことを探しはじめた。最初から会いに行くつもりだったんじゃないの？　そんなわけないじゃないか。見ず知らずの他人が、火傷だらけの盲目の不審者が現われたところで怖がられるだけだ。目的のない毎日の、無聊（ぶりょう）を慰めようとしただけだよ。

　だけど、でたらめな社会を嘆くべきか、養親のもとをたらい回しにされていた上の子とおなじく、女の子が託された環境も劣悪だった。義母は掘り出し物の奴隷を買ってきたように三歳の頃から家事を強いて、十六歳まで育てたあかつきには一人息子の嫁にするつもりだと酒場でうそぶく養父は、誕生日ごとに彼女の裸の写真を撮っていた。

　だから、さらうことにした。諜報も強襲も昔取った杵柄だったし、盲杖で歩いている身の上には闇夜の行動も苦にはならない。女の子の五年目の誕生日、撮影会の準備をしていた養父に「ふりむかないで」と背後から告げて、威しのスパイスも効かせて「この娘（こ）は好きなところに行く」と噛んで含めた。ベッドでちいさくなっていた女の子に手を伸ばして、

「いっしょに暮らしてみようか」と問いかけた。

「いいの？」

今度は女の子も断らなかった。涙声を震わせながら、差しだされた手をつかんだ。
夜陰に乗じた人さらいは、そのまま女の子を連れさって戻らない。

ある極道者の肩と背中に彫られていた刺青は、凍傷を負ったことで大半が見る影もなくなっていた。まばらに残っていた部分にもマグネシウムの粉を塗りこんで、腐食性の火傷を負わせ、墨色の皮膚を溶かした。茨獅子も日食も、もう必要なかったから。

ある半陰陽者のなかで、ぼくとあたしは和解した。ちょっとした問答や喧嘩はあっても、激しく罵りあい、いがみあうことはなくなった。おたがいに理解につとめ、尊重しあって、おなじ器のなかにふたつながらに共存する。譬えるなら夫婦生活みたいに、あらたな共生関係を模索しはじめた。皆既日食の季節は終わった。暗黒のうちに世界を静止させる時間が過ぎるとき、日食は金色の環の一部をまたたかせて、宝石のついた指輪のような情景を残していく。絶景の果てにふたつの天球が空に刻印する指輪は、ぼくとあたしの華燭の典を記念するエンゲージ・リングだ。
だからといって真人間になったわけじゃないから、世間の良識はあらかた無視をする。都築がどういうつもりで忘れ形見にふれたのかは知らないが、もともと裏通りを歩いていた悪辣なごろつきだ。好きにやらせてもらう。幼い魂をたぶらかし、かどわかし、ハーメルンの笛吹き男のように、あるいは鬼子母神のようにさらって帰さずに、ふたりの子供と暮らしはじめた。

あれから何年も過ぎたけど、ぼくとあたしは、夢のなかでいまだに三崎や灯と話している。夢ではいつもきまって逃避行の車のなかにいて、夜の国道を走っている。深い闇を抜けながら、眠たい目を擦りながらもみんな起きていて、時間をもてあまして無駄口を叩いたり、たがいの意外な癖や嗜好を知ったり、青春時代の記憶にふれたりする、あの時間――

どことなく落ち着かないが、どんな関係の入口に立っているのかはわからないが、夜のまんなかの標のない道を走る車内には、すこしずつ拓かれていく親密さがあった。

そこには、あたしが夢想した境界のない空間が実現していた。

ぼくは、あたしは、三崎と灯のどちらとも結ばれ、添い遂げたいと願っている。同性として睦みあい、異性として愛しあえると無邪気に信じている。

三崎も、灯も、笑っている。

すこしはましな養親を探しだしてくれよ、と脅し半分で頼んだ都築はなかなか電話してこない。ふさわしい連絡があるまでは、ふたりの子は預からせてもらう。そろっていっしょにいられるのは、たぶんわずかな期間だろうけど、母さんが残した横浜のマンションは三人でも広かったし、ピアノや料理の仕事もまた始めた。暮らし向きに不自由はなかった。

お兄ちゃんは陰に隠れていろいろと悪さをするし、下の子はとにかく体力があってすばしっこいので盲目の身にはかなり応える。就寝時や朝の登校前にはそれこそ抗争のような騒ぎだけれど、それでもこの暮らしはとても贅沢だ。

数日に一度、下の子は悪夢にうなされて飛び起きる。頭から枕をかぶって、歯を震わせ、わけも言わずにぐずりつづけ、泣きやむことができない。お兄ちゃんも自分のベッドから移ってきて下の子のちいさな頭を撫ぜてあげている。あたしは両手に子どもたちを抱き寄せて、ぼくはせがまれるままにいろんな寝物語を語って聞かせる。

「生まれる前に、拳銃の音を聞いたんだよ」

ときに得意気に、ときに震えながら、下の子はよく言うのだ。こんな生活がいつまでもつづくとは思えないが、それでもつづいているうちは、このよすがのなかに神話の残響にあらがえるものを、止まないこだまを掻き消せるものを探してみるつもりだ。博打ではあるけれど、心細くはない。たえまない笑い声もあるし、子供たちの豊かさは目や足を代償にしてもお釣りがくる。ふたりの子といるとき、ぼくとあたしは男でも女でもない、ただひとりの人間だ。父であり、母であり、やがては死にゆく者、朝の光に焦がれる一家の両親(おや)だ。

この作品は、「パピルス」（二〇一一年四月号～二〇一二年八月号）に連載した「獣の周期」を改題し、加筆・修正したものです。

〈著者紹介〉
真藤順丈　1977年東京都生まれ。2008年『地図男』で第3回ダ・ヴィンチ文学賞大賞、『庵堂三兄弟の聖職』で第15回日本ホラー小説大賞など、文学賞4賞を受賞し、注目を集める。著書に『バイブルDX』『畦と銃』『墓頭』『七日じゃ映画は撮れません』などがある。

しるしなきもの
2015年1月30日　第1刷発行
2019年1月25日　第2刷発行

著　者　真藤順丈
発行者　見城 徹

発行所　株式会社 幻冬舎
〒151-0051 東京都渋谷区千駄ヶ谷4-9-7

電話:03(5411)6211(編集)
03(5411)6222(営業)
振替:00120-8-767643
印刷・製本所:中央精版印刷株式会社

検印廃止

Printed in Japan
ISBN978-4-344-02710-7 C0093
幻冬舎ホームページアドレス　http://www.gentosha.co.jp/

この本に関するご意見・ご感想をメールでお寄せいただく場合は、
comment@gentosha.co.jpまで。